George Tenner

Nacht über der Insel

Usedom-Krimi

Ein Fall für Lasse Larsson

Schardt Verlag Oldenburg

Originalausgabe – Erstdruck

Bibliographische Information der Deutschen Bibliothek:

Die Deutsche Bibliothek verzeichnet diese Publikation in *Der Deutschen Nationalbibliografie*; detaillierte bibliographische Daten sind im Internet über *www.d-nb.de* abrufbar.

Besuchen Sie Lasse Larsson im Internet:
www.lasse-larsson.de

Titelbild: Rainer Griese, Troisdorf
Unter Verwendung eines Fotos von Dr. Matthias Gründling

1. Auflage 2012

Schardt Verlag
Uhlhornsweg 99 A
26129 Oldenburg
Tel.: 0441-21 77 92 87
Fax: 0441-21 77 92 86
Email: schardtverlag@t-online.de
www.schardtverlag.de
Herstellung: PRINT GROUP Sp. z o.o., Poland

ISBN 978-3-89841-651-1

1. Kapitel

Donnerstag, 20. Mai 2004

Physikers Himmelfahrt 2004 begann mit einer Bahnfahrt nach Anklam. Die Männer unterschiedlicher Altersgruppen hatten ihre Räder mitgebracht, mit denen sie die Insel Usedom ein Stück weit erobern wollten.

Das Ausflugsboot *Felix* erwartete sie an einer Anlegestelle der Peene. Noch hielt sich die Stimmung in Grenzen, denn man war zu vernünftig, um schon zu so früher Stunde dem Alkohol zugesprochen zu haben. Die Jungen jedenfalls trauten sich nicht, als unrühmliche Ausnahme in die Himmelfahrtsanalen der Physiker einzugehen. Aber man stand nun vor dem Schiff und diskutierte über das Wetter, denn der Himmel zeigte graue Wolken, die sicher Regen mit sich führten. Derzeit war es noch trocken. Der Wind, der beständig blies, ließ die Hoffnung aufkommen, dass er die Wolken nach Osten abdrängen würde.

Nachdem man die Räder an Bord verstaut hatte, machte der Bootsmann die Leinen los. Die *Felix* glitt langsam zur Mitte der Peene und nahm Fahrt auf.

Es hatten sich kleine Grüppchen gebildet, in denen dieser besondere Tag in der jeweils angemessenen, altersbedingten Form behandelt wurde. Die einen freuten sich, von ihren Frauen Urlaub genommen zu haben und einen schönen Tag zu verbringen, die anderen waren gespannt auf die schöne Umgebung der Insel.

An Backbord passierte sie ein Boot mit dem hochtrabenden Namen *Titanic*. Das Schifflein mit der Registriernummer HAST-T82 war das Gegenteil seiner großen Schwester und löste damit allgemeine Belustigung aus. Später begleiteten Möwen das Schiff durch den Peenestrom. Als sie in Rankwitz ankamen, schienen sich die dunklen Wolken in Richtung Polen verzogen zu haben. Sogar blauer Himmel lugte hervor, und nach und nach waren nur noch vereinzelte Kumuluswolken zu sehen.

Die Männer sammelten sich, und die Gruppe begann, zum Schloss Mellenthin zu radeln, wo sie gegen 11:00 Uhr eintrafen. Sie nahmen die dort reservierten Plätze ein und bestellten ein ausgiebiges zweites Frühstück und entsprechend mehrere Krüge Rostocker Bier.

Gegen 12:30 Uhr machten sie sich auf den Weg, um mit einem kleinen Umweg, der sie zum Wisentgehege Prätenow und durch die Mellenthiner Heide nach Stolpe bringen sollte, weiter zur Karniner Brücke zu fahren, von wo sie die *Felix* wieder aufnehmen und zurück nach Anklam bringen würde.

Auf der Höhe von Dargen stiegen sie von ihren Rädern ab, um an einem Feld sitzend eine Weile den Verkehr auf dem vier Kilometer entfernten Flughafen zu beobachten. Exakt um 14:20 Uhr sahen sie eine Saab 340 aufsteigen, die gegen 17:00 Uhr in Zürich sein würde. Dabei erklärte einer der älteren Männer, dass im Jahr 2000 genau eine solche Maschine in Zürich abgestürzt sei.

Dann passierte etwas Ungewöhnliches. Eine kleine Maschine vom Typ Cessna/C 177 RG hob sich keck in die Luft. Sie beschrieb einen Bogen, der sie hinaus auf das Haff führte. Plötzlich erstarb der Motor. Ein riesiger Feuerball erschien, Sekunden später gefolgt von einem kanonenartigen Knall. Die Maschine schien wie ein Stein auf die Erde zuzurasen.

Die Männer diskutierten eine Weile geschockt über die Katastrophe, die sie gerade beobachtet hatten, und setzten dann ihren Weg zur Karniner Brücke fort.

Der Zeitplan drückte. In Karnin lag die *Felix*, die sie zum Ausgangspunkt zurückbringen würde.

Am Tag darauf konnten sie in der Zeitung lesen, dass eine polnische Sportmaschine aus Warschau abgestürzt und der Pilot samt seiner weiblichen Begleitung zu Tode gekommen war.

2. Kapitel

Wie so oft im Leben würde sich der Tag anders entwickeln, als Lasse Larsson sich das gedacht hatte. Er war mit seiner Lebensgefährtin Monika Landris im Reiterhof Müller verabredet; der Hof war nur wenige hundert Meter neben ihrem Haus in Loddin gelegen. Sooft sie da vorbeigefahren waren, hatte ihm Monika gesagt, dass sie seit frühester Kindheit in ihrer litauischen Heimat mit Pferden befasst war. Sie war eine begeisterte Reiterin gewesen, und sie machte ihm klar, dass sie das Reiten wieder anfangen wollte. Da sie einen Teil ihrer Freizeit berufsbedingt sowieso nicht miteinander verbringen konnten, fiel es ihr nicht schwer, Lasses Einverständnis dafür zu bekommen. Hin und wieder begleitete er Monika sogar. Nach kurzer Zeit schon stellte er fest, dass sie dabei eine gute Figur abgab. Das imponierte ihm. Noch nie in seinem Leben hatte er sich für Pferde interessiert. Aber er gab zu, dass sie sehr schön in ihren Bewegungen anzusehen waren. Und in Verbindung mit Monika und ihrer Zuneigung zu diesen schönen Tieren würde er nicht umhin können, hin und wieder mit ihr zum Reitplatz zu gehen. Bei genauer Betrachtung musste Larsson sich eingestehen, dass keine seiner bisherigen Frauen ein solches Hobby hatte. Denn, wären sie einer solchen sportlichen Beschäftigung nachgegangen, hätten die Verbindungen bestimmt länger gehalten.

Als Lasse an diesem Nachmittag die Reitanlage betrat, ritt Monika auf dem Fuchswallach Jenot gerade eine Volte. Er wartete, bis ihr Blick in seine Richtung ging, und winkte ihr zu. Sie sah gut aus auf dem Pferd, schien ihn aber nicht zu sehen, so konzentriert war sie dabei, das Pferd zu kontrollieren.

In diesem Augenblick war ihm diese Nichtbeachtung durch Monika gleichgültig, denn seine Gedanken gingen unwillkürlich zurück zu der von Kriminaloberrat Theo Kruse angeforderten Beurteilung seines Kollegen Rolf Andresen. Irgendetwas schien den Kriminaloberrat davon abzuhalten, Andresen die lange fällige Beförderung zu gewähren. Lasses Gedanken wurden durch das Vibrieren des Handys in der Hosentasche unterbrochen.

„Herr Larsson, in Kamminke ist eine Privatmaschine abgestürzt. Es handelt sich um eine Cessna mit polnischer Registrierung. Es sind zwei Menschen ums Leben gekommen."

In diesem Augenblick hasste Larsson seinen Beruf. Zu gerne hätte er Monika jetzt beim Reiten zugesehen. Eine Weile blieb er noch stehen und betrachtete die Reitkünste der Frau, die er liebte. Dann machte er sich von dem Bild los und fuhr auf direktem Weg zum Haff nach Kamminke. Als er vierzig Minuten später am Unfallort eintraf, erwartete ihn ein schreckliches Szenario. Überall im Wasser schwammen Wrackteile. Die Beamten der Spurensicherung kamen kurz nach ihm mit ihrem alten VW-T4 an. Zwischenzeitlich waren die Polizisten vor Ort dabei, einige Wrackteile, die zwei Fischer aus Kamminke geborgen hatten, auf der Wiese links vor dem kleinen Hafen, die durch rot-weiße Bänder abgesperrt war, abzulegen. Paul Maier von der Spurensicherung machte sich mit seinen Leuten daran, ein Schlauchboot zu Wasser zu bringen. Die zwei Leichen waren von den Fischern an Land gebracht worden. Sie lagen abgedeckt am Ende der Wiese, an einer schwer einsehbaren Stelle. Hinter der Absperrung hatte sich mittlerweile eine Gruppe Schaulustiger eingefunden, die sich dieses Spektakel nicht entgehen lassen wollte. Einige Kinder mit Fahrrädern, die aus dem Ort gekommen waren, diskutierten am Rand der Wiese, wie es zum Absturz gekommen war. Es wurden die tollsten Vermutungen angestellt, und wilde Spekulationen kursierten unter den Umstehenden. Endlich war in dem kleinen Ort einmal etwas passiert! Die Erwachsenen hingegen, die sich in der Nähe der Ermittlungsarbeiten postiert hatten, waren an der Bergung der Leichen sehr interessiert. Hier sah man einen hageren Mann in den Sechzigern, der mit seinem Handy Fotos machte, aber auch eine junge Frau, die sehr modern gekleidet war, gehörte zu den ungebetenen Zuschauern. Larsson hasste Schaulustige. Er wusste, dass eine Menge Arbeit auf sein Team und ihn zukommen würde.

Rolf Andresen und Karl Simons waren vor ihm gekommen und gerade dabei, die Taschen des toten Mannes auszuleeren. Simons entdeckte seinen Chef und winkte ihm zu. Inge Mohaupt stand direkt am Wasser und unterhielt sich mit einem der Fischer.

„Alles Gute kommt von oben", waren Maiers Worte, der kurz zuvor seine Leute eingeteilt hatte und nun auf Larsson zukam.

„Sei nicht so sarkastisch, Paul. Vielleicht war es ein Unfall."

„Du hast die geborgenen Teile noch nicht gesehen, Lasse. Es gibt an verschiedenen Teilen Schmauchspuren. Es hat also eine Verbrennung gegeben, die von einer Explosion herrühren könnte."

Larsson hatte Inge Mohaupt, die eigentlich bei der Kripo in Anklam tätig war, aber scheinbar wieder einmal für diesen Fall nach Heringsdorf abgestellt wurde, noch gar nicht wahrgenommen. Nun stieß sie zu den beiden Männern.

„Die Fischer glauben, dass das Wrack mit dem Motor nicht ohne einen Schwimmkran geborgen werden kann. Jedenfalls kann es keines ihrer Boote so ohne Weiteres ziehen."

„Und nun, Paul?" Larsson lächelte Paul Maier fragend an. Er wusste, dass Maier immer einen Weg fand, Beweisstücke zu sichern.

„Meine Leute haben das Schlauchboot fertig, und wir werden gleich zur Absturzstelle fahren und sehen, was sich machen lässt." Maier wandte sich ab und ging zum Wasser. Kurze Zeit später hörte man einen Außenbordmotor, und Larsson sah, wie sich das Boot schnell entfernte.

„Es wird nicht mehr lange dauern, Inge, da werden die Geier von der Presse da sein."

„Ich habe auch schon Jungen gesehen, die mit ihren Handys Aufnahmen gemacht haben", sagte Inge Mohaupt.

„Nicht nur Kinder. Also sollten wir uns die Presse nutzbar machen und um Hilfe aus der Bevölkerung bitten."

„Glaubst du, dass das etwas bringt?"

„Nehmen wir einmal an, dass Paul recht damit hat, dass die Maschine explodiert ist. Es könnte doch sein, dass irgendjemand den Flug der Maschine verfolgt und etwas Auffälliges entdeckt hat. Und du weißt, wie die meisten Menschen sind. Einige drängeln sich vor, um ihr Wissen weiterzugeben, andere behalten es für sich. Und genau die letzte Gruppe müssen wir damit erreichen."

„Du hast recht", sagte Inge Mohaupt und wandte sich an Andresen, der nun auf sie zukam. „Lasse meint, wir sollten die Presse einbeziehen. Ich werde unsere Presseabteilung anrufen."

„Mach das, Inge. Berg soll eine Pressekonferenz einberufen. Wir könnten am späten Nachmittag die bis dahin feststehenden Fakten bekannt geben."

Inge Mohaupt wandte sich ab, und die Männer sahen, wie sie telefonierte.

Ganz dicht an der Grenze zog ein polnisches Patrouillenboot auf und beobachtete die Szene an Land.

Larsson fühlte sich müde und gähnte. Einen Augenblick fragte er sich, ob er wohl am Abend dazu fähig wäre, Verdis „Un ballo in maschera" zu hören. Die CD mit einer Referenzaufnahme aus dem Royal Opera House Covent Garden unter Riccardo Muti hatte er am Vorabend von Monika bekommen.

Ein schwarzer Leichenwagen fuhr vor und wurde von einem Mitarbeiter des Teams durch die Absperrung gelassen. Die Gruppe Schaulustiger reckte die Hälse, um so viel wie möglich davon mitzubekommen. Zwei in Dunkelgrau gekleidete Männer stiegen aus dem Leichenwagen und öffneten die hintere Tür. Sie nahmen zwei Zinksärge, in diese legten sie die beiden Leichen und schoben sie sofort in den Wagen. Die Fahrt würde die beiden Toten ins Rechtsmedizinische Institut Greifswald führen. Larsson nahm sich vor, sich in den nächsten Stunden mit Frau Dr. Beckert in Verbindung zu setzen, um zu erfahren, wie deren erste Eindrücke bezüglich der Toten aussehen. Aber das würde noch eine Weile warten müssen. Jetzt galt es erst einmal, den Unfallort genauestens zu untersuchen, und eventuelle Zeugen ausfindig zu machen. Er würde zusammen mit seinem Kollegen und den Beamten der Heringsdorfer Polizeidienststelle die Befragung der Zeugen vornehmen.

Am späten Nachmittag dieses Tages, an dem der Himmel mit Sonne verwöhnte, begann die Pressekonferenz im Beisein der Vertreter der Ostsee-Zeitung, des Nordkuriers, mit einem Team des Inselfernsehens aus Wolgast, dem Leiter der Pressestelle der Polizeidirektion Anklam, Axel Berg, und für die ganze Ermittlungsgruppe Lasse Larsson und Inge Mohaupt.

Die junge Journalistin des Inselfernsehens fragte, ob denn schon die Identität der abgestürzten Personen bekannt sei. Axel Berg gab das Wort zur Beantwortung an Lasse Larsson weiter.

„Wir haben bereits eine Anfrage an die Agencja Bezpieczenstwa Wewnetrznego in Warschau gestellt. Eine Antwort darauf steht noch aus“, sagte Larsson.

„Was ist die Agencja Bez... Bez...“

„Bezpieczenstwa Wewnetrznego“, las Larsson den Satz von einem Blatt ab.

„Ja, genau.“

„Es ist der Inlandsgeheimdienst Polens. Wir haben Hinweise darauf, dass sich, zumindest für den männlichen Toten, dieser Dienst besonders interessiert. Und da wir ohne polnische Hilfe im Dunklen tappen, werden wir diesen Kontakt auch nutzen.“

„Warum nutzen Sie dann Ihre Verbindungsmöglichkeit zur polnischen Polizei nicht? Ich könnte mir vorstellen, dass das der richtige Ansprechpartner dafür wäre.“ Die Frage stellte der Vertreter der Ostsee-Zeitung, die ihre Insel-Redaktion in Zinnowitz betrieb.

„Natürlich sind wir über die Verbindungsstelle der polnischen Polizei in Stettin gegangen. Das ist unumgänglich. Diese hat dann den Kontakt zum Inlandsgeheimdienst Polens hergestellt. Der Erstkontakt zu uns ging dann direkt von polnischer Seite aus."

„Wie muss man sich das vorstellen?" fragte der Beauftragte des Nordkuriers, der sein Büro in Heringsdorf hatte. „Hat man Sie angerufen? Und wenn ja, wer?"

„Der Anruf ging um 14:12 Uhr in meinem Büro in Heringsdorf ein."

„Dann kennen Sie den Beamten oder die Beamtin auf der anderen Seite gar nicht?" Die Frage stellte der Vertreter der Ostsee-Zeitung.

„Nein", sagte Larsson.

„Darf man erfahren, wie der Mann hieß?" fragte die junge Journalistin vom Inselfernsehen.

Larsson schaute irritiert auf Berg, der dann die Frage flapsig beantwortete: „Eigentlich ist es ja unwichtig, Frau Wedel, aber wenn Sie sich unbedingt mit ihm verabreden wollen, er heißt Wacław Łaczny. Aber ob das sein richtiger Name ist, wage ich zu bezweifeln. Verlangen Sie bitte nicht, dass ich einen Kontakt für Sie herstelle. Das läge außerhalb meiner Kompetenz." Offensichtlich hatte Berg mit seinem Ton ins Schwarze getroffen, denn die Männerriege lachte.

„Es heißt, bis zur Stunde sei das Wrack noch nicht geborgen?" fragte der Vertreter der Ostsee-Zeitung.

Axel Berg nickte Larsson zu. „Es ist richtig, dass das Flugzeug durch den schweren Motor zu wenig Auftrieb hatte. Ich habe vor einer halben Stunde die Nachricht von unserer Kriminaltechnik erhalten, dass man Luftschläuche unter den Tragflächen des Wracks angebracht und aufgepumpt hat, so dass es genügend Auftrieb bekam. Es ist bereits an Land gezogen worden, und man ist dabei, die Spuren zu sichern."

„Wer von Ihnen einen Fotografen vor Ort hat, der wird jetzt sicher Bilder machen könnten", sagte Axel Berg. „Wir haben noch eine Bitte an die Presse. Sie werden in Ihrer morgigen Ausgabe sicher über den Absturz berichten. Wir suchen noch Augenzeugen. Wir möchten diese Zeugen aufrufen, sich bei uns zu melden.“ Damit beendete Berg die Pressekonferenz.

„Es ist schon interessant“, sagte Hauptkommissar Axel Berg, als die Journalisten gegangen waren, „dass sich der Inlandsgeheimdienst für diesen Toten interessiert. Hast du eine Ahnung, Lasse, was der Kerl auf dem Kerbholz hatte?“

„Bei den Gesprächen ist das sehr nebulös geblieben. Der polnische Kollege meinte, für eine gemeinsame Aktion seien direkte Absprachen vonnöten.“

„Kommt er her?“

„Kruse hat mich angerufen und darum gebeten, dass ich übermorgen nach Warschau reise.“

„Da müssen Anweisungen von ganz, ganz oben gekommen sein. Bei den Spesen, die da anfallen.“

„Das denke ich auch.“

„Du sprichst doch gar nicht Polnisch.“

Larsson lächelte. „Ich soll unsere polnische Übersetzerin hier aus Anklam mitnehmen, und dieser Łaczny sprach ganz gut Deutsch.“

„Da wird Monika aber begeistert sein“, sagte Berg mit einem Augenzwinkern.

Kurze Zeit später fuhr Larsson nach Loddin in das kleine Haus zurück, in dem Monika Landris schon auf ihn wartete. Als er aus dem Auto stieg, umschmeichelte ihn Verdis Musik aus „Un ballo in maschera“. Monika hatte genau aufgepasst, wann er eintraf, um ihn damit zu erfreuen.

„Ich danke dir, Schatz, du bist eine wunderbare Frau.“ Er zog sie fest an sich und küsste sie. „‚Un ballo in maschera‘ ... mit dem Chor des Royal Opera House Covent Garden, dem New Philharmonia Orchestra unter Ricardo Muti, mit Martina Arroyo, Plácido Domingo und Piero Cappuccilli”, sagte Larsson. „Eine Aufnahme aus dem Jahr 1975. Du hast mir damit eine große Freude gemacht.“

„Wenn du so kommst, Lasse, gibt es sicher etwas, was mich ärgert."

„Ich werde übermorgen nach Warschau fahren."

„Nach Warschau?"

„In den Fall des Flugzeugabsturzes hat sich der polnische Inlandsgeheimdienst eingeschaltet. Ich bin gebeten worden, mit einem Vertreter dieses Dienstes zusammenzutreffen."

„Und da musst ausgerechnet du nach Warschau fahren?"

„Eifersüchtig?"

„Ich frage mich nur, was das soll, wo du doch gar kein Polnisch sprichst."

„Deswegen fährt ja auch die Dolmetscherin mit."

Monika Landris war in die Küche gegangen. Er hörte, wie sie mit den Tellern hantierte, und merkte an der Behandlung des Geschirrs ihren Unmut.

„Die Dolmetscherin? Nicht etwa die Salewski?"

„Wer hat dir gesagt, dass Frau Salewski mitfährt?"

„Das ist doch unwichtig. Die Vögel zwitschern es schon von den Dächern."

„Und du glaubst gleich, dass ich mit dieser Frau etwas anfange?"

„Sie soll sehr schön sein, diese Danuta Salewski. Ich habe sie selbst noch nicht gesehen. Aber auch Andresen und Simons haben bestätigt, dass sie eine sehr schöne Frau ist."

„Ja, das ist sie wohl. Aber du bist eine genauso schöne Frau, und dich liebe ich."

Es war kurz vor 11:00 Uhr am kommenden Tag, dem 25. Mai. Larsson, der gerade von der Seebrücke zurückgekommen war, wo er sich bei Frank Mellenthin die neuesten Tageszeitungen abgeholt hatte, war gerade dabei, die Artikel über den Absturz der polnischen Maschine zu lesen, als das Telefon klingelte.

Das Gespräch war in der Zentrale angekommen, und die Dame von der Vermittlung teilte ihm mit, dass ein Anrufer in der Leitung sei, der etwas zum Flugzeugabsturz sagen könne.

„Larsson, guten Tag, was kann ich für Sie tun?“

„Mein Name ist Dr. Wilhelm Weberknecht. Ich bin Mitglied einer Physikergruppe, die gestern auf Usedom per Rad unterwegs war. Nachdem wir in der Tagespresse von dem schrecklichen Flugzeugabsturz gehört hatten, dachten wir, dass es vielleicht für die Polizei interessant sein könnte, dass wir diesen Absturz aus einiger Entfernung beobachtet haben.“

„Es ist sehr aufmerksam von Ihnen, Herr Dr. Weberknecht, dass Sic sich so schnell melden. Wir sind für jeden Hinweis dankbar, der zur Aufklärung des Absturzes führen kann. Wo sind Sie denn erreichbar?“

„Ich sitze mit meinem Kollegen Wolfgang Obermeier im Restaurant Olive in Greifswald.“

Wie klein doch die Welt ist, dachte Larsson. Im vorigen August hatte er sich eben in diesem Restaurant erstmals mit seiner Tochter getroffen, von deren Existenz er erst vor kurzem erfahren hatte.

„Das Olive kenne ich, Herr Dr. Weberknecht. Ich werde etwa fünfzig Minuten bis Greifswald brauchen. Haben Sie so lange Zeit?“

„Ich denke, wir werden in dieser Zeit einen hervorragenden Couscous mit Lamm zu uns nehmen.“

Nachdem Larsson das Gespräch beendet hatte, ging er hinüber ins Büro der Kommissare und sagte zu Andresen: „Es haben sich Zeugen gemeldet, die den Absturz der Maschine beobachtet haben. Ich fahre jetzt nach Greifswald, um sie zu treffen.“

„Fährst du allein?“

„Das Treffen findet in einem Restaurant statt. Es besteht also keine Notwendigkeit, zu zweit zu fahren. Es wäre mir lieber, wenn ihr allen nur denkbaren Spuren nachgehen würdet.“

„Karl ist noch einmal nach Kamminke gefahren, um Nachbefragungen vorzunehmen. Ich selbst sichte jetzt die brauchbaren Befragungsergebnisse und ordne sie nach ihrer Wichtigkeit. Kommt Inge heute gar nicht?“

„Sie hat schon angerufen. Es ist irgendetwas mit ihrer Tochter.“

Auf dem Weg zum Hof begegnete Larsson Kai Kruse vom Mercedes Autohaus in Ahlbeck. Sie grüßten sich flüchtig, und Larsson erinnerte sich daran, dass er sich für einen gebrauchten SLK interessiert hatte. Wegen der vielen Arbeit hatte er es vergessen. Aber jedes Mal, wenn er durch Ahlbeck an diesem Autohaus vorbeifuhr, dachte er daran, sich endlich einen solchen Wagen zu genehmigen. Schmerzlich musste er feststellen, dass Karl mit ihrem Dienstwagen unterwegs war, und so war er gezwungen, seinen alten, verbeulten und absolut schrottreifen Renault zu benutzen. Er trug den Kilometerstand in ein Fahrtenbuch ein und machte sich auf den Weg. Was für ein herrliches Wetter, dachte er, und das schon den zweiten Tag. Zwischen Pudagla und Ueckeritz bekam er dann das schöne Wetter zu spüren. Ein langer Stau behinderte seine zügige Fahrt. Er fluchte, keinen Dienstwagen mit einem Blaulicht für diese Fahrt zur Verfügung zu haben. Er rief Andresen an und bat ihn, Dr. Weberknecht im Olive zu benachrichtigen, dass er sich auf Grund des Staus verspäten würde. Hinter Zinnowitz schien sich der Stau aufgelöst zu haben, und er konnte seine Fahrt zügig fortsetzen. Als er nach einer Stunde und zehn Minuten in Greifswald ankam und das Olive betrat, saßen die beiden Männer, die auf ihn gewartet hatten, an einem der kleinen Tische in der hinteren Ecke des Restaurants und hatten jeder einen Kaffee vor sich stehen. Larsson erkannte sie auf Anhieb. Zwei typische Pauker allein an einem Tisch, dachte er. Bei dem Gedanken musste er lächeln.

„Herr Dr. Weberknecht?“

„Und mein Kollege Obermeier.“

Umständlich standen die beiden Herren auf und gaben Larsson die Hand. Als sie sich wieder gesetzt hatten, sagte Larsson: „Ich bin der Kriminalhauptkommissar, der für die Ermittlungsarbeit am Fall der abgestürzten polnischen Cessna zuständig ist.“

Mourad Askri kam an den Tisch, begrüßte den Kommissar mit Handschlag und fragte, was er bringen dürfe. Larsson bestellte nur einen Kaffee.

„Meine Aufgabe, meine Herren, ist es, zu ermitteln, warum die Maschine abstürzen konnte, ob es menschliches Versagen war oder eventuell ein Verbrechen dahinterstecken könnte. Ich möchte mich in jedem Fall schon im Vorfeld bei Ihnen bedanken, dass Sie sich die Zeit nehmen, um mir Auskunft zu geben.“

„Aber das ist doch selbstverständlich, Herr Hauptkommissar“, sagte Obermeier.

„Können Sie mir sagen, was Sie beobachtet haben? Erzählen Sie mir einfach, was Ihnen aufgefallen ist.“

Sofort meldete sich Dr. Weberknecht zu Wort. „Alle namhaften Physiker aus Greifswald und Stralsund haben sich zu einer Gruppe zusammengeschlossen. Wir machten einen gemeinsamen Ausflug mit dem Rad über die Insel Usedom. Dabei beobachteten wir gestern das Manöver des besagten Flugzeuges in der Luft. Aufgrund der Tatsache, dass das Motorengeräusch zu abrupt erstarb, es einen furchtbareren Blitz um die Maschine herum gab und sie wie ein Stein vom Himmel fiel, dachten wir, dass es sich nicht um einen Unfall gehandelt haben kann“, sagte er.

„Und da haben Sie sich nicht gleich bei der Polizei gemeldet?“

„Es wurde unter den Kollegen darüber diskutiert“, sagte Obermeier. Doch Dr. Weberknecht fiel ihm ins Wort: „Aber sagen Sie es doch, Obermeier, es wurde diskutiert, dass es sich möglicherweise um ein riskantes Manöver des Piloten handeln könnte. Aber nun haben wir in der Tagespresse erfahren, dass die Maschine tatsächlich abgestürzt sei und das natürlich sofort mit dem Erlebten in Verbindung gebracht. Wir haben uns gestern nicht mit der Cessna weiterbeschäftigen können und sehen uns daher außer Stande, weitere Angaben zu machen“, sagte er lapidar.

Obermeier mischte sich nun ein und sagte, dass der Kollege Böklund behauptet habe, er hätte Rauch wie von einer Verpuffung gesehen, der aus dem hinteren Teil des Flugzeuges entwichen sei, was die anderen aber nicht bestätigen konnten.

Larsson war sich bewusst, dass er von diesen beiden Wichtigtuern nicht mehr würde erfahren können. Deshalb bedankte er sich freundlich für die Auskunft, nahm ihre Personalien auf und wünschte noch einen angenehmen Aufenthalt im Olive. Dann ging er zu Mourad Askri, der hinter seiner Theke stand, und bezahlte den Kaffee.

Im Wagen dachte er an seine Tochter Lara. Er war versucht, ihre Nummer zu wählen, verschob es aber auf einen späteren Zeitpunkt.

Als er nach Heringsdorf zurückfuhr, ließ er in seinen Gedanken all die Fakten, die sie über den Absturz des Flugzeuges besaßen, noch einmal Revue passieren. Sein Handy machte sich bemerkbar. Larsson war erfreut, Maiers Stimme zu hören.

„Wir haben es weder mit menschlichem Versagen noch mit einer Materialermüdung zu tun, Lasse. Die Maschine war mit einem kleinen Sprengsatz präpariert, der exakt unter dem Tank angebracht war. Es war Mord, Lasse.“

Das erklärt möglicherweise die Ausführung, einer der Physiker habe einen furchtbareren Blitz und den schwarzen Rauch einer möglichen Verpuffung gesehen, dachte Larsson. Wenig später war er gerade dabei, die Brücke, die in Wolgast das Festland mit der Insel Usedom verband, zu überqueren, als Andresen anrief.

„Ich habe jetzt das Bordbuch durchgesehen und festgestellt, dass die Maschine unlängst einer Durchsicht unterzogen wurde. Demnach war sie in einem erstklassigen Zustand“, sagte dieser. „Es riecht geradezu nach einer Fremdeinwirkung.“

„Paul hat mich gerade angerufen. Er hat Spuren dafür gefunden, dass ein Sprengsatz unter dem Tank angebracht war“, antwortete Larsson. „Er wird jetzt prüfen, um welches Material es sich dabei handelt und wie die Sprengung ausgelöst worden ist.“

„Polizeioberrat Kinse hat auch angerufen und gesagt, dass sich das BKA eingeschaltet hat und wir direkt mit diesen Leuten zusammenarbeiten sollen.“

„Als ob das nicht schon klar wäre, wo doch die Geheimdienste involviert sind.“ Damit beendete Larsson das Gespräch.

Zu Hause angekommen, fand er eine äußerst aufgeräumte Lebensgefährtin vor. Monika strahlte vor Vergnügen, was ihm sagte, dass etwas Außergewöhnliches vorgefallen sein müsse.

Sie antwortete nicht gleich, zeigte auf den Tisch im Esszimmer, den sie bereits für den Abend eingedeckt hatte. Neben dem Maria-weiß, das sie sonst nur zu Festtagen aufdeckte, hatte sie auch Sektgläser aufgestellt.

„Was gibt's denn heute zu feiern?“ Larsson wartete die Antwort nicht ab. „Ich hätte beinahe Lara angerufen, als ich in Greifswald war.“

„Warum hast du es nicht getan?“

„Ich weiß nicht. Das Telefon hatte ich schon in der Hand. Aber dann ...“

„Hat dich der Mut verlassen“, vollendete Monika den Satz. „Du bist schon der richtige Vater.“

Larsson deutete mit dem Kopf zu dem gedeckten Tisch. „Was gibt's denn nun heute zu feiern?“

„Ich hatte vor einer halben Stunde einen Anruf.“

„Und?“

„Du fährst morgen nicht nach Warschau!“

„Ach. Wer sagt das?“

„Die Fahrt geht nur bis Stettin. Die Sitzung findet im dortigen Polizeipräsidium statt.“

„Sagt wer?“

„Hauptkommissar Berg. Er meinte, du würdest dich freuen, weil du dann am Sonnabend nicht so lange von mir weg wärest.“

„Recht hat er. Aber Warschau hätte ich mir doch gern angesehen.“ Larsson wählte die Nummer Bergs. Aber der Hauptkommissar war schon nach Hause gefahren. Und so telefonierte er kurz mit ihm über dessen Handy. Berg bestätigte ihm, was Monika gerade so freudig verkündet hatte.

Als er sich umdrehte, stand Monika in der Tür. Sie strahlte ihn an und reichte ihm ein Glas Champagner. Sie hatte die Flasche Moët & Chandon extra für eine besondere Situation angeschafft. Diese Situation schien für Monika nun gekommen zu sein.

3. Kapitel

6. April 2004

Der alte, rostige Fisch-Trawler, dessen schwarze Farbe nur noch teilweise zu erahnen war, lag auch an diesem Tag still auf seiner Position 54,55° Nord und 19,22° Ost, dem Schnittpunkt zwischen den Städten Gdansk, Gdynia und dem Heimathafen des Trawlers, Elblag. Seit der Zeit, als der Trawler von dem polnischen Geschäftsmann Piotr Marciniak von der staatlichen Fischerei übernommen wurde, war dieser Punkt der Liegeplatz des Schiffes. Offiziell betrieb Marciniak dort einen Piratensender, der rund um die Uhr neben Werbungen aller Art internationale Rockmusik brachte. Offiziell war das den polnischen Behörden ein Dorn im Auge, und sie gingen mit lautstarken Protesten gegen diesen Sender vor. Da aber das Schiff außerhalb der Dreimeilenzone lag, hätte nur eine gewaltsame, gesetzlich nicht legale Übernahme des Trawlers den Piratensender vom Netz genommen.

Aber all das war nur Schein. Pjotr Marciniak war ein Phantom, das es in Wirklichkeit gar nicht gab. Es war ein Name, der dem polnischen für Spionageabwehr zuständigen Militärgeheimdienst Wojskowe Informacyjne, kurz WSI, zum Ankauf des Trawlers und zu Registratur im Hafen Elblag gedient hatte und der ausschließlich dazu bestimmt war, den wahren Inhaber des Schiffes, den polnischen Geheimdienst, zu verschleiern. WSI-Mitarbeiter handelten mit allem, was Geld für den Dienst und somit auch für den Umbau des Schiffes einbrachte, auch weltweit mit Waffen in politische Spannungsgebiete.

Einige Monate nach dem Ankauf des Schiffes war es durch einen Spezialumbau auf einer Werft nahe Szczecin zu einem modernen Spionage-Schiff umgerüstet worden. Die Antennen, deren Empfang weit nach Osten reichte, erfassten nicht nur alle Schiffsbewegungen, die in der nahe gelegenen Region Kaliningrad Oblast stattfanden. Auch über Funk geführte Telefonate wurden vom polnischen Geheimdienst sorgfältig aufgezeichnet, registriert und ausgewertet.

Die Region Oblast und die Stadt Königsberg waren laut dem Potsdamer Abkommen bis zu einer endgültigen territorialen Festlegung durch eine Friedensregelung unter sowjetische Verwaltung gestellt worden. Josef Stalin machte jedoch klar, dass die Sowjetunion den nordöstlichen Provinzteil Preußens mit Verweis auf den propagierten urslawischen Boden und der Begründung, dass Russland keine eisfreien Häfen zur Ostsee habe, annektieren werde. Und genau das war auch geschehen.

Seit den fünfziger Jahren des zwanzigsten Jahrhunderts wurde Königsberg, das seit 1945 Kaliningrad genannt wurde, als militärisches Sperrgebiet der Sowjetunion, seit 1991 als Territorium der Russen systematisch abgeschottet. Und deshalb war es für den polnischen Geheimdienst von großem Interesse, jede Bewegung an der neuralgischen Grenze mit Argusaugen zu verfolgen.

Den Russen war die Tätigkeit auf dem Trawler natürlich nicht verborgen geblieben. Mehrfach hatten sie Polen gebeten, gegen dieses Schiff vorzugehen. Aber statt der Aufforderung nachzukommen, hatte der polnische Generalstab stets dafür gesorgt, dass einige Kriegsschiffe der polnischen Marine vor Gdansk patrouillierten und somit den Trawler vor dem Zugriff Russlands schützten.

Aber nicht nur nach Osten reichten die Antennen. Auch Funkgespräche aus den Anrainerstaaten Litauen, Lettland, Finnland, Schweden, Dänemark und Deutschland wurden abgehört und analysiert.

Am Dienstag, dem 6. April 2004, nahm der Wojskowe Informacyjne ein Funkgespräch aus Deutschland auf, das, nachdem es analysiert worden war, für helle Aufregung sorgte. Sofort wurde WISI-Chef Marek Dukaczewski tätig. Er traf sich mit dem Chef des Inlandsgeheimdiensts, und dieser wiederum übergab das brisante Material dem Leiter einer Spezialeinheit, die gegen eine Nazifizierung im polnischen Volk gegründet worden war.

Oberst Wacław Łaczny, der Chef dieser Spezialeinheit, war aus tiefster innerer Überzeugung unermüdlich tätig, um der braunen Seuche Einhalt zu gebieten.

4. Kapitel

Warschau, Sonntag, 11. April 2004

Der Mann bestieg seinen silbergrauen Mercedes. Während er am modernen Rathaus in der Straße Pisudskiego, einem viergeschossigen Flachbau mit sehr viel Glas, vorbeifuhr, schaute er immer wieder in den Rückspiegel, um festzustellen, ob irgendein Fahrzeug seinem Wagen folgte. Aber so oft er auch in den Spiegel sah, er konnte keinen Verfolger ausmachen. Er befuhr die Aleja Solidarności und die Wolska, Polczyńska bis Ożarów. Als er merkte, dass ihn kein Wagen verfolgte, bog er rechts in die Strzykulska ein, der er bis Zielonki Parcela folgte. Ab da bewegte er sich nicht mehr auf der Europastraße 30, sondern auf der Straße 580, die er über Koczargi Nowe, Lezno bis Kampinos befuhr. In Kampinos aß er bei einem Straßenhändler eine Brühwurst. Dabei setzte er sich so, dass er ankommende und vorüberfahrende Fahrzeuge im Auge behalten konnte. Aber alle Autos, die die Straße passierten, passten nicht in das Raster eifriger Verfolger.

Als er wieder im Wagen saß, um seinen Weg nach Żelazowa Wola fortzusetzen, vernahm er die Sirenen von Polizeifahrzeugen. Alle Wagen, auch der des Unternehmers Kazimierz Kozłowski, machten einem Regierungskonvoi Platz, der in schneller Fahrt an ihnen vorbeizog. Hinter den Gardinen der schweren Limousine würde irgendein hoher Funktionär sitzen und das Vorrecht einer freien Straße genießen. Bei dem Gedanken an einen solchen übereifrigen Spießer huschte ein Lächeln über sein Gesicht. In Wola Pasikońska war der Konvoi abgebogen. Sicher hatte diese wichtige Persönlichkeit in irgendeinem kleinen Ort wie Strojek, Krisztajnów, Mokas oder Dzięglewo eine Datscha, in die es ihn mit Macht hinzog, oder eine Geliebte, zwischen deren Schenkeln er sich von der anstrengenden Arbeit in den Parlamenten in Warschau Erholung versprechen würde.

Wenig später tauchte Żelazowa Wola auf. In diesem friedlichen Dorf in Masowien wurde 1810 Frédéric Chopin geboren. Und hier kann man auch sein Geburtshaus besuchen, ein mitten im Grünen gelegenes weißes Landhaus. Kazimierz Kozłowski mochte den Stil dieses Hauses. Jedes polnische Kind wurde schon in der Schule darüber aufgeklärt, dass der Komponist im Jahre 1810 auf dem Anwesen des Grafen Skarbek geboren wurde, wo sein aus Frankreich stammender Vater als Hauslehrer tätig war. Das Hauptgebäude des Grafen fiel bereits 1812 den Flammen zum Opfer. Das Seitengebäude, in dem der kleine Frédéric Chopin vor dem Umzug der Familie seine ersten Lebensmonate verbrachte, wurde 1949 zum Museum umgestaltet. Da vor Ort keine originalen Einrichtungsgegenstände der Familie erhalten blieben, entschloss man sich, das Gebäude im polnischen Landhausstil des 19. Jahrhunderts einzurichten. Die Musik des Komponisten begleitet den Besucher durch die möblierten Räume. Rings um das Haus erstreckt sich ein gepflegter Park mit nahezu fünfhundert Baum- und Straucharten. Im Park stehen drei Denkmäler des Komponisten.

Kazimierz Kozłowski stellte seinen Mercedes auf einem Parkplatz neben einer Reihe von anderen Fahrzeugen ab und schlenderte durch den Park auf das Haus zu. Es war kurz vor 15:00 Uhr. Nur noch wenige Menschen hielten sich im Park auf. Offensichtlich waren die meisten von ihnen gekommen, um die an den Sommersonntagen stattfindenden Konzerte zu genießen. Denn da geben herausragende Pianisten jeweils um 12:00 und 15:00 Uhr Chopin-Konzerte. An diesem Sonntag war es der israelische Pianist David Shapiro, der Musik des polnischen Meisters intonieren würde.

Die Gäste, die an diesem Tag heraus nach Żelazowa Wola gekommen waren, hatten bereits die Plätze eingenommen. Einige etwas spät angereiste Zuhörer suchten noch in dem Musikzimmer Einlass zu bekommen.

„Herr Kozłowski?“

Der Mann drehte sich um. Hinter ihm stand eine junge Frau und lächelte ihm zu. Er nickte. „Kazimierz Kozłowski."

„Würden Sie mir bitte folgen? Sie werden schon erwartet."

Die junge Frau ging bis zur Treppe voraus und schaute sich noch einmal um, um sich zu vergewissern, dass der Mann nicht zurückblieb. Vor der zweiten Tür im Obergeschoss blieb sie stehen, klopfte kurz und ließ dann Kazimierz Kozłowski eintreten. Sie selbst blieb zurück und ging wieder nach unten.

Da das Gesicht des an die Fensterbank gelehnten Mannes im Lichtschatten lag, konnte es Kozłowski im ersten Augenblick nur schwer erkennen.

„Ich bin Wacław Łaczny von der Agencja Bezpieczenstwa Wewnetrznego", sagte die Stimme am Fenster.

Kozłowski blieb mitten im Raum stehen.

„Sie haben angedeutet, dass Sie aus der Szene aussteigen wollen? Wir würden Ihnen unter bestimmten Vorzeichen behilflich sein."

„Wie kommen Sie denn darauf? Ich habe gar nichts angedeutet." Kazimierz Kozłowski überlegte, wem er von seinem Entschluss, die rechtsnationale Szene zu verlassen, erzählt hatte. Aber so sehr er sich auch bemühte, sich zu erinnern, er könnte beschwören, niemandem aus der Szene davon erzählt zu haben. Umso mehr hatte er sich gewundert, als er bei einem Essen zwei Tage zuvor in einem Restaurant gegenüber dem Raczynski Palast bei einem Toilettengang von einem Mitarbeiter der Agencja Bezpieczenstwa Wewnetrznego angesprochen und zu diesem konspirativen Treffen eingeladen wurde. Es interessierte ihn, was der Inlandsgeheimdienst von ihm wollte. Er wusste, dass es nur mit seiner Funktion innerhalb der Naziszene zu tun haben könnte.

„Wir haben eine einzige Quelle in Ihrem Laden. Aber die ist relativ unbedeutend. Deshalb würde es uns entgegenkommen, wenn Sie mit uns kooperierten."

„Sie scheinen nicht zu wissen, wer ich bin", warf Kozłowski ein.

„Sie sind der leitende Kopf der Warschauer Neonazi-Szene. Polen kann sich eine derartige Propaganda im Ausland nicht leisten. Wenn Sie mit uns zusammenarbeiteten, könnten wir den Laden relativ schnell in den Griff kriegen."

„Und ich würde mein Leben verlieren", antwortete Kozłowski. „Haben Sie sich schon einmal gefragt, wieso der Nationalismus in Polen so viele Unterstützer hat?"

Łaczny hob die Schultern. „In den Umbruchzeiten der frühen 90er Jahre kam in Polen der radikale Nationalismus wieder auf. Traditionelle Ressentiments wurden dabei verstärkt durch das schon kurz nach der politischen Wende in Deutschland aufkommende Gefühl vieler Polen, dass ihr Land wieder fremdbestimmt werde."

„So ist es, nur dass die Kolonialmacht nicht mehr im Osten, sondern im Westen beheimatet ist", warf Kozłowski ein.

„Die rechtsradikale Szene", sagte Łaczny, „wird durch die sozialen Probleme des Landes bestärkt. Von den jungen Leuten unter 25 Jahren sind mehr als die Hälfte arbeitslos oder arbeiten in ungesicherten Hilfsjobs im In- oder im Ausland. Das halten wir alle, auch die Staatsmacht, für ein Problem, das aber langfristig durchaus in den Griff zu bekommen ist."

Im Erdgeschoss begann David Shapiro sein Konzert mit dem „Regentropfen-Prélude", das 1838 zusammen mit dreiundzwanzig weiteren Préludes in der Kartause von Valldemossa auf Mallorca entstanden ist, wo Chopin zu der Zeit mit George Sand lebte.

Kozłowski ließ einen Augenblick genüsslich diese wunderbare Klaviermusik auf sich einwirken, bevor er antwortete. „In den Umbruchzeiten der frühen 90er Jahre kam in unserem Land dieser radikale Nationalismus wieder auf. Die Kirche tut ihr Übriges. Sie paart den Nationalismus mit katholischem Antisemitismus. Ich entsinne mich, dass Glemp vor einem Gottesdienst sagte: ‚Ich überlege mir, ob die Juden nicht anerkennen sollten, dass sie gegenüber den Polen schuldig sind, insbesondere was die Zusammenarbeit mit den Bolschewisten und die Mittäterschaft bei den Deportationen nach Sibirien betrifft.‘ Und antideutsche Parolen waren auch beim Wahlkampf des amtierenden nationalkonservativen Präsidenten Lech Kaczynski zu hören, allerdings bekennt sich seine Rechtsregierung offiziell zur deutsch-polnischen Zusammenarbeit. Wenn Sie mich fragen, eine Farce.“

Die Männer setzten sich. „Kaczynski ist der Präsident. Und wir haben ihn nicht zu kritisieren. Jedenfalls nicht öffentlich. Und Józef Glemp ist das Oberhaupt der katholischen Kirche in Polen. Wer würde es in unserem erzkatholischen Land wagen, ihn zu desavouieren?“

„Wir könnten es. Unsere Organisation kann fast alles“, sagte Kozłowski, „aber wir werden den Primas von Polen in seinen Bemühungen, den Nationalismus durch den Katholizismus zu stärken, bestimmt nicht bremsen.“

„Ist es richtig, sich mit den deutschen Nazis zu verbünden? So sind Ausländer einer Gefährdung durch Rechtsextreme noch mehr ausgesetzt. Polen ist ein Umschlagplatz für Devotionalien und Waffen aller Art. Auch bei uns veranstaltet die starke Krew i Honor, ein Ableger der international agierenden Blood and Honour, oft und gerne Skinheadkonzerte. Und in diesem Klima entwickelte sich eine Neonazi-Szene, die sich der deutschen stark anlehnt und teilweise mit dieser gemeinsame Aktionen veranstaltet, so geschehen bei einer Jagd auf deutsche und polnische Punks in Frankfurt an der Oder. Waren Ihre Leute nicht dabei?“

„Ich habe zwar davon gehört. Aber derartige Einsätze entsprechen nicht meinem Stil“, sagte Kozłowski. „Es schadet der Bewegung.“

„Wessen Stil ist das dann? Stanisław Tujeks?“

Kozłowski hob die Schultern und machte ein fragendes Gesicht.

„Sie scheinen nicht zu wissen, was in Ihrem Laden vorgeht.“

„Tujek mimt ein wenig den starken Mann, mehr nicht“, warf Kozłowski etwas zu lässig ein.

Das Klatschen in den unteren Räumen des Hauses zeigte an, dass die Zuhörer vom Spiel David Shapiros begeistert waren.

Kurz darauf setzte der Pianist seine Darbietung mit Nocturnes fort.

„Ihr Tujek ist dabei, der deutschen Neonazi-Szene eine Druckerei für die ‚Deutsche Stimme' zu finden."

Kozłowski lachte auf. „Was macht Sie da so sicher?"

„Wir hatten einen Hinweis des deutschen Verfassungsschutzes, der ein Telefonat mit einem Mann namens Michal Prange in Świnoujście aufgezeichnet hat."

„Manipulationen der Deutschen", warf Kozłowski ein.

Oberst Łaczny nahm ein kleines Diktafon aus der Tasche seines Jacketts, stellte es auf den Tisch und betätigte die Wiedergabetaste.

Zuerst erklangen zwei Rufzeichen. Dann kam die rauchige Stimme eines Mannes. „Michal Prange ..."

„Torsten Meiler aus Ueckermünde hier. Unser gemeinsamer Freund Steiner gab mir Ihre Telefonnummer und den Auftrag, mich mit Ihnen in Verbindung zu setzen."

Es entstand eine kurze Pause.

„Wenn Steiner dir die Nummer gegeben hat, bin ich gern bereit, mit dir zu sprechen, Kamerad. Was kann ich für dich tun?"

„Wir haben ein Problem mit der Realisierung einer unserer Zeitungen und wollen prüfen, ob wir die nun in Polen drucken lassen können."

„Ich könnte mich umsehen. Wie schnell muss ein solcher Betrieb gefunden werden?"

„Sehr schnell. Wir möchten die nächste Ausgabe schon bei euch drucken lassen", sagte Meiler.

„Ruf mich in zwei Tagen an", sagte Michal Prange. Dann klickte es in der Leitung, und Łaczny schaltete das Diktafon ab.

Kozłowski dachte nach. Er war bei dieser ersten Zusammenkunft zu Hitlers Geburtstag am 20. April 2003 zum ersten Mal auf Thor Wolf getroffen, der sich nach einem Obergruppenführer der Waffen-SS selbst Steiner nannte und einer der bekanntesten deutschen Neonazis war. Der NPD-Politiker galt als Führungsfigur der rechtsextremistischen Szene vor allem in Norddeutschland. Torsten Meiler war in dieser Zeit häufig als Anmelder, Versammlungsleiter und Redner von verschiedenen Neonazi-Kundgebungen aktiv, wie im Januar 2004 in Hamburg gegen die Wehrmachtsausstellung. Steiner hatte dort einen starken Eindruck hinterlassen."

„Haben Sie nun noch Zweifel, dass Tujek an Ihnen vorbeioperiert?"

„Und wenn schon", sagte Kazimierz Kozłowski nachdenklich.

„Er will Sie beerben."

„Tujek ist ein Heißsporn, dem jede Führungskraft fehlt. Glauben Sie wirklich, dass dieser Mann, dem jeder Intellekt fehlt, mich beerben könnte?"

„Gerade deshalb. Er ist in der Lage, die Kräfte zu bündeln, denen Sie zu liberal sind. Tujek will sich mit diesem Abschaum, der in der polnischen Neonazi-Truppe Krew i Honor im Internet eine schwarze Liste mit Namen, Fotos und Adressen linker und schwuler Aktivisten veröffentlicht hat, verbünden."

Kazimierz Kozłowski lachte auf. „Das kann er nicht."

„Es häufen sich derartige Überfälle. Auf ihren Internetseiten rufen die Neonazis zu Hass und Gewalt gegen Andersdenkende auf. Wir wollen nicht warten, bis jemand stirbt."

„Nein, das wollen wir nicht", sagte Kozłowski.

„Wer sich in der Blood-and-Honor-Bewegung wiederfindet und Angriffe auf Andersdenkende ausführen lässt, wer den Hass sät, den wir nicht gebrauchen können, weil er den Staat Polen in der Welt diskreditiert, ist kriminell. Und die Verbindung zu diesem Prange in Świnoujście deutet auf eine ungute Verbindung zu den deutschen Neonazis hin, die wir in jedem Fall unterbinden müssen."

„Die deutschen Behörden haben Sie also auf Michal Prange aufmerksam gemacht ... Hält die Agencja Bezpieczenstwa Wewnetrznego diesen Prange für gefährlich?" fragte Kozłowski.

„Er hat zumindest eine Herkunft, die nachdenklich stimmen muss und die weit nach Deutschland und auch bis ins Dritte Reich zurückreicht."

„Das hört sich an, als gäbe es eine Akte über Prange."

Łaczny lächelte. „Ich habe wohl gemerkt, dass Sie glauben, der polnische Staat schlafe und warte auf Zeichen von den deutschen Behörden, um etwas zu unternehmen. Es gibt eine Akte über alle dem Dienst bekannt gewordenen Neonazis."

„Auch über mich?" Kozłowski schien amüsiert.

„Natürlich auch über Sie."

„Sagen Sie mir, was Sie über diesen Prange wissen. Dann werde ich entscheiden, inwieweit ich mit Ihnen zusammenarbeiten werde."

„Als die Russen Swinemünde besetzten, suchten sie nach einem integeren Mann aus den Reihen der Kommunisten, der ihre Interessen als Landrat der Insel in Świnoujście verkörpern sollte ..."

5. Kapitel

Insel Usedom, Frühjahr 1945

Im Februar 1945 hatte die Rote Armee auf breiter Front zwischen Schwedt und Görlitz die Oder erreicht. Nur im Norden war ein relativ breiter Landstreifen in deutscher Hand geblieben. Er reichte entlang der Ostsee bis nach Danzig und umschloss Hinterpommern und Teile der Grenzmark Posen-Westpreußen. Ostpreußen war vom Reich abgeschnitten. Von einer deutschen Verteidigungsfront in Pommern konnte kaum die Rede sein, höchstens von einem so dünnen wie löchrigen Abwehrschleier. Durch diesen Schleier trieben die Russen Anfang März mehrere Angriffskeile in Richtung Ostsee. Sie zielten unter anderem auf Rügenwalde, Kolberg und die Provinzhauptstadt Stettin am Westufer der unteren Oder. Damit nahm auch der Druck auf Swinemünde am Ausgang des Stettiner Haffs zu. Zwischen Haff und Ostsee liegen die Inseln Usedom und Wollin wie ein natürlicher Damm. Nur drei kleine Flüsse, die Peene im Westen, in der Mitte die Swine und im Osten die Dievenow, stellen schmale Verbindungen zwischen den Gewässern her. Die Stadt Swinemünde liegt am linken Ufer der Swine. Seitdem in dem einstigen Fischerdorf 1824 der Bäderbetrieb eröffnet worden war, hatte es sich zu einem der wichtigsten deutschen Seebäder entwickelt. Der Vater Theodor Fontanes hatte hier 1827 die Adler-Apotheke erworben. Im Roman „Effi Briest“ taucht Swinemünde als Kessin auf, wo Effis Ehemann Instetten als Landrat arbeitet.

Seitdem die Swine im 19. Jahrhundert verbreitert worden war und auch große Schiffe in das Haff einliefen, war Swinemünde bloß noch ein Vorhafen für Stettin. 1876 war es an das Eisenbahnnetz angeschlossen worden und von Berlin und Stettin aus über Pasewalk erreichbar. Eine Bäderbahn führte außerdem durch die drei Kaiserbäder Heringsdorf, Ahlbeck und Bansin in Richtung Westen. Gegenüber auf dem Wolliner Ufer der Swine lag der Fährhafen Ostswine, der den Endhaltepunkt von Bahnlinien aus Hinterpommern bildete. Deshalb war Swinemünde ein wichtiger Verkehrsknotenpunkt und wurde zur zentralen Anlaufstelle für Flüchtlinge aus Ost- und Westpreußen und bald auch aus Ostpommern. Die ersten waren im Herbst 1944 auf kleinen Schiffen eingetroffen, ab Januar 1945 strömten sie zu Tausenden herein. Täglich machten Schiffe aus Pillau, Hela, Gotenhafen und Kolberg im Hafen fest. Weitere Flüchtlinge kamen mit der Bahn aus Richtung Kolberg und Köslin. Da die Fähren mit ihrem Übersetzen vom Wolliner zum Usedomer Ufer überlastet waren, wurde eine Behelfsbrücke gebaut. Von Swinemünde aus sollten sie nach kurzem Aufenthalt mit der Bahn weiter nach Westen gebracht werden. In Swinemünde gab es nun zweiunddreißig Flüchtlingslager. Eines der größten befand sich in der Fontaneschule, durch die allein zweiunddreißigtausend Menschen geschleust wurden. Die Schule konnte täglich bis zu zweitausendzweihundert Flüchtlinge aufnehmen. Weil der Eisenbahnverkehr immer wieder stockte, mussten Neuankömmlinge auch in der Stadt untergebracht werden. In einer Gulaschkanone im Schulhof wurden täglich fünftausend Essensportionen zubereitet. In Swinemünde landeten auch Überlebende der Gustloff-Katastrophe, jenes 24.484 Bruttoregistertonnen großen Passagierschiffes der nationalsozialistischen Organisation „Kraft durch Freude". Ihre Versenkung durch das sowjetische U-Boot S-13 vor der Küste Pommerns am 30. Januar 1945 zählt mit möglicherweise mehr als neuntausend Opfern zu den größten Katastrophen in der Seefahrtsgeschichte.

Die *Winrich von Kniprode*, ein Luxusdampfer der Hamburg-Amerika-Linie, der am 9. März mit viertausend Passagieren aus dem brennenden Kolberg entkommen war, lag manövrierunfähig vor der Hafeneinfahrt Swinemündes, weil die Kohlen ausgegangen waren. Das sollte sich als Glück erweisen, sonst wäre das Schiff am 12. März wie sieben andere Flüchtlingsschiffe wohl von Bomben getroffen und versenkt worden. Unglücklicherweise wurde die Pontonbrücke über die Swine am 10. März von einem auslaufenden deutschen U-Boot gerammt. Die Reparaturarbeiten dauerten achtzehn Stunden. Unterdessen stauten sich auf der Wolliner Seite die Flüchtlinge. Vierzigtausend Menschen befanden sich am 11. März auf der Nachbarinsel.

Viele von ihnen gerieten am nächsten Tag in das unglaubliche Inferno, denn Swinemünde war seit 1934 zum Militärhafen ausgebaut worden. Es gab hier Kasernen, einen Flugplatz für Wasserflugzeuge, eine Reparaturwerft, einen Ölpier. Auslöser für das dreiviertelstündige Bombardement am Mittag des 12. März 1945 war ein russisches Ersuchen an die amerikanische Luftwaffe, einen Schlag gegen die Massierung deutscher Schiffe zu führen. Die deutsche Marinekampfgruppe 2 aus Gotenhafen war nach Swinemünde verlegt worden. Dazu zählten die Panzerkreuzer *Admiral Scheer* und *Lützow* sowie Zerstörer und Torpedoboote. Die Russen rechneten damit, dass die Schiffsartillerie gegen sie eingesetzt würde. Ihre eigene Luftwaffe sah sich zum Angriff außer Stande.

Dieser Schlag wurde von einer Armada aus 661 US-Bombern geführt, die von 412 Begleitjägern geschützt wurden. Es fielen 1.609 Tonnen Bomben auf die Stadt, darunter 3.500 Fünf-Zentner-Bomben. Eine hohe Opferzahl bei Zivilisten wurde billigend in Kauf genommen. Auch die Innenstadt wurde mit Bombenteppichen belegt. Die leichte Bäderarchitektur Swinemündes bot keinerlei Schutz. Fünfundfünfzig Prozent der Stadt wurde zerstört. Im Hafen wurde ein Flüchtlingszug getroffen. Die schlimmsten Verheerungen entstanden im Kurpark, wo zahlreiche Flüchtlinge bei kühlen Temperaturen kampierten. Zudem wurden beim Bombardement sieben Flüchtlingsschiffe mitsamt einer unbekannten Zahl von Zivilisten versenkt. Mehrere andere wurden ebenfalls getroffen und schwer beschädigt. Ein Indiz, dass mit dem Militärschlag auch ein Zivilmassaker beabsichtigt war, war der Einsatz von Baumkrepierern, Bomben, die schon bei der leichten Berührung mit Bäumen explodieren und auf diese Weise möglichst viele Menschen töten und verletzen. Die später als Journalistin Carola Stern bekannt gewordene Ahlbeckerin

Erika Assmus, die als Kind den Angriff wie durch ein Wunder überlebte, würde Jahre später darüber schreiben.

Am 16. April wurde im Hafen von Swinemünde der Schwere Kreuzer *Lützow* der deutschen Kriegsmarine von britischen Bombern versenkt.

Am 20. April begann die 2. Weißrussische Front der Roten Armee mit der Eroberung Mecklenburgs und Vorpommerns. Fünf Tage später, am 25. April, bildete die 2. Weißrussische Front einen großen Brückenkopf an der Oder südlich Stettins und zwang das Zentrum der 3. Panzerarmee nach Prenzlau zurück. Für kurze Zeit schien das östliche Usedom aus dem Fokus der Eroberer gerückt zu sein. Aber das täuschte.

Die Karniner Eisenbahnbrücke, die den Verkehr von Berlin zur Insel Usedom gewährleistete, war nicht nur ein wichtiger Verkehrsträger, der die Verbindung von Berlin nach Swinemünde möglich machte, sie war auch ein strategischer Punkt und für die deutsche Wehrmacht eine Nachschublinie – in dieser Zeit aber war sie unverzichtbar für die Rückführung eines Teils der Flüchtlinge.

In den Tagen, in denen das Naziregime das letzte Aufgebot gegen den aus Osten kommenden Feind einsetzte, wurde die Brücke nur noch von einer Handvoll Pimpfen, von instrumentalisierten Hitlerjungen und von einer Handvoll wiederhergestellten Soldaten bewacht. Major Bernhard Seidel, der an der Ostfront schwer verwundet worden war und den rechten Arm verloren hatte, befehligte diese Gruppe von fanatisierten Jugendlichen. Er wohnte bei der Witwe Gisela von Ramelow im Haus in der Senke unweit der Seebrücke in Heringsdorf.

„Ich habe Hinweis auf eine Anweisung des Wehrmachtsführungsstabes, liebe Frau von Ramelow, dass die Heeresgruppe Weichsel in Kürze den Befehl erhält, den Verteidigungsbereich Swinemünde zu räumen“, sagte Seidel.

„Aber Swinemünde ist doch über das Inferno hinaus ein unentbehrlicher Stützpunkt für den Flüchtlingstransport“, wandte Gisela von Ramelow ein.

„Ich habe die Eisenbahnbrücke zur Sprengung vorzubereiten. Was ich Ihnen sage, ist vertraulich. Ich hoffe, Sie verstehen, dass mich das sonst das Leben kostet!“

„Wir haben alles vergraben. Jedenfalls das Porzellan des Königs. Unter dem Haus befindet sich noch ein Stollen, der wegen des drückenden Grundwassers schräg nach oben verläuft und über eine Schleuse zugänglich ist, Herr Major. Dort habe ich in einer Holzschatulle den Schmuck der Königin Luise versteckt. Möge Gott geben, dass die Barbaren nicht bis dorthin vordringen. Sonst gnade mir Gott.“

„Was ist der Schmuck schon gegen Ihr Leben, gnädige Frau. Im Hafen liegt ein letztes Minenräumboot. Es ist dazu bestimmt, auch die Jungen von der Karniner Brücke aufzunehmen und nach Lübeck zu bringen. Ich bitte Sie, sich bereitzuhalten, denn ich werde Ihnen einen Platz reservieren.“

„Glauben Sie, dass das nötig sein wird?“

„Wissen Sie, was mit den Frauen passiert, die den russischen Truppen in die Hände fallen?“

Gisela von Ramelow war bleich geworden. Sie nickte und schlug die Augen nieder.

„Werden Sie sich bereithalten, um mit dem Schnellboot nach Westen zu fliehen?“

Gisela von Ramelow nickte.

„Es kann stündlich passieren. Ich lasse Sie abholen. Nehmen Sie nur mit, was Sie tragen können. Mehr darf ich Ihnen nicht zugestehen.“

Seidel ließ sich zum Befehlsstand nach Karnin zurückbringen.

Bei den Sowjets hieß es in einer von der deutschen Abwehr abgefangenen Meldung von Marschall Konstantin Rokossowski, dem Kommandeur der 2. Weißrussischen Front, an Marschall Georgi Konstantinowitsch Schukow: *Die 2. Weißrussische Front bildet nun einen großen Brückenkopf an der Oder südlich Stettins und zwingt das Zentrum der 3. Panzerarmee, auf Prenzlau zurückzugehen.* Die Verbände der 2. Weißrussischen Front brachen nach der Eroberung der Stadt Wollin den Widerstand des Gegners und rückten eilends nach Norden und Nordwesten vor. Zugleich überquerten die sowjetischen Abteilungen die Meerenge Peene, landeten Truppen auf der Insel Usedom und drehten die Offensive nach Osten.

Am Vormittag, kurz nachdem Major Seidel Gisela von Ramelow verlassen hatte, erhielt er den Befehl zur Sprengung der Brücke, um der heranrückenden Roten Armee das Übersetzen auf die Insel Usedom zu erschweren.

Am Abend des 28. April ließ Seidel die Kapseln zünden, die einen Großteil der Brücke zerstörten. Das Hubteil in der Mitte blieb stehen und ist heute noch zu sehen. Die maximale Hubhöhe betrug achtundzwanzig Meter. In der damaligen Zeit war sie die modernste Hubbrücke in Europa. Leider war nun dieser Weg auch für viele der Flüchtlinge, die Hoffnung hatten, dem Frontinferno zu entfliehen, zerstört.

Erst am 30. April 1945 heißt es im Kriegstagebuch des Wehrmachtsführungsstabes: *16.30. Befehl Generalfeldmarschalls Wilhelm Keitel an Großadmiral Dönitz und Heeresgruppe Weichsel, Verteidigungsbereich Swinemünde zu räumen.*

Gezielt zerschlugen die russischen Truppen in den kommenden Tagen die feindliche Garnison und eroberten die Stadt Swinemünde, einen der am besten ausgerüsteten Häfen Deutschlands.

In der Stadt Swinemünde gab es eine starke Präsenz der sowjetischen Besatzungstruppen. Große Teile des Stadtgebietes wurden von der „Baltischen Rotbannerflotte" requiriert und waren für Deutsche und Polen „off limits".

Auch die Villen am Heringsdorfer Strand requirierte die Rote Armee und bereitete sie für ein Offizierslazarett und ein nach außen abgeschlossenes Sanatorium für Offiziere vor. Eingerichtet wurde es im Herbst 1945. Allerdings begann schon zu dieser Zeit die sowjetische Besatzungsmacht, Deutsche als zivile Arbeitskräfte zu gewinnen. Diese wurden als Hilfskräfte oder Facharbeiter beschäftigt und in erster Linie mit einer warmen Mittagsmahlzeit entlohnt.

Unter den in Mecklenburg-Vorpommern einrückenden Einheiten der 2. Belorussischen Front befanden sich dreißig speziell vorbereitete Mitglieder des Nationalkomitees Freies Deutschland. Sie waren schon am 6. Mai in Stettin eingetroffen, mit der Aufgabe, die wenigen überlebenden aktiven bürgerlichen und sozialdemokratischen Hitlergegner ausfindig zu machen und sie auf eine zivile Verwaltungsarbeit vorzubereiten. Spuren dieser Gruppe finden sich in Anklam, Demmin, Greifswald, Stralsund und Torgelow. In Swinemünde und auf Usedom wirkte der Instrukteur Kollwitz. Die Gruppe hatte den Auftrag zur Schaffung einer Zeitung, die von russischen Redakteuren vorbereitet wurde und am 20. Mai unter dem Namen „Deutsche Zeitung" in Vorpommern erstmals erschien. Bis zum 10. Juni wurden täglich 50.000 Exemplare in Greifswald und Stettin gedruckt.

Dennoch konnte sich im Sommer 1945 im Kreis Usedom-Wollin – unter den Augen der Roten Armee – eine bemerkenswerte Bandenkriminalität entfalten.

6. Kapitel

Usedom/Wollin, Herbst 1945

„Mir ist da noch etwas eingefallen", sagte Wilhelm Wuttke. Wuttke war Kraftfahrer, KPD-Mitglied seit 1926 und gehörte ab 1944 als Soldat einer Kraftfahrerabteilung an. Im April 1945 versteckte er sich mit seinem Fahrzeug auf Usedom.

„Wir sollten erst einmal beiseiteschaffen, was wir haben", wandte der Stellvertretende Landrat Artur Drzymalla aus Swinemünde ein. Jahrgang 1895, war er jahrelang Mitglied der KPD. 1930 trat er dann in den deutsch-national orientierten Stahlhelm ein, aus dem er allerdings bereits nach einem Jahr wegen seiner zahlreichen Vorstrafen ausgeschlossen wurde. Die weiteren politischen Stationen: 1932 wieder KPD, 1937 Parteianwärter der NSDAP. Dem Aufnahmeantrag wurde jedoch aus politischen Gründen nicht stattgegeben.

„Und ordentlich teilen", bemerkte der Kreispolizeichef Kirstein. Kirstein hatte nach dem Russeneinmarsch Alfred Herfert, Jahrgang 1902, kennengelernt. Herfert hatte wie Kirstein ebenfalls eine schillernde politische Karriere aufzuweisen. 1929 Mitglied der KPD, meldete er sich im Dezember 1932 zum Eintritt in NSDAP und SA an und wurde im Januar 1933 Mitglied. Nach eigenen Angaben wurde er im Herbst 1933 wieder ausgeschlossen. Ab 1941 Soldat, desertierte er 1944, hielt sich zunächst in Berlin, dann in Ahlbeck auf Usedom auf. Durch Kirsteins Vermittlung wurde Herfert stellvertretender Kreispolizeichef für Usedom und Wollin.

„Nun haltet mal das Maul", sagte Wilhelm Stange energisch. Nach dem Einmarsch der Sowjets hatte er sich unter Berufung seiner Mitgliedschaft in der KPD für den Aufbau einer Verwaltung zur Verfügung empfohlen und wurde als Landrat in Swinemünde für den Kreis Usedom-Wollin eingesetzt. Von Beruf Kellner, war Stange zwischen 1921 und 1933 in Stettin mehrmals wegen einfachen und schweren Diebstahls verurteilt worden und saß mehrjährige Haftstrafen ab, ein Jahr und drei Monate 1923, zehn Monate 1924 und zwei Jahre und sechs Monate aufgrund des letzten Urteils 1933. „Was wir jetzt brauchen, ist eine kleine Auszeit."

„Warum?" fragte Herfert.

„Weil ich es sage. Wir haben die Sache so lange im Griff, wie wir die Russen außen vor lassen können. Lies vor", sagte Stange zu Herfert.

„Aus der Räumung im Haus an der Zinnowitzer Strandstraße konnten wir neben den gängigen Gebrauchsgegenständen das Vieh der Hausbesitzerin beschlagnahmen. Es besteht aus zwei Kühen, einem Schwein, dreizehn Enten, achtzehn Hühnern, dreißig Küken, fünf Puten. Wir haben unseren polnischen Helfern fünf Enten und acht Hühner für ihre Hilfe abgegeben. Der restliche Tierbestand befindet sich auf dem Hof Gersters."

„Und die Russen?" fragte der stellvertretende Landrat Artur Drzymalla. „Was habt ihr denen gegeben?"

„Was wir in Ulrichshorst requirieren konnten. Wir sind mitten in der Nacht hingefahren", sagte Stange. „Beim Öffnen der Tür haben wir den Bauernlümmel sofort zusammengeschlagen und zur Herausgabe von Speck und Lebensmitteln gezwungen. Das war der Anteil, den die Russen kassiert haben."

Kreispolizeichef Kirstein sagte: „Wollt ihr euch nicht anhören, was Wuttke zu sagen hat?"

„Also", forderte Stange Wuttke auf.

„Es war in den letzten Tagen, bevor die Russen die Insel besetzt hatten. Ich war Fahrer des Majors, der die Eisenbahnhubbrücke zu bewachen hatte. Der Major Seidel war bei einer Frau von Ramelow, einer Witwe, im Haus in der Senke einquartiert. Am Tag, als er die Eisenbahnbrücke sprengen ließ, holte ich ihn von seinem Quartier ab, um ihn zu seinem Kommando zu bringen. Da erzählte er mir, dass die Frau diverse Kostbarkeiten in ihrem Garten vergraben habe, darunter auch ein Rubinen-Collier, das irgendwie vom Kaiser Friedrich Wilhelm II. stammen sollte."

„Ach“, sagte Stange und pfiff durch die Zähne. „Das ist ja interessant. Da werden wir der Witwe Ramelow mal einen Besuch abstatten.“

„Das wird kaum möglich sein“, widersprach Wuttke.

„Bei uns ist alles möglich“, sagte Herfert, der stellvertretende Kreispolizeichef. „Wir sind die Staatsmacht!“

„Die Frau ist mit dem letzten Minenräumboot gen Westen abgedampft“, sagte Wuttke.

„Umso besser“, ließ sich Stange wieder vernehmen. „Da brauchen wir ja nur noch den Garten umzugraben. Alfred, du sorgst dafür, dass die Polen zum Graben zur Verfügung stehen.“

„Gar kein Problem, Wilhelm. Die Leute stehen abrufbereit.“

Obwohl es nicht zu der geplanten Ausgrabung kam, würden die Nachkommen der von Ramelows, die nach der Wiedervereinigung Deutschlands unter großem finanziellem Einsatz ihr Grundstück zurückbekamen, nur noch Scherben von dem vergrabenen Schatz finden können. Und auch der Schmuck der Hohenzollern in der Holzkiste im Schacht war nicht mehr da. Wer ihn geplündert hat, wird wohl niemand mehr erfahren.

Wilhelm Stange war, und das erkannten alle Beteiligten an, der führende Kopf. Als von den Sowjets eingesetzter Landrat, der unter dem Schutz der Besatzungsmacht stand, war er der mächtigste Mann nach dem Standortkommandanten. Doch der Stern der Bande war im Sinken.

Die Beschuldigten hatten ab Mai 1945 bis zu ihrer Verhaftung Beschlagnahmungen und Plünderungen vorgenommen und gingen dabei in brutaler Weise vor. In den Tagen größter Not waren Landrat, stellvertretender Landrat und seine Polizeiorgane immer nur auf der Suche nach Geld, Schmuck, Lebensmitteln, Schnaps, Wein, Zigarren und Zigaretten. Beschlagnahmungen wurden fast täglich vorgenommen und andere Autofahrten zum Organisieren gemacht. In der Bevölkerung war die Landrat-Bande als Räuberbande bekannt, der Kraftwagen Stanges hatte den Beinamen „Räuberwagen“. Die Bevölkerung befand sich in ständiger Angst und Aufregung. Die KPD-Mitglieder Stange und Konsorten machten keine Unterschiede zwischen Faschisten und Antifaschisten, geplündert und beschlagnahmt wurde überall. Teils fuhren die Verbrecher mit rot-bewimpelten Wagen vor und drohten den Geschädigten mit Haft in Sibirien, falls sie Schmuck, Wertsachen, Hausrat und Vieh nicht herausgeben wollten.

Im September 1945 flog die Bande nach Hinweisen aus der Bevölkerung auf. Stange und seinen Komplizen wurde eine Fülle von Straftaten zur Last gelegt, die fast die gesamte Palette der Eigentums- und Gewaltdelikte abdeckte: Unterschlagung, schwere und vorsätzliche Körperverletzung, Nötigung, Amtsmissbrauch, Vergewaltigung, Einbruch und Diebstahl, Aussageerpressung unter Gewaltandrohung, Freiheitsberaubung. Allein die Zahl der Freiheitsberaubungen, der ungesetzlich vorgenommenen Festnahmen und Inhaftierungen war laut Anklageschrift vom 15. April 1946 so umfangreich, dass die einzelnen Fälle nicht aufgeführt werden konnten. Zu all dem kam noch ein Mordfall, bei dem Stange Haupttatverdächtiger war, der aber von dem Verfahren abgetrennt wurde. Die juristische Verfolgung konzentrierte sich auf die genannten Beschuldigten, doch das System Stange reichte sehr viel weiter, vor allem in den Polizeiapparat hinein. Am 17. Oktober 1945 berichtete der am 24. September 1945 kommissarisch eingesetzte Kreispolizeileiter Wenke: „Ich hatte den Auftrag, die völlig desorganisierte und durch Korruption und Vetternwirtschaft in Verruf gelangte Kreispolizei neu zu organisieren. Der größte Teil der Beamten und Polizeimänner musste entlassen und durch Neueinstellungen ersetzt werden. Der bisherige Landrat Stange hatte durch sein übles Spiel geradezu verheerend auf die Moral vieler Angestellter des Landratsamtes und ganz besonders der Polizeimänner eingewirkt.“

Diese Verhältnisse waren der Landesverwaltung in Schwerin wie auch der SMA-Verwaltung des Landes entweder unbekannt, oder sie wurden von beiden bewusst nicht zur Kenntnis genommen. Selbst nach einem gemeinsamen Kontrollbesuch des Vizepräsidenten Warnke mit Oberst Serebriski, dem Chef des Sektors Inneres der SMA-Verwaltung, Mitte August 1945, vermerkte

Warnke in einem Bericht die kriminellen Machenschaften des kommunistischen Landrates mit keiner Silbe. Warnke bemängelte lediglich, dass unter den insgesamt einhundertundzehn Mitarbeitern im Landratsamt in Swinemünde noch dreißig bis vierzig ehemalige Mitglieder der NSDAP tätig waren. Die Entnazifizierung war offenbar kein besonderes Anliegen des Antifaschisten Stange.

Am 24. April 1946 teilte der Oberstaatsanwalt am Landgericht Greifswald der Schweriner Justizverwaltung mit, dass beim angesetzten Termin vor der Großen Strafkammer des Landgerichts Greifswald am 15. Mai 1946 nur gegen Stange, Wuttke und Kirstein verhandelt werden könne, da sich die weiteren Angeklagten Drzymalla und Herfert auf der Flucht befänden. Stange wurde zu fünfzehn Jahren Zuchthaus, Wuttke zu drei Jahren Zuchthaus verurteilt. Kirstein wurde freigesprochen. Doch mit diesem Urteil war der Kriminalfall Stange noch nicht beendet. Stange legte Revision ein, wurde am 31. Mai 1946 vom Polizeigefängnis Greifswald in das Polizeigefängnis Ueckermünde verlegt und brach dort am 3. Juli 1946 aus, noch bevor am 16. Juli 1946 über seine Revision verhandelt wurde. Die Flucht Stanges war besonders peinlich, denn die Greifswalder Kriminalpolizei hatte in einem Schreiben an die Ueckermünder Kreispolizei eingehend darauf hingewiesen, dass vor allem Stange, Wuttke und der mittlerweile gefasste und noch nicht abgeurteilte Herfert äußerst sicher unterzubringen seien. Da die Administration an diesen dreien äußerst interessiert sei, wurde besonders darauf hingewiesen, dass auf keinen Fall durch fahrlässige Unterbringung Flucht ermöglicht werden sollte.

Die Sowjets reagierten entsprechend. Der für die Beaufsichtigung des Polizeigefängnisses in Ueckermünde verantwortliche Kreispolizei-Oberinspektor wurde vom NKWD festgenommen. Die deutsche Polizei verhaftete die diensthabenden Wachmänner wegen Fluchtbegünstigung. Offenbar hatte sich Stange mit Hilfe eines Schließers eine Eisensäge besorgt und damit das vergitterte Fenster aufgesägt. Die weiteren Spuren Stanges verloren sich –

vorerst. Nach Aussage der Tochter des inhaftierten Wuttke befand sich Stange beim NKWD in Swinemünde. Ein Fahndungsersuchen der Ueckermünder Polizei an das NKWD war bis August 1946 unbeantwortet. Noch im Juni 1947 war die Suche nach Stange ergebnislos geblieben.

Tatsächlich war Stange in die britische Besatzungszone geflohen und hielt sich in Schleswig-Holstein auf. Aufgrund eines Ersuchens der sowjetischen Militäradministration lieferte die britische Besatzungsmacht Stange aus. Nach bisherigen Kenntnissen verbüßte der ehemalige Landrat seine Strafe in Bützow. Die Aufnahme des Verfahrens wegen Mordes, das 1946 zunächst abgetrennt worden war, wurde jedoch offenkundig aus politischen Gründen durch den Generalstaatsanwalt und den Innenminister Hans Warnke hintertrieben.

7. Kapitel

Żelazowa Wola, 11. April 2004

Das Klatschen drang bis hoch zu den beiden Männern. Dann Stühlerücken und die Unruhe, die es gibt, wenn eine Ansammlung von Menschen einen Ort verlässt. David Shapiro war mit seiner Darbietung zum Ende gekommen.

„Was mich interessieren würde“, sagte Kazimierz Kozłowski, „ist die Frage, wieso es unterschiedliche Namen gibt. Sie spielen mir eine Aufnahme eines Gesprächs mit einem Prange in Świnoujście ein und berichten dann von einem Wilhelm Stange.“

„Jener Michal Prange ist der Enkel von Wilhelm Stange. Stanges Sohn Michael war einer der Pimpfe, die die Karniner Eisenbahnbrücke mit in die Luft gejagt haben. Ihm ist es gelungen, den Namen Stange, der durch den verbrecherischen Vater stark belastet war, in Prange zu ändern. Er war aber, was die polnischen Behörden nicht wussten, ein unverbesserlicher Nazi, blieb als Vorhut in Świnoujście, um die Insel ‚heim ins Reich‘ zu führen, was zu der Zeit natürlich unmöglich war.“

„Das klingt reichlich abenteuerlich“, warf Kozłowski ein.

„Noch abenteuerlicher ist, dass er in Deutschland und Österreich bei der Wehrsportgruppe Hoffthaler mehrfach an militärischem Training teilgenommen hat.“

„Wann war das?“

„In den 60er Jahren.“

Kozłowski lachte auf. „Da gab es eine undurchlässige Grenze zwischen Polen und der DDR.“

„Die politischen Entwicklungen in Deutschland waren immer in unserem Fokus. Wir Polen mussten besonders wachsam sein und beobachteten das mit großer Sorge. In Anlehnung an eine alte Mythologie, nach der sich ein Mensch mit Hilfe eines Wolfshemdes oder eines Wolfsgürtels in einen Wolf verwandeln könne, organisierten die deutschen Faschisten Widerstandsgruppen gegen die Alliierten, die aus dem Hinterhalt gegen die Siegermächte operieren sollten. Obgleich dieses Ansinnen kläglich scheiterte, haben zumindest die theoretischen Überlegungen bis heute eine Wirkung. Im Devotionalienhandel des NPD-eigenen Verlags ‚Deutsche Stimme‘ konnten für sechzehn Mark die Werwolf-Winke für Jagdeinheiten erworben werden.“

„Deutsche Stimme? Ist das die Zeitung, die hier gedruckt werden soll?“

„Ja.“

„Wie ist es dem Mann gelungen, über die Grenze zu kommen?“

„Unser Auslandsnachrichtendienst konnte in Erfahrung bringen, dass das Ministerium für Staatssicherheit der DDR der Wehrsportgruppe Rast- und Verfügungsräume bereitstellte, und für sicheres Geleit von deren Fahrzeugüberführungen ausgemusterter Bundeswehrfahrzeuge durch den damaligen Ostblock nach Südosten gesorgt habe. Einer der Wehrsportler war bei einem Lokaltermin, bei dem es um das Ausheben eines Erd-Depots in DDR-Grenznähe ging, durch Flucht auf DDR-Gebiet den Bundesbehörden entkommen. Dort anwesende vorgeschobene Beobachter der DDR-Grenztruppe blockten die nacheilende Polizei der Bundesrepublik energisch ab. Auf diplomatische Nachfrage wurde Tage später mitgeteilt, dass die nachgefragte Zielperson bereits mit unbekanntem Ziel ausgereist sei.“

„Das ist unglaublich.“

„Aber wahr. Die deutschen Geheimdienste hatten Hoffthalers Gruppe infiltriert und ließen sie an der langen Leine. Laut dem Agenten Karl Peter Richmann, welcher für die Wehrsportgruppe rekrutierte, hätte man mit seinem Informationsstand und Wissen die Wehrsportgruppe Hoffthaler schon 1976 hochgehen lassen können.“

„Warum tat man das nicht?“

„Weil es auch Sympathisanten innerhalb der deutschen Behörden gab. ‚Man muss sich der nationalen Kräfte bedienen, auch wenn sie noch so reaktionär sind – mit Hilfstruppen darf man nicht zimperlich sein‘, sagte schon Franz Josef Strauß. Und das zeigt, wie hoch angebunden diese Sympathisanten waren.“

„Und die deutsche Polizei?“

Wacław Łaczny hob die Schultern. „Am 19. Dezember 1980 wurden der jüdische Verleger und ehemalige Vorsitzende der israelitischen Kultusgemeinde Nürnberg, Shlomo Levin und seine Lebensgefährtin Frieda Poeschke in Erlangen von Ole Bahrendt, einem weiteren Mitglied der Wehrsportgruppe Hoffthaler, erschossen. Levin hatte zuvor mehrfach öffentlich vor der deutschen Neonazi-Szene und insbesondere vor Hoffthaler gewarnt. Mehrere Indizien zeigten eine enge Verbindung zu dem Mann. So war der mutmaßliche Schütze dessen engster Gefolgsmann. Die Tatwaffe, eine Maschinenpistole vom Typ Beretta, gehörte Hoffthaler, am Tatort wurde die Brille seiner Freundin Franziska Bockelmann gefunden. Dennoch wurde die Bockelmann erst fünf Wochen nach dem Attentat befragt. Ein anonymer Anrufer behauptete einen Zusammenhang zwischen dem Verschwinden von siebenundneunzig Schuss Maschinengewehrmunition bei der Polizeiinspektion Ansbach im Juli 1980 und dem Attentat. Die Munition passe zum Attentat. Angeblich soll sie über Mittelsmänner an die Wehrsportgruppen-Mitglieder Kungel und Frösser gelangt sein. Der Leiter der Inspektion, Malucki, wurde von seinen Vorgesetzten angewiesen, eine unverfängliche Verlustmeldung zu machen. Als er Bedenken gegen dieses Vorgehen geltend machte, wurde er versetzt. Diesem Hinweis ist nie nachgegangen worden.“

„Deckung bis in die höchsten Polizeispitzen.“

„Das war damals. Inzwischen arbeiten wir mit den deutschen Behörden ganz gut zusammen.“

„Was wollen Sie genau von mir?“ fragte Kazimierz Kozłowski.

„Sie fliegen über Himmelfahrt nach Deutschland?“

„Woher wissen Sie das? Es ist ein internationales Treffen zu Absprachen über die Vorbereitung zu den Feierlichkeiten des Todestages von Rudolf Hess am 17. August.“

„Wir wollen genau wissen, was dort passiert. Wie und welche polnischen Gruppen dort teilnehmen. Ich spreche hier von der Nationalen Wiedergeburt Polens. Sie ist eine faschistoide Partei, die offiziell nicht zugibt, dass sie mit der deutschen NPD zusammenarbeitet. Tatsache ist aber, dass sowohl die NPD als auch die Nationale Wiedergeburt Polens zu der International Third Position gehören – einem internationalen faschistischen Netzwerk, das auf der europäischen Ebene arbeitet."

„Ich denke, die Leute von der NOP werden dort vertreten sein", sagte Kozłowski.

„In Polen wurden auch einige Ausgaben des ‚Stürmers' nachgedruckt. Es gab auch einige Fälle, wo die Polizei in Wohnungen von polnischen Neonazis Material gefunden hat, das in Polen für Deutschland und England produziert wurde. Diese Form der Zusammenarbeit ist unserer Meinung nach gefährlich. Da wollen wir ran."

Als sich Wacław Łaczny von der Agencja Bezpieczenstwa Wewnetrznego und Kazimierz Kozłowski trennten, hatte Kozłowski eine Verpflichtungserklärung unterschrieben, für den Inlandsgeheimdienst ABW zu arbeiten. Im Gegenzug hatte er die Zusage, vom Dienst angemessen geschützt zu werden.

8. Kapitel

Jedwiga Ansilewska schmiegte sich eng an Wiesław Krynski. Am Abend zuvor hatten sie einer Probe der Jungs von No Remorse beigewohnt, die alle Beteiligten ausgesprochen hipp fanden. Die raue Stimme des Sängers würde die Hooligans auf dem Fußballplatz am kommenden Wochenende in Ekstase versetzen. Dann hätte die Kameradschaft wieder neuen Zulauf. Sie würden sich die bestgeeigneten Männer aussuchen können. Kräftig müssten sie sein, bereit zu Schlägereien, willige Werkzeuge, die zur Durchsetzung einer nationalen Idee bereit waren.

Nun waren sie zu Hause, und Jedwiga hatte ganz andere, viel sinnlichere Gedanken. Sie schob sich auf Wiesław und küsste ihn.

Krynski war mit seinen Gedanken ganz woanders. Er wollte nicht so recht in Fahrt kommen, was die junge Frau ärgerte. Deshalb versuchte sie, seine Aufmerksamkeit auf eine andere Art zu erlangen.

„Ich musste gestern meine Mutter nach Żelazowa Wola begleiten“, sagte sie. „Wen, glaubst du, habe ich da gesehen?“

Da Krynski nicht darauf einging, fasste sie nach. „Kozłowskis Mercedes stand auf dem Parkplatz vor dem Chopin-Haus.“

„Na und? Du kennst ihn ja. Der mit seinem Kunstfimmel.“

„Sein Wagen stand da.“

Es dauert einen kleinen Augenblick, bis Krynski begriff, dass Jedwiga ihn auf etwas Besonderes hinweisen wollte.

„Sein Wagen stand da. Na und?“

„Es fand ein Klavierkonzert statt. Ich dachte, ich würde ihn dort sehen, aber es gab von ihm keine Spur.“

„Dann war er sicher im Park spazieren.“

„Das Konzert dauerte eine Stunde. Als wir zu unserem Fahrzeug zurückgingen, stand der Mercedes noch immer am gleichen Platz.“

„Vielleicht war er in einer der angrenzenden Kneipen. Oder er hat sich irgendwo mit einer Braut vergnügt. Du kennst ihn ja."

Sie ließ ihre Zunge um sein Ohr kreisen, biss ihn vorsichtig in sein Ohrläppchen. Das machte ihn an, und er warf sich auf sie.

Jetzt war es Jedwiga, die Krynski bremste. „Nicht so schnell, Wiesław, das war noch nicht die ganze Nachricht."

„Die Nachricht interessiert mich jetzt nicht. Sie kann warten."

Sie stöhnte auf, als er in sie eindrang. Wenig später kam ihr Kreislauf wieder runter. Allzu schnell hatte Krynski einen Orgasmus gehabt, während Jedwiga nicht zum Höhepunkt gekommen war.

„Wir sollten uns gemeinsam mal Kamasutra-Stellungen für Anfänger ansehen. Davon können wir sicher beide noch etwas lernen", sagte Jedwiga diplomatisch.

„Ist das alles, was du dazu zu sagen hast?"

„Du hast deinen Spaß gehabt, mein Lieber."

„Du nicht?"

„Nein."

„Aber du warst ..."

„Es hat nicht gereicht, Wiesław. So wie meistens."

Krynski stieß einen Seufzer aus. „Und da heißt es immer, Männer dächten nur an das Eine. Dabei seid ihr Frauen schlimmer als wir."

Sie streichelte ihn nicht, und sie sagte auch nichts mehr.

„Was wolltest du mir vorhin sagen?"

„Es ist doch nicht so wichtig. Schließlich hat es dich nicht interessiert."

„Das war vorhin. Jetzt will ich wissen, was es mit dem Wagen Kozłowskis auf sich hat."

„Wie ich schon sagte, der Wagen stand lange auf dem Parkplatz, aber Kazimierz war nicht zu sehen."

Krynski langte nach dem Radio auf der Kommode, die neben der Couch stand. Er wählte einen Sender, der Popmusik brachte. „Na und? Wie ich schon sagte, er wird in einer Kneipe oder irgendwo mit einer Braut zugange gewesen sein."

Jedwiga grinste ihn unverschämt an. „Als wir gerade abfahren wollten, vermisste ich mein Handy. Da ich es nirgendwo finden konnte, bin ich noch mal zurückgegangen, um im Konzertraum danach zu suchen."

„Und?" Krynskis Interesse schien geweckt zu sein.

„Da hab ich ihn gesehen."

„Kazimierz Kozłowski?"

„Ja. Ich beugte mich gerade zu Boden, um unter den Stühlen nachzusehen. Die Tür zum Flur war geöffnet. Ich hörte jemand die Treppe heruntergekommen. Automatisch schaute ich hoch. Da sah ich ihn."

„Hat er dich denn nicht gesehen?"

Sie schüttelte den Kopf.

„Das ist doch nichts Besonderes."

„Das habe ich mir zuerst auch gedacht."

„Und?"

„Gerade als ich das Haus verlassen wollte, kam wieder jemand die Treppe herunter. Es waren zwei Personen. Die Frau hatte ich schon vorher gesehen, als sie uns die Plätze anwies."

Krynski griff nach der Flasche Bier, die er zuvor schon angetrunken hatte, nahm davon einige Schlucke und rülpste laut. „Die zweite Person war ein Mann?"

Jedwiga nickte.

„Einer, den du kennst?"

„Nicht ich, meine Mutter kennt ihn."

Eine Liebschaft ihrer Mutter, dachte Krynski. Was in Gottes Namen geht das mich an?

„Ich hätte dem keine Bedeutung beigemessen", sagte Jedwiga. „Aber als ich im Auto saß und meiner Mutter erklärte, warum das so lange gedauert hatte, kam der Mann von der Treppe und ging auf einen in der Nähe geparkten Toyota zu. Ich sah an ihrem Gesicht, dass sie den Mann erkannt hatte."

Als sie eine kleine Weile schwieg, sagte Krynski ungeduldig: „Lass dir nicht alles aus der Nase ziehen."

„Ich fragte meine Mutter, ob sie den Mann kenne. Sie sagte, sie habe ihn früher gekannt, als er bei der zivilen Polizei in Warschau tätig war. Sie hat dort lange Zeit als Sekretärin gearbeitet. Aber das ist Jahre her. Dennoch fiel ihr ein, dass er von einem Tag auf den anderen aus der Behörde verschwand. Keiner wusste, wo er abgeblieben war."

„Das soll vorkommen. Vielleicht ist er in eine andere Stadt gezogen."

Jedwiga fingerte sich eine Zigarette aus der Packung, zündete sie an, sog den Rauch genüsslich ein und versuchte, Rauchringe zu blasen. „Sie hat ihn später in einem der Kaufhäuser in der Stadt getroffen. Gerade als sie ihn ansprechen wollte, kam eine junge Frau auf ihn zu, und sie küssten sich auf die Wange. Da hat sie sich nicht mehr getraut, ihn anzusprechen."

„War deine Alte scharf auf diesen Knacker?"

„Das glaube ich nicht. Der wäre ihr sicher viel zu jung gewesen. Aber sie hat ihn später noch einmal gesehen. Es war Zufall, aber es ist bei ihr hängengeblieben."

„Sprich nicht schon wieder in Rätseln."

„Ihre Freundin war Sekretärin einer anderen Behörde."

„Ich habe dir schon einmal gesagt, dass du dir nicht alles einzeln aus der Nase ziehen lassen sollst." Krynski war sichtlich ungehalten, und sie wusste, dass er gewalttätig werden konnte. Deshalb beeilte sie sich zu sagen: „Die Freundin arbeitet bei der Agencja Bezpieczenstwa Wewnetrznego."

Krynski stieß laut die Luft aus. „Beim Inlandsgeheimdienst. Und dort hat sie den Mann gesehen?"

„Ja. Sie hat ihre Freundin gefragt, ob er auch in ihrer Behörde arbeiten würde. Sie hat es bestätigt. Nun wusste meine Mutter, warum niemand über den Verbleib dieses Mannes in ihrer Behörde Bescheid wusste."

Krynski sprang so spontan vom Bett, dass die Flasche herunterfiel und der Rest des Bieres auf den Teppich lief. „Und das sagst du blöde Kuh mir erst jetzt! Du bist wirklich zu blöde, um einen Eimer Wasser umzuschmeißen!"

„Was habe ich denn nun schon wieder gemacht?“

Er fischte sein Handy aus der achtlos über den Stuhl geworfenen Hose. Eilig wählte er die Nummer von Stanisław Tujek.

„Ja.“

„Wiesław hier. Ich glaube, wir haben etwas Wichtiges zu besprechen.“

„Was kann so wichtig sein, dass du mich nach diesen wenigen Stunden Schlaf schon wieder störst?“

„Es gibt eine verdammt interessante Entwicklung im Fall Kazimierz Kozłowski.“

„Gut“, sagte Tujek, „komm her, aber alleine.“

„Natürlich kann ich alleine kommen. Aber ich denke, ich werde dir das nicht so plausibel erklären können wie Jedwiga.“

„Ich warne dich, Wiesław, wenn es nicht stimmt, was du eben gesagt hast, und du nur ein Weib in der Begleitung haben willst, gibt es erheblichen Ärger.“

Krynski machte sich in Begleitung Jedwigas mit dem Motorrad auf den Weg zu Stanisław Tujeks Wohnung.

Tujek wohnte am Stadtrand. Als sie vor dem alten, kleinen Haus ankamen, sahen sie ihn im Vorgarten sitzen. Neben ihm saß eine ältere, sehr einfache Frau, die ihm gerade Tee eingoss. Krynski und Jedwiga gingen durch das halb verfallene Gartentor. Tujek winkte sie heran und bot ihnen Platz an. Die alte Frau fragte, ob sie den Neuankömmlingen Tee einschenken dürfe. Während Krynski dankend ablehnte, nahm Jedwiga die Einladung der alten Frau gern an.

„Und nun, Wiesław, möchte ich hören, was so interessant ist, dass du mich in dieser heiligen Stunde störst.“

„Kazimierz Kozłowski hat sich mit einem Agenten des Inlandsgeheimdienstes getroffen.“

Hart setzte Tujek seine Tasse auf den Tisch. „Sag das noch mal!“

Jedwiga Ansilewska erzählte von Anfang an exakt das, was sie zuvor Wiesław Krynski berichtet hatte.

Tujek lächelte breit. „Jetzt kriegen wir ihn am Arsch.“

„Will noch jemand Tee?“ fragte die alte Frau.

„Nein, Oma. Wir wollen jetzt gar nichts mehr, kannst abräumen“, sagte Tujek.

„Ja, jetzt kriegen wir ihn am Arsch. Und ich werde dein Stellvertreter“, sagte Krynski siegessicher.

„Nicht so hastig, mein Freund, zuerst müssen wir Fakten schaffen. Dazu ist es notwendig, Kozłowski als Verräter zu überführen.“

Die alte Frau machte sich noch einmal bemerkbar und sagte: „Möchten Sie wirklich keinen Tee mehr, Jedwiga?“

„Nein, danke.“

„Was schlägst du vor?“ fragte Krynski.

Tujek dachte einen Augenblick nach. „Wir werden ihm auf keinen Fall sagen, dass wir wissen, dass er sich mit dem Inlandsgeheimdienst getroffen hat. Es wäre auch zu gefährlich, ihn zu beschatten. Kozłowski ist zu schlau, um das nicht zu bemerken.“

Jedwiga mischte sich ein. „Ich will nichts sagen, aber ich glaube, dass es sinnvoller wäre, man würde sich an seine neue Freundin halten.“

„Du bist nur neidisch“, sagte Krynski. „Hättest lieber selber ein Verhältnis mit ihm.“

„Blödmann“, protestierte Jedwiga.

„Nein, nein. Sie hat gar nicht so unrecht. Edyta-Zofia Bartak ist eine kleine Schönheit. Aber sie ist ihm verfallen. Und deshalb wird sie alles für ihn tun. Wir sollten sie beschatten. Auf keinen Fall dürfen wir etwas unternehmen, was eine erfolgreiche Ablösung Kozłowskis an der Spitze unserer Organisation gefährdet.“

Jedwiga wird mir in der Umsetzung meiner Pläne helfen. Ob sie will oder nicht, dachte Tujek, werde ich sie wie eine Marionettenpuppe am Bindfaden ziehen. Den Anfang hat sie bereits gemacht, indem sie den Fisch in der Nähe der Angel gesehen hat. Nun müssen wir ihn nur noch dazu bringen, in den Haken zu beißen. Jedwiga wird der Köder sein.

„Wir werden sie nicht selbst beschatten können“, sagte Krynski. „Unsere Gesichter kennt sie. Aber ich könnte versuchen, einige Kameraden aus der dritten Reihe für diese Aufgabe zu aktivieren."

„Ja, tu das", sagte Tujek und wandte sich an Jedwiga. „Wie stehst du mit Edyta-Zofia?"

„Bisher nicht gut. Sie ist mir zu abgehoben."

„Sag's doch, sie ist arrogant, weil sie aus einem Elternhaus kommt, das Kohle hat", sagte Krynski.

Tujek wiegte seinen Kopf hin und her. „Du bekommst jetzt einen Parteiauftrag. Ab sofort versuchst du, ihr Vertrauen zu erlangen." Er sah an ihrem Gesicht, dass ihr der Vorschlag nicht passte. Deshalb sagte er noch mal: „Es ist ein Parteiauftrag!"

„Ein Parteiauftrag – wie das klingt. Wie zu Zeiten der Kommunisten. Meine Mutter sagt, sie ist froh, dass die Scheiße zu Ende ist."

„Hör lieber zu, was Stanisław dir sagt!" sagte Krynski belehrend.

Jedwiga hatte den Blick gesenkt. Sie war voller Wut, kochte innerlich ob der Belehrungen, hütete sich aber, etwas zu sagen.

„Beim nächsten Kameradschaftstreffen wirst du neben Edyta-Zofia sitzen. Wir werden es so einrichten, und du tust, was die Partei von dir verlangt. Hast du verstanden?" Sie antwortete nicht. Stanisław Tujek hatte einen Ton angeschlagen, der keinen Widerspruch zuließ. Er wurde einmal gefragt, ob er ein guter Menschenkenner sei, und er hatte das bejaht. Jetzt fühlte er, dass er Jedwiga nicht hundertprozentig vertrauen konnte. Obwohl er nichts sagte, beschloss er instinktiv, eine weitere junge Frau auf Edyta-Zofia Bartak anzusetzen. Er machte eine leichte Kopfbewegung und sagte: „Gut, dass ihr gekommen seid. Wir werden darüber nachdenken, was wir tun müssen, um Unheil von der Organisation abzuhalten."

Krynski und Jedwiga verabschiedeten sich. Wenig später knatterte das Motorrad in Richtung Warschauer Innenstadt.

Später an diesem Abend verließ Stanisław Tujek seine Großmutter und fuhr in die Stadt zurück, wo er ein kleines Apartment bewohnte, das als eine Art Parteizentrale der Kameradschaft diente.

Wenn sich der Inlandsgeheimdienst mit Kazimierz Kozłowski traf, dann bedeutete das nichts Gutes. Der bisherige Chef ihrer Truppe war in der Lage, die ganzen Aktivitäten der Kameradschaft auffliegen zu lassen. Sicher würde die Agencja Bezpieczenstwa Wewnetrznego mit irgendeiner fadenscheinigen Begründung Kozłowski vor einer schwerwiegenden Gefängnisstrafe schützen. Aber ebenso sicher war, dass Aktivitäten, die nicht legal waren und an denen Kozłowski sich nicht beteiligt hatte, mehrere Häuptlinge der Kameradschaft für längere Zeit ins Gefängnis bringen würden. Tujek fasste zwei Beschlüsse. Erstens, Kazimierz Kozłowski musste für immer von der Bildfläche verschwinden. Zweitens, und das war nicht ungefährlich, war es vonnöten ... er stutzte ... diesen Mann des Inlandsgeheimdienstes zu beseitigen. Siedendheiß fiel ihm ein, dass er nicht gefragt hatte, ob Jedwiga den Namen des Agenten kannte. Reiß dich zusammen, dachte er. Solche Fehler dürfen dir nicht unterlaufen. Er wählte die Nummer von Krynskis Handy.

„Ist Jedwiga noch bei dir?“ fragte er, als Krynski sich meldete.

„Ja.“

„Gib sie mir. Ich muss sie etwas fragen.“

„Ja“, meldete sie sich zögerlich.

„Wenn deine Mutter den Mann in Żelazowa Wola erkannt hat, kennt sie sicher seinen Namen.“

„Sie sagte ... Łaczny. Ja, ich erinnere mich, Wacław Łaczny.“

Tujek notierte es und bedankte sich. Dann legte er auf. Er nahm das Telefonbuch und versuchte, den ihm genannten Namen zu finden. Aber so sehr er sich auch mühte, einen Wacław Łaczny konnte er nicht finden. Er hatte gehofft, über diesen Weg die Adresse des Mannes zu erfahren. Typisch, dachte er. Die Kerle der Geheimdienste haben alle keine offiziellen Telefonnummern. Also bleibt mir nichts anderes übrig, als über Edyta-Zofia Bartak und Kazimierz Kozłowski an den Mann heranzukommen. Und vorher müssen wir die Füße stillhalten. Aber wenn wir uns nicht beeilen, werden die uns zuvorkommen. Aus Fehlern wird man klug, dachte er. Krynski ist ein williges Werkzeug. Aber eine echte Führungskraft ist er leider nicht. Er ist ein Arschloch. Doch Gott sei Dank gibt es solche Arschlöcher, sonst müsste ich alle Arbeit allein machen. Dann dachte er daran, dass er Krynski zumindest einen Führungsposten zuteilen müsste, da der sich sonst als ein Risiko erweisen könnte. Enttäuschte Menschen bedeuten immer ein erhöhtes Risiko.

Jetzt musste er, Stanisław Tujek, zeigen, dass er der Lehrmeister war. Der Wind kommt und geht, aber das Meer bleibt.

9. Kapitel

Der junge Mann hatte sein Gesicht im Spiegel mit schwarzen Strichen eines farbigen Fettes unkenntlich gemacht, so wie er es im Fernsehen bei einer Dokumentation über die Spezialtruppenteile des deutschen Heeres gesehen hatte. Er hatte lange warten müssen, denn zu dieser Jahreszeit wurde es relativ spät dunkel. Jetzt war es kurz nach eins in der Nacht, und er vergewisserte sich, dass es im Haus mucksmäuschenstill war. Er zog seinen Bundeswehr-Parka an. Leise öffnete er die Hintertür des kleinen Hauses und schlüpfte hinaus in die Dunkelheit und zum Schuppen. Obwohl es in diesem dunkel war, vermied er es, Licht zu machen. Während des Tages hatte er sein BMX-Rad bereitgestellt, so dass er es mit wenigen Handgriffen herausziehen konnte. In den letzten vier Tagen hatte er sich eine kurze Geländestrecke zur Startbahn des Flughafens Heringsdorf ausgesucht und hatte diese sowohl am Tag als auch bei der einbrechenden Dunkelheit mehrfach durchfahren. Jetzt kannte er jedes Steinchen, jeden kleinen Ast und die kleinen Tücken der Wiese, die er im Schutze des Waldes überqueren musste. Während der letzten beiden Nächte hatte er die Stunden zwischen Mitternacht und drei Uhr mit seinem Fernglas im Schutze eines Dickichts gelegen. Sorgfältig notierte er sich die Zeiten, in denen der Wachdienst seine Runden drehte. Befriedigt hatte er genickt, als er die Zeiten der Rundgänge während der beiden Nächte verglich. Sie waren identisch.

Zwanzig vor zwei war er an dem Ausgangspunkt, an dem sein Fahrrad in der Schneise einer Hecke verschwand. Mit seinem Fernglas tastete er den Aufenthaltsraum des Wachpersonals ab. Er sah zwei Männer, die miteinander diskutierten. In dem Augenblick, als beide Männer dem Ausgang zu strebten, war er voll konzentriert. Ein Stück weit konnte er sie mit dem Glas verfolgen. Dann blieb einer der Wachmänner stehen und zündete sich eine Zigarette an. Er hatte das Aufflackern des

Feuerzeuges gesehen und das Aufglühen, wenn der Mann den Rauch einsog, um ihn zu inhalieren. Es dauerte fast eine halbe Stunde, bis die beiden Männer ihre Runde beendet hatten.

Er vergewisserte sich, dass die Bewacher sich in den Aufenthaltsraum zurückgezogen hatten. Dann löste er sich langsam aus seiner Deckung und schlich tief gebückt am Zaun entlang bis zu einer Schwachstelle, die ihm in den letzten Tagen aufgefallen war. Er legte sich auf die Erde und lauschte. Aus dem nahen Wäldchen, hinter dem die neuen reetgedeckten Häuschen mit Zugang zum Stettiner Haff entstanden waren, kam der Ruf eines Kauzes. Irgendein Tier, das er nicht zuordnen konnte, gab im Todeskampf entsetzliche Schreie von sich. Das ging ihm durch Mark und Bein.

Sekunden später löste er sich aus der mentalen Umklammerung, welche die Todesschreie bei ihm ausgelöst hatten, und er schob sich unter dem Zaun durch. Er robbte bis zu einem Punkt, von dem er das Hauptgebäude komplett übersehen konnte. Die beiden Wachleute hatten sich eingerichtet. Während der eine irgendetwas in eine Liste einzutragen schien, hatte sich der andere in ein Magazin vertieft. Bei dem Gedanken, wie nahe er diesen Menschen gekommen war, musste der Mann lächeln. Zwischen zwei anderen einmotorigen Maschinen, die möglicherweise zur Flugschule gehörten, sah er die Cessna mit dem polnischen Kennzeichen stehen. Noch einmal vergewisserte er sich, dass die beiden Wachleute beschäftigt waren. Dann ging er, jede Deckung ausnutzend, zu dem Flugzeug. Kurze Zeit später hatte er sein Werk vollbracht.

Er war gerade dabei, zu seiner Ausgangsposition am Zaun zurückzukehren, als er wie erstarrt stehen blieb. Es war nur ein kleines Geräusch, das ihn gebremst hatte. Es war wie das Quietschen einer nicht geölten Tür. Instinktiv drückte er sich an eines der Flugzeuge der Flugschule. Der vorher bedeckte Himmel war aufgerissen, so dass der Schein des Mondes das Flugfeld schemenhaft beleuchtete. Der Eindringling brauchte eine Zeit, bis er ausmachen konnte, dass es einer der Männer war, der, aus dem Aufenthaltsraum gekommen, eine Zigarette rauchte.

So schnell, wie er gekommen war, ging der Mann wieder in den Aufenthaltsraum des Turmes zurück. Ein Blick auf die Armbanduhr zeigte ihm, dass die Männer in wenigen Minuten ihren abermaligen Rundgang beginnen würden. Behände setzte er seinen Weg fort. Er unterquerte den Zaun. An den Stimmen, die aus der Richtung des Turmes kamen, registrierte er, dass die Männer ihren Rundgang begonnen hatten.

Ein befriedigtes Lächeln huschte über sein Gesicht.

10. Kapitel

Sonnabend, 22. Mai 2004

An diesem Sonnabend war Monika Landris als Erste aufgestanden. Wie so oft am frühen Morgen hantierte sie schon in der Küche, während Lasse Larsson unter der Dusche stand und das heiße Wasser über seinen Körper prasseln ließ. Larsson liebte es, dass der Duft des frischgebrühten Kaffees in seine Nase stieg, wenn er unter der Dusche hervor kam. Noch bevor er sich anzog, ging er an der Küche vorbei, um eine erste Tasse, die zur Hälfte mit Milch, zur anderen Hälfte mit Kaffee gefüllt war, zu sich zu nehmen.

„Sie hätten sich für diese Reise durchaus einen anderen Tag aussuchen können, Lasse, als ausgerechnet das Wochenende."

„Ich weiß nicht, warum du so spröde bist. Ermittlungsarbeit, und das müsstest du ganz besonders wissen, macht nicht vor einem Wochenende halt."

„Meine Mutter hat sich auch immer so aufgeregt, wenn mein Vater Wochenenddienst hatte."

„Warum regst du dich denn so auf? Habe ich nicht einmal im Monat Wochenenddienst? Und da sagst du auch nichts."

„Da bist du ja auch in der Regel nur in Heringsdorf. Und wir können fünfundzwanzigmal am Tag telefonieren."

Larsson lachte. „Du meinst, mit diesen Gesprächen hast du Kontrolle über mich." Er ging ins Schlafzimmer zurück und kleidete sich an. In der Zwischenzeit hatte Monika den Tisch fertig eingedeckt. Aus dem Fenster sah sie, wie wunderschön die Sonne an diesem Morgen aufging. Als sie sich wieder zur Tür herumdrehte, kam Larsson gerade herein. In seinem grauen Flanellanzug mit der roten Krawatte sah er umwerfend aus. Eifersucht stieg in ihr hoch, wenn sie an Danuta Salewski dachte. Sie nahm sich vor, unter dem Vorwand eines notwendigen Einkaufes, nach Anklam zu fahren, um sich die Dame anzusehen.

„Na, was brütet denn meine kleine Geliebte aus? Ich sehe richtig, wie es hinter deiner Stirn arbeitet."

„Kaffee?"

„Aber Schatz, da fragst du noch?"

Während Monika den Kaffee eingoss und sich Larsson schon das erste Brötchen mit der herrlichen Quittenmarmelade bestrich, sagte sie: „Ich wüsste zu gern, ob die Salewski mitfährt!"

„Ich weiß es nicht. Vielleicht. Vielleicht auch nicht. Darüber habe ich nicht zu entscheiden. Aber wenn sie mitfährt, dann ausschließlich, um ihrer Arbeit nachzugehen."

Monika hatte sich auf ihren Platz gesetzt, so dass sie Larsson ins Gesicht sehen konnte. „Ich habe noch nie einen Mann so geliebt wie dich. Und ich war auch noch nie so eifersüchtig, wie ich es jetzt bin."

„Und du hast gar keinen Grund dazu, eifersüchtig zu sein, denn du hast einen Mann, der dich liebt." Er war aufgestanden, hinter sie getreten und strich ihr mit der Hand über das Haar. Dann beugte er sich hinunter und küsste sie. „Ich muss los. In Anklam treffe ich mich noch mit Berg. Ich denke, wir werden zusammen fahren."

Kurze Zeit später sah Monika, wie Larsson in seinem alten Renault vom Grundstück fuhr.

In der Friedländer Straße in der Polizeidirektion in Anklam angekommen, parkte Larsson seinen Wagen im großen Hof der Gebäude. Er ging hinauf zum Pressebüro. Axel Berg war gerade dabei, einige Unterlagen zusammenzustellen.

„Lamm ist noch in seinem Büro. Du fährst mit ihm allein."

Hauptkommissar Siegfried Lamm war der auf deutscher Seite zuständige Verbindungsoffizier zu der polnischen Spezialtruppe für international organisiertes Verbrechen.

„Der Vorschlag, das Treffen nicht in Warschau stattfinden zu lassen, kam von den Polen. Uns dürfte es nur recht sein und dir ganz besonders, denn dann bist du heute Abend wieder zu Hause. Ich selbst bin froh, nicht mit nach Stettin fahren zu müssen. Mein Vater hat heute Geburtstag."

„Allein, dass du heute so früh hier anreisen musstest, ist schon Strafe genug."

„Meine Mutter ist froh, nicht mit meinem Vater allein sein zu müssen. Zwar kommen noch einige Verwandte und Freunde, aber du weißt ja, wie die Väter sind, deren Söhne in ihre Fußstapfen getreten sind. Für ihn bedeutete es sehr viel, dass ich da bin."

„Ja, das verstehe ich sehr wohl."

Die Tür ging auf, und Hauptkommissar Siegfried Lamm kam herein. „Bist du mit der Zusammenstellung der Unterlagen so weit, Axel? Wir haben gut zwei Stunden Fahrzeit, und wenn wir pünktlich sein wollen, dann sollten wir uns auf die Strecke begeben." Er war auf Larsson zugetreten und begrüßte ihn per Handschlag. „Guten Morgen erst einmal, Lasse."

„Morgen, Siegfried. Was mich wundert, ist, dass wir beide allein fahren sollen. Es ist doch das Prozedere sehr hoch angesiedelt, und ich habe gedacht, dass mindestens einer dieser Oberindianer mitfährt."

„Wo lebst du denn? Für diese Herrschaften ist das Wochenende heilig."

Siegfried Lamm schob die Papiere, die er von Berg erhalten hatte, in die Aktentasche. Dann verabschiedeten sie sich und gingen hinunter in den Hof, wo bereits ein Dienstwagen für sie stand. Larsson nahm auf dem Beifahrersitz Platz, und wenige Sekunden später rollte der Passat vom Hof.

Inzwischen hatte der Verkehr auch an diesem Sonnabend zugenommen. Pausenlos kamen ihnen Fahrzeuge aus ganz Deutschland entgegen, die ihre Insassen zum Urlaub an die Ostsee bringen würden. Am Straßenrand stand ein Citroën, der einen großen Wohnanhänger zog. Dichter Rauch drang aus seinem Motorraum.

„Weißer Rauch“, sagte Larsson, „bedeutet Wasserdampf. Die Karre kocht.“

„Wahrscheinlich ist der Hänger zu schwer. Oder der Wagen ist untermotorisiert.“

Sie schwiegen eine Weile, und wenig später waren sie an der Grenze. Als sie die Grenze passiert hatten, nahmen sie ihr Gespräch wieder auf.

„Es sind hier zwar noch verdammt alte Karren unterwegs, aber ich hab das Gefühl, die Polen holen auf“, sagte Larsson.

„Es fahren aber immer mehr sehr hochwertige Autos auf Polens Straßen und ich frage mich manchmal, wie viel man hier verdienen muss, um sich ein solches Gefährt leisten zu können.“

„Die Polen haben eine relativ große Schicht, die Geld verdient, sehr viel Geld, und eine sehr, sehr große Schicht, die an der unteren Grenze zur Existenz lebt. Viele Polen fahren ins Ausland, um als Erntehelfer ihr Geld zu verdienen. Aber die Mittelschicht, die bei uns recht gut ausgebildet ist, ist hier sehr, sehr dünn.“

Als sie an ihrem Ziel ankamen, fanden sie keinen freien Parkplatz. Sie umrundeten zweimal das imposante rote Backsteingebäude mit der grauen Steinverblendung im Parterre und den beiden großen Antennen, die für eine schnelle Kommunikation innerhalb Polens und darüber hinaus sorgten. Als sie auf der hinteren Seite des Gemäuers waren, löste sich ein Wagen aus einer der Parktaschen und gab den Blick auf einen BMW frei.

„Siehst du, was ich sehe?“ fragte Larsson.

„Es war mir bekannt, dass das BKA hier anwesend sein würde.“

„Der Wagen hat eine Münchener Nummer, keine aus Wiesbaden.“

„Bundesnachrichtendienst ...“

„Wollen wir wetten, Siegfried“, sagte Larsson. „Ich kann die Brüder förmlich riechen.“

Sie stiegen aus und gingen zum Haupteingang. In dem großen Entree, das durch Glastüren den Weg in die oberen Etagen abgrenzte, gingen sie zu einer Information, die sich hinter einem

Fenster befand. Eine Frau schob das Fenster zurück und schaute sie fragend an.

„Wir sind hier angemeldet", sagte Lamm. Er sah, dass die Frau ihn nicht verstand. Dann sagte er den Namen „Dudzik" und zeigte mit dem Finger nach oben. Die Frau lächelte und führte ein kurzes Telefonat. Dann wies sie mit dem Finger auf eine Bank unterhalb des Fensters. Siegfried Lamm und Larsson gingen zu der Holzbank und nahmen Platz. Es dauerte eine ganze Zeit, bis eine junge Frau in der Tür erschien und lächelnd auf sie zukam. Lamm kannte sie von einer den letzten Begegnungen mit der polnischen Verbindungsgruppe Organisiertes Verbrechen in diesem Hause.

„Hallo Siegfried, du bis spät dran. Alles wartet schon auf dich." Sie schaute Larsson an. „Du hast einen Kollegen mitgebracht?" Sie streckte Larsson ihre Hand entgegen und lächelte ihn an.

„Hauptkommissar Larsson, Marzena. Er ist der Beamte, der den Fall des abgestürzten Flugzeuges untersucht", sagte Lamm.

„Lasse Larsson", stellte Larsson sich vor, als er ihre Hand drückte. Sie gingen hinauf in den ersten Stock, kamen an einer schweren Eichentür vorbei, an der ein Schild auswies, dass hinter dieser Tür der leitende Nad-Inspektor saß.

„Die Polizei in Polen ist anders organisiert als bei uns", sagte Lamm zu Larsson, als er dessen fragendes Gesicht sah. „Die Polizei der Wojewodschaft Stettin wird von diesem Nad-Inspektor geleitet. Ein Nad-Inspektor ist ein General. Und als solcher lässt er sich auch behandeln. Denk daran, wenn er zu uns stoßen sollte."

Sie waren vor dem Raum angekommen, in dem die Zusammenkunft mit Wacław Łaczny, dem Mann, der extra aus Warschau angereist war, um mit ihnen zu sprechen, stattfinden sollte. In dem Raum saßen fünf Männer. Die Frau, die Lamm Marzena genannt hatte, sagte: „Roman Kowalski kennst du ja, Siegfried. Das sind die Herren ..." Sie stockte einen Augenblick, und einer der Männer ergriff das Wort: „Heller und Arnfried – Bundesnachrichtendienst.“

Larsson grinste Lamm siegessicher an. Die Herren nickten sich zu. Dann sagte Marzena: „Meinen Kollegen Mieczysław Dudzik kennst du ja auch schon.“ Sie nickte zu dem letzten Mann: „Und auch Hauptkommissar Semmler vom BKA ist kein Fremder für dich.“

Marzena verließ den Raum.

„Wir haben Sie gebeten, heute hierher zu kommen, um gemeinsam Aktionen abzustimmen, damit wir konzertiert gegen das internationale Erstarken rechtsnationaler Gruppen in den Ostsee- Anrainerstaaten vorgehen können“, sagte Roman Kowalski. „Wir warten noch auf den Vertreter des polnischen Inlandsgeheimdienstes aus Warschau. Der Mann ist bereits in Szczecin gelandet. Er wird in kurzer Zeit hier sein.“

Larsson goss sich eine Tasse Kaffee ein und schaute gedankenverloren aus dem Fenster.

Heller vom Bundesnachrichtendienst sagte: „Es ist der Nachteil einer Demokratie, nur bedingt gegen diese Gruppierungen vorgehen zu können. Da haben Sie es in Polen bedeutend leichter als wir in Deutschland.“

„Das glauben aber auch nur Sie“, widersprach Kowalski. „Erstens *ist* Polen eine Demokratie, und zweitens haben wir die katholische Kirche, die einen wesentlichen Einfluss auf eben diese nationalen Gruppierungen ausgeübt.“

„Ohne es bewerten zu wollen“, sagte Heller, „die Kirche hat hier einen so großen Stellenwert, dass sie fast einen Staat im Staate gebildet.“

Larsson blinzelte Lamm zu, und dieser lächelte zurück. Sie hatten sich verstanden, dass die Ausführung Hellers nicht gerade zu einer entspannten Diskussion beitragen würde. Die Polen und ihre Souveränität, die Polen und ihre katholische Kirche – das waren zwei neuralgische Punkte, die Heller besser nicht angesprochen hätte.

Die Tür ging auf, und unter dem Schwall eines Wortgefechts brachte Marzena den Beamten des Inlandsgeheimdienstes herein.

Kowalski war aufgestanden und ging ihm entgegen. Er gab ihm die Hand, während er sagte: „Das ist Wacław Łaczny von der Agencja Bezpieczenstwa Wewnetrznego. Willkommen bei uns in Szczecin.“ Er geleitete Łaczny zu seinem Platz und erteilte ihm das Wort.

„Darf ich fragen, wer von Ihnen Hauptkommissar Lasse Larsson ist?“

Larsson hob die Hand.

„Obwohl ich mich hier an alle wende, möchte ich mich im Anschluss ganz besonders mit Kommissar Larsson unterhalten, der für die Aufklärung des Mordes an einem Geschäftsmann aus Warschau in Deutschland ermittelt.“

Marzena war an die andere Seite des Tisches gegangen und schenkte nun dem neuen Gast eine Tasse Kaffee ein.

„Das Flugzeug, das über dem Haff explodiert ist, gehörte einem Geschäftsmann namens Kazimierz Kozłowski. Dieser Mann war nicht nur in der Reisebürobranche und anderen Aktivitäten tätig, sondern auch der führende Kopf der Rechtsextremen in Warschau.“

„In was für Geschäften war Kozłowski noch tätig?“

„Er handelt mit gebrauchten Traktoren und Autos. Hauptsächlich aber russische Belarus-Traktoren, die er unter anderem in der Bundesrepublik einkaufte, dann nach Minsk transportierte, sie dort aufarbeiten ließ und als neuwertige Maschinen wieder verkaufte. Damit ließ sich gutes Geld verdienen, und wir haben das wasserdicht geprüft. Mit seinem Handel war der Mann absolut sauber.“

„Dann hängt der Absturz mit seiner Zugehörigkeit zu den Nazis zusammen“, warf Roman Kowalski ein.

„Wir hatten versucht, über diesen Mann näher an die Szene in Warschau heranzukommen ...“

„Wollen Sie sagen, dass das Ihr einziger Kontakt zur Szene gewesen wäre?“ warf Arnfried vom Bundesnachrichtendienst ein.

„Nein, natürlich nicht. Aber der zweite Kontakt ist längst nicht so hoch angesiedelt. Der Grund für unser gesteigertes Interesse ist, dass die deutschen Nazis planen, eine Zusammenkunft aller führenden nazistischen Gruppen der Anrainerstaaten auf Usedom ins Leben zu rufen."

„Und davor haben Sie Angst?" fragte Heller.

Wacław Łaczny schüttelte den Kopf.

„Polen ist erschüttert", sagte Nad-Kommisar Roman Kowalski und zeigte den Ausdruck eines Artikels hoch, der in der Online-Ausgabe einer deutschen Zeitung erschienen war. „Es geht schließlich um nicht weniger als um einen Neonazi-Skandal in einer national-katholischen Regierungspartei! Hier ... eine deutsche Zeitung veröffentlichte bereits ‚Mitregierende national-katholische Liga Polnischer Familien – LPR-Jugendorganisation errichtet Hakenkreuz'", er zeigte den Aufmacher. „Und die polnische Tageszeitung Dziennik veröffentlichte auf ihrer Internetseite gar ein Video, das Mitglieder der mit der Partei verbundenen Organisation Mlodziez Wszechpolska bei einer neofaschistischen Zeremonie zeigt."

„Solche Vorfälle machen das Image Polens in der Welt kaputt", sagte Łaczny.

„Damit müssen wir leben", wand Arnfried ein. Und Heller ergänzte: „Demokratien haben eben Schwächen."

„Sie haben in Deutschland ganz ähnliche Tendenzen, und ich denke, wir sollten gemeinsam dagegen vorgehen."

„Wir beobachten die rechte Szene ganz genau." Semmler vom BKA, der bisher geschwiegen hatte, mischte sich nun ein.

„Der Aufnahme ist zu entnehmen, dass die Teilnehmer einer Feier der Allpolnischen Jugend Fackeln zu einem etwa drei Meter hohen Hakenkreuz angeordnet hatten. Neben einer polnischen spannten sie auch eine Flagge mit neo-faschistischer Symbolik auf. Am Ende des Videoclips skandieren die Anwesenden ‚Sieg Heil'. Und hier müssen wir eingreifen. Wehret den Anfängen." Roman Kowalski machte mit seinen Ausführungen deutlich, dass er den Hausherrn in Form des Nad-Inspektors der Polizei des Bezirks Zachodno Pomorskie in Stettin vertrat.

„Kommen wir auf den Flugzeugabsturz zurück“, warf Larsson ein und schaute Wacław Łaczny fragend an. „Das ist Mord, und allein dafür bin ich zuständig. Für den Rest ist der Verfassungsschutz verantwortlich.“

„Darüber möchte ich im Anschluss mit Ihnen sprechen“, sagte Łaczny. „In diesem Kreis wollen wir erst mal das Grundsätzliche klären.“

Die nächsten zwei Stunden waren sie dabei, eine Aufstellung der Aktivitäten der Nazis in den Staaten rund um die Ostsee und eine dazugehörige Einschätzung der zuständigen Dienste über sich ergehen zu lassen, die Łaczny gewissenhaft vortrug. Dazu ließ er Marzena schriftliche Vorlagen verteilen. Als sie die Problematik durchgearbeitet hatten, waren sie sich darüber einig, dass jeder in seinem Zuständigkeitsbereich die rechten Organisationen infiltrieren und ausspionieren sollte.

„Die Nazis werden immer frecher“, meldete sich zum Schluss Heller vom Bundesnachrichtendienst wieder. Und Semmler vom BND ergänzte: „Bei Ermittlungen gegen Angehörige der rechtsextremistischen Szene in Südniedersachsen hat die Polizei mehrere Schusswaffen und größere Mengen Munition sichergestellt. Es seien fünf Wohnungen in der Region durchsucht worden. Dabei seien unter anderem eine Pumpgun, eine Maschinenpistole, ein Repetiergewehr, ein Revolver, Bajonette und 450 Schuss Munition gefunden worden, Die Ermittlungen richteten sich gegen fünf polizeilich bekannte Rechtsextremisten.“

„Wir haben davon gehört“, sagte Łaczny.

„Sie sollen am frühen Sonntagmorgen an einer Schießerei und Schlägerei in einer Göttinger Nachtbar und einem anschließenden Anschlag mit Brandsätzen auf das Gebäude beteiligt gewesen sein. Während eines Streits mit dem Geschäftsführer des Lokals habe einer der Rechtsextremisten mit einer Pumpgun auf seinen Kontrahenten geschossen. Weil der Geschäftsführer sich hinwerfen konnte, hätten die Schrotkugeln nur die Wand getroffen.“

„Es gibt bei uns in Polen ganz ähnliche Strukturen wie in Deutschland. Teile der Szene schließen sich in kleinen, nicht gut organisierten Gruppen zusammen, ähnlich den deutschen Kameradschaften. Diese Gruppen sind vor allem in den Fußballstadien sehr aktiv. Sie veranstalten aber auch Konzerte. Vor zwei Monaten fand beispielsweise ein Konzert der Gruppe No Remorse hier in Polen statt.“

„Rattenfänger“, ließ sich Arnfried vom BND vernehmen.

„Einige Führer der Kameradschaften sind über dreißig Jahre alt, aber in den Stadien rekrutieren sie vor allem sehr junge Leute“, sagte Roman Kowalski vom Verbindungsbüro zur Bekämpfung des internationalen organisierten Verbrechens in Szczecin. „Sie sind auf diesem Feld ziemlich aktiv. Außerdem gibt es in Polen zwei oder drei Parteien, die ich als faschistisch oder rassistisch bezeichnen würde: Die Wiedergeburt Polens, die Polnische Nationale Partei und das Radikale Nationale Lager. Diese Parteien nehmen auch an den Wahlen teil.“

„Die bekommen zwar nie viele Stimmen, aber ihre Ideen setzen sich doch in den Köpfen der Leute fest. Auch diese Parteien rekrutieren übrigens Leute in den Stadien“, wand Dudzik ein. „Die Mehrheit ihrer Mitarbeiter stammt aus der Neonazi-Szene. Sie sind meist älter, nicht so jung wie die Mitglieder der kleineren Gruppierungen.“

„Meiner Meinung nach sollten diese Parteien auf Grundlage des Artikel 13 der polnischen Verfassung verboten werden“, sagte Łaczny.

Es entspann sich ein längerer Disput über die Möglichkeit und Unmöglichkeit eines Verbotes legal gewählter Parteien in Polen und Deutschland.

„Offiziell sagen diese Parteien natürlich, sie sind gegen den Nationalsozialismus, weil er so viel Unheil in Polen angerichtet hat“, sagte Dudzik. „Gleichzeitig sind aber ihre Helden Roman Dmowski und Boleslaw Piasecki, also Politiker, die im Ersten und im Zweiten Weltkrieg zum extrem nationalistischen Lager gehörten. Einige der Anführer der Gruppen sagen heute auch ganz offen, dass sie das Problem mit den Juden lösen und sie einen Führer wie Hitler wollen. Natürlich ist es merkwürdig, so etwas in Polen zu sagen, aber diese Leute sehen sich als Patrioten, nicht als Faschisten."

„Alle Nazis fühlen sich als Patrioten", sagte Wacław Łaczny nachdenklich. „Ob das Jean-Marie Le Pen in Frankreich ist, in Italien die Herren der Alleanza Nazionale ... Ob es deutsche, polnische oder Nazis aus Schweden, Finnland oder einem der anderen europäischen Staaten sind – wir Demokraten haben die Aufgabe, das Erstarken dieser Gruppen zu verhindern."

„Wir haben seit 1989 mehr als dreißig Todesopfer rechtsextremer Gewalt gezählt. Die Polizei in Polen führt rechtsextreme Straftaten nicht gesondert auf. Sie werden beispielsweise nur als Morde registriert. Das ist meiner Meinung nach zu oberflächlich", sagte Dudzik.

„Politisch aber sicher so gewollt", knurrte Łaczny.

Als sich die Gruppe nach mehr als vier Stunden aufzulösen begann, sprach Wacław Łaczny noch mit Hauptkommissar Larsson. Er übergab ihm eine Mappe mit den bisherigen Ermittlungsergebnissen zu den Mördern Kazimierz Kozłowskis und seiner weiblichen Begleitung, die der Inlandsgeheimdienst zusammengetragen hatte.

Als Larsson kurz vor 21:00 Uhr wieder in Loddin eintraf, hatte Monika Landris ein warmes Essen zubereitet. Larsson hatte sie angerufen, als die beiden Hauptkommissare wieder aus Szczecin in Anklam zurück waren. Weil sie erfahren hatte, dass die Männer in Polen nur einen kleinen Imbiss eingenommen hatten, erinnerte sie sich an ein Rezept eines der Fernsehköche. In diesem Fall war es Rainer Sass, der mit seinem roten Auto bei TV-Zuschauern vorfährt und mit diesen kocht. Und das tut er erfolgreich. Nun nimmt Rainer Sass in der Regel frisches Fleisch, Fisch und ebenso frisches Gemüse, doch Monika musste sehen, was ihr Kühlschrank hergab.

Anstatt des frischen Lachses, den Sass empfiehlt, nahm sie eine Packung Wildlachsfilet aus der Kühlung. Sie schälte eine Schalotte, legte sie zurecht und zwei Lauchzwiebeln. Statt des empfohlenen Noilly Prat aus Frankreich stellte sie sich eine Flasche italienischen Wermut bereit. Sie nahm einen Becher süße Sahne aus dem Kühlschrank und bereitete sich eine Gemüsebrühe. Sie würfelte die Schalotte und schnitt die beiden Lauchzwiebeln in feine Ringe, goss die Sahne in eine Form und rührte ein klein wenig Brühe und Wermut unter. Dann legte sie die beiden Lachsfilets hinein und schob diese in den auf zweihundert Grad vorgeheizten Ofen. Dazu würde sie frisches Weißbrot, einen Linsensalat und Bratkartoffeln servieren.

„Ein Wochenende stelle ich mir eigentlich ganz anders vor", sagte Monika Landris, als Larsson hereinkam.

Larsson nahm sie in den Arm. „Ich auch, Liebling. Aber es gibt Dinge, die kann man einfach nicht aufschieben." Er zog geräuschvoll die Luft rein. „Das riecht ja verdammt verführerisch."

Während Larsson ins Bad ging, um sich ein wenig frischzumachen, stellte Monika Max Bruchs „Violinenkonzert Nr.1" in einer Aufnahme des 1987 verstorbenen Geigenvirtuosen Jascha Heifetz an und trug dann das Essen auf.

„Was war denn so wichtig, dass ihr an einem Sonnabend unbedingt dorthin fahren musstet?"

Larsson stieß die Luft aus und sie merkte, dass er eigentlich gar nicht darüber sprechen wollte. Dennoch sagte er: „Der Mann, der die abgestürzte Maschine geflogen hatte, war ein Nazaussteiger. Wenn ich das richtig verstanden habe, war sein Vertreter scharf auf seinen Posten."

„Aber da bringt man doch nicht gleich einen um."

Sie setzten sich, Larsson kam nicht umhin, sie wegen des schmackhaften Essens zu loben. Während des Essens schwiegen sie eine Weile. Monika fragte sich, warum Lasse so still war. Sie war schlau genug, sich diese Frage selbst zu beantworten. Es war eine anstrengende Woche gewesen, die ihm vieles abverlangt hatte, und manche Überstunde war angefallen. Mit zunehmender Sonne und den Feiertagen fielen die Urlauber auf der Insel ein. Und mit ihnen kamen die Langfinger, die ihr Glück versuchten. Manchmal konnte man sie schnell überführen. Ein anderes Mal würde man sie nie stellen können. In jedem Fall aber machten sie Arbeit. Und dann musste er auch noch den ganzen Sonnabend wegen des neuen Falles mit den Polen verhandeln.

Larsson dachte über den neuen Ermittlungsansatz nach, den er nun mit seinen Leuten besprechen würde.

Entgegen seinen sonstigen Gewohnheiten legte er sich nach dem Essen auf die übergroße, cremefarbene Couch und schlief schon während der Ouvertüre zu Verdis „Un ballo in maschera“ ein. Daran änderte auch die Referenzaufnahme aus dem Royal Opera House Covent Garden unter Riccardo Muti aus dem Jahr 1975 nichts.

11. Kapitel

Montag, 24. Mai 2004

An diesem Maitag waren sie mit dem Wetter glücklich dran. Seit Tagen schon schien die Sonne und hob damit das Wohlbefinden der Menschen an der Ostseeküste.

Larsson hatte einen schönen Sonntag gehabt, an dem er sehr verwöhnt wurde. Monika brachte ihm das Frühstück ans Bett. Das war eine Seltenheit. In der Regel war er es, der am Wochenende das Frühstück bereitete und Monika damit überraschte. Nicht immer im Bett, während des Sommers draußen auf der Terrasse. Dort genossen sie es, von den Anstrengungen der Woche ein wenig Abstand zu bekommen.

Aber nun war Montag, und Larsson hatte für acht eine Dienstbesprechung angesetzt. Seine Mitarbeiter, außer Inge Mohaupt, die ihren Dienst in Anklam wieder aufnehmen sollte, waren nun versammelt.

„Wir haben eine Reihe neuer Erkenntnisse“, begann Larsson die Einleitung der Besprechung. „Im Fall des Absturzes der Cessna handelt es sich um einen Warschauer Geschäftsmann, welcher der rechtsnationalen Szene zugerechnet werden muss. Der Mann war Führer einer dieser Kameradschaften der rechten Szene in Warschau.“ Er öffnete den Ordner, der vor ihm lag. „Wir haben jetzt einen Anfangspunkt. Kazimierz Kozłowski war in Begleitung. Die junge Frau hieß“, er schaute auf das Schriftstück, „Edyta-Zofia Bartak. Sie war erst vierundzwanzig Jahre alt. Wie sie in diese Szene gerutscht ist, geht hieraus nicht hervor. Aber der Vertreter des Inlandsgeheimdienstes, ein Oberst Wacław Łaczny, machte deutlich, dass es sich wohl um eine Liebesbekanntschaft gehandelt haben musste.“

„Was war noch einmal in Kamminke, Karl?“ fragte Larsson, ohne auf den Einwand Andresens einzugehen.

„Ich habe zwei Handys mitgebracht, mit denen Aufnahmen gemacht wurden. Eins zeigt direkt die Explosion in der Luft. Wir müssen die Handys den Besitzern zurückgeben, wenn die KTU damit fertig ist. Ich habe die Funktelefone noch am Freitag in Anklam abgegeben und werde mich gleich darum kümmern."

„Tu das, Karl."

„Ich bin von Kamminke aus weitergefahren zum Flughafen und habe dort mit einem Herrn Mannholz gesprochen, der Dienst am Tower hatte. Er war auch zum Wochenenddienst eingeteilt, als die Cessna landete. Als er in die Empfangshalle ging, um sich einen Kaffee zu holen, sah er, dass der Ankömmling mit seiner Begleitung in einen Geländewagen stieg."

„Aber er hat sich natürlich die Nummer nicht gemerkt", sagte Larsson.

„Nein, aber das brauchte er auch nicht. Er hat den Fahrer gesehen und ihn erkannt."

„Das ist doch schon mal etwas."

„Es ist ein bekannter Neonazi aus Ueckermünde. Alverich Clüver heißt der Mann, und er hat ein Vorstrafenregister, das sich sehen lassen kann", sagte Simons.

Larsson dachte daran, dass es ein Glück war, dass es die MAEX gab. Seit Mitte der 90er Jahre die Mobile Aufklärung Extremismus eingerichtet wurde, bekam man das Problem Rechtsextremismus langsam in den Griff. Die MAEX ist eine Gruppe, die bei den Kriminalpolizeiinspektionen organisatorisch angebunden ist. Sie hat die Aufgabe, kontinuierliche offene Aufklärung von Szenetreffpunkten zu betreiben. Dauerhafte und qualitativ hohe Informationsgewinnung über geplante Aktivitäten der rechten Szene wie Konzerte, Sonnenwendfeiern und andere Geschäftigkeiten durch direkte Kontaktaufnahme mit potenziell bekannten und erkannten extremistischen Straftätern und Führungspersonen zu eruieren. Zusammen mit der Gewinnung von Personen- und Gruppenerkenntnissen, den Kontaktaufnahmen und ständigen Verbindungen zu kommunalen Präventionsräten,

Kommunalbehörden und Bürgermeistern konnte so manches Unheil im Vorfeld eingefroren werden.

Die Rechten kennen unsere Leute, dachte Larsson weiter, und unsere Männer kennen sie. Die Nazis wissen, dass sie unter Beobachtung stehen, und richten ihr Verhalten darauf ein. Während in den 90er Jahren noch Straftaten durch Führungspersonen begangen wurden und die Polizei diese Leute dann inhaftiert hat, halten sie sich jetzt in der Öffentlichkeit an die Gesetze und sind rechtlich geschult. Aber Ausnahmen bestätigen die Regel. Hier würde man es sicher mit einer dieser Ausnahmen zu tun haben. Er dachte an die Anwälte dieser Szene, die dicht an der Grenze zur Gesetzlosigkeit operierten. Einige hatten diese Grenze schon überschritten und waren selbst in eine Justizvollzugsanstalt eingezogen. Diese Art von Rechtsverdrehern mochte Larsson überhaupt nicht. Es ist ein Geschwür am Körper der Demokratie, dachte er.

„Es wäre gut, Rolf, wenn du nach Anklam fahren würdest und mit dem Chef der MAEX alle Vorkommnisse mit rechter Gewalt auf der Insel bis ins Jahr 2000 durchleuchten könntest“, sagte Larsson schließlich.

„Wollen wir den Clüver nicht sofort festnehmen?“ warf Simons ein.

„Sicher, Karl. Aber erst tragen wir mal zusammen, was wir haben. Sonst ist der Kerl schneller wieder auf freiem Fuß, als uns lieb ist.“

„Denkst du an etwas Bestimmtes?“ fragte Andresen.

„Wir brauchen eine komplette Aufstellung aller relevanten Vorkommnisse mit Neonazis auf der Insel, wie beispielsweise die Prügelszene an einer Haltestelle der Bahn, die es im vorigen Jahr gab. Der Sohn einer adligen Familie wurde dort von zwei Neonazis zusammengeschlagen. Der Junge war erst fünfzehn Jahre alt.“

„In Neuhof“, sagte Andresen. „Die Haltestelle ... Neuhof ... Moritz von Ramelow.“

„Es war Matthias Ernsthaft, der auf den Jungen eingeprügelt hat“, ließ Simon sich vernehmen.

„Der gehört doch auch der rechten Szene an“, stellte Andresen fest.

„Korrekt.“ Karl Simons fuhr sich demonstrativ mit der rechten Hand durchs pomadisierte Haar, das er an diesem Tag wieder zu einem Hahnenkamm geformt hatte, was seine jugendliche Ausstrahlung noch unterstrich.

„Wie zum Teufel kann so etwas passieren, ohne dass eine solche Tat ein Nachspiel hat“, sagte Larsson ärgerlich.

„Sicher hatte der Ernsthaft irgendeinen Schutzengel an den Schalthebeln der Verwaltung, der seine Hand über ihn hält“, warf Andresen ein.

Simons ergänzte: „Soviel ich weiß, ist der jetzt bei der Bundeswehr.“

Alle am Tisch schwiegen einen Augenblick.

Larsson schaute gedankenversunken aus dem Fenster. Es ist schön, dachte er, wenn schon morgens die Sonne scheint. „Du kannst gleich die Handys und die Auswertung von der KTU mitbringen, Rolf, dann muss Karl nicht extra fahren.“

Gegen Viertel nach neun machte sich Andresen auf, um zur Polizeidirektion nach Anklam zu fahren.

Simons telefonierte mit der KTU wegen der Handys und nahm sich dann die Auswertung der Antworten der von ihm am Freitag nochmals befragten Anwohner von Kamminke vor.

Larsson machte das, was er immer zu tun pflegte, wenn er nachdenken musste. Er verließ seine Dienststelle und ging die wenigen Schritte zur Seebrücke. Die Menschen nutzten die Gelegenheit, bei diesem herrlichen Wetter ihre Zeit am Meer zu verbringen. Überall war Leben. Am Zeitungsstand Mellenthins suchten eifrige Männer nach Publikationen, die zwischen Financial Times und Bild-Zeitung angesiedelt waren. Dann schlenderte Lasse Larsson durch die Einkaufsstraße an der Brücke, ging durch die Tür, die die eigentliche Schiffsbrücke von der Geschäftsmeile trennte. Von See her wehte eine ganz zarte Brise. Nach wenigen Schritten hielt er sich am Geländer fest und schaute hinaus aufs Wasser. Dicht an der Anlegestelle hatte ein kleinerer Frachter seinen Anker ausgeworfen. Wenn der so dicht unter Land liegt, dachte Larsson, bedeutet das nichts Gutes. Vielleicht hat er ja Maschinenschaden oder sonst irgendein Malheur.

Auf halbem Weg zum Brückenrestaurant, im Schutz der Trennscheibe gegen den oft blasenden Seewind, die mittig der Brücke verlief, setzte er sich auf eine der leer stehenden Bänke. Da der Wind zu dieser Jahreszeit meist aus westlicher Richtung kam, was er bedacht hatte, schaute Larsson jetzt nach Osten auf die Einfahrt in den Hafen von Swinemünde. Eine der weißen Fähren der Unity-Line verließ gerade den Hafen, um eines der skandinavischen Länder anzulaufen. Larsson liebte den Anblick dieser weißen Großfähren. Er sog dieses Bild geradezu gierig in sich auf. War er doch schon zweimal mit einem solchen Schiff unterwegs gewesen. Einmal fuhr er nach Bornholm, um sich mit einem dänischen Kollegen wegen eines Suizides einer jungen deutschen Frau zu besprechen, die von der Insel Usedom nach Bornholm reiste, um sich das Leben zu nehmen. Und das im Januar. Später fand man das Boot mit dem kleinen Hund, den sie mitgenommen hatte und der erfroren war. Ein zweites Mal war er in Ystad, um auf den Spuren des legendären Mankell-Inspektors Kurt Wallander zu wandeln. Die Idee kam von Monika. Als Tochter eines Kriminalbeamten, die nun selbst allzu gern in diesem Metier arbeiten würde, und die die Wallander-Romane geradezu verschlang, hatte sie ihn zu dieser Reise überredet.

Dann waren sie auf ein Filmteam getroffen, das Ystad als Filmkulisse nutzte. Dreharbeiten und Filmteams sind Alltag für die Einwohner Ystads geworden. Autos, die in die Luft gesprengt werden, sind nichts Ungewöhnliches mehr, ebenso wenig, dass in ganzen Stadtteilen der Strom abgestellt wird, um eine dunkle Stadt zu filmen. Nur wenige Straßen in Schweden haben so große Aufmerksamkeit erweckt wie die Mariagatan in Ystad – und noch weniger auf Grund einer fiktiven Person, denn der beliebte Polizeikommissar Kurt Wallander wohnt hier.

Larsson und Monika waren beide von der Werbewirksamkeit beeindruckt, die der gesamte Tourismusverband in Süd-Schweden geschickt in Szene setzt. Das Polizeihaus ist Kurt Wallanders zweites Zuhause. Hier hat er auch seine Ersatzfamilie, die Arbeitskollegen.

Das ist wie bei mir, dachte Larsson. Rolf Andresen, Karl Simons, Inge Mohaupt sind meine Familie – und seit dem vorigen Jahr Monika.

Beim Anblick der Fähre, die nun schon weiter draußen auf See war, dachte er mit Wehmut an diese Reise zurück. Und er hatte sie nicht bereut. Im Gegenteil.

Bei dem Gedanken an Monikas Wunsch, bei der Kripo zu arbeiten, nahm er sich vor, bei dem Chef der Kriminalpolizei in Anklam um ihre Mitarbeit bei der Lösung dieses Falles nachzusuchen.

Er bemerkte, dass sich an diesem Tag nun eine leichte Flaute über die See legte, so wie es meist nur in der Hitze des Sommers üblich war. Weich rollte die Dünung auf das Ufer zu. Ganz plötzlich kam ihm Lara wieder in den Sinn. Er ärgerte sich, dass er sie gestern nicht angerufen hatte. Spontan nahm er sich vor, sich noch heute mit ihr in Verbindung zu setzen. Dann dachte er wieder an Łaczny. Wenn er die Besprechung in Szczecin rekapitulierte und mit dem verglich, was dieser Oberst des polnischen Inlandsgeheimdienstes ihm mitgegeben hatte, kam eigentlich nur ein deutscher Neonazi für die Anbringung des Sprengstoffes unter dem Tank des Flugzeuges infrage. Es sei denn, zu gleicher Zeit wäre ein polnischer Auftragskiller eingereist. Aber selbst wenn, würde der nicht unentdeckt auf das Rollfeld und an die Maschine herankommen. Das Rollfeld, so hatte Simons bei seinen Nachforschungen in Erfahrung gebracht, wurde auch nachts von einem Sicherheitsdienst bewacht.

Andresen würde sicher alles vorhandene Material über diesen Alverich Clüver mitbringen. Instinktiv fühlte er, dass er, wenngleich der Mann bestimmt nicht zur absoluten Parteispitze zählen würde, eine Schlüsselrolle in diesem Fall einnähme.

Simons rief an. „Was ist los, Karl?“ fragte Larsson.

„Ich habe dich schon im ganzen Haus gesucht. Frau Dr. Beckert hat zweimal versucht, dich zu erreichen."

„Hat sie irgendetwas Besonderes gesagt?"

„Die beiden Leichen sind seziert. Die junge Frau war im zweiten Monat schwanger."

„Das soll vorkommen. Nun hat der Mörder drei Menschenleben auf dem Gewissen."

Larsson wählte die Nummer der Rechtsmedizin in Greifswald. Zwischenzeitlich, so erfuhr er von der Sekretärin, war die Direktorin des Instituts bereits bei der nächsten Sektion. Das Geschäft mit den Toten läuft, dachte er. Und dennoch, es werden in jedem Jahr in Deutschland etwa eintausendzweihundert Morde nicht erkannt, weil es an Fachpersonal fehlt.

Er ging zurück zum Revier.

„Was weißt du über Autonome Nationalisten, Karl?" fragte Larsson Simons spontan.

„Das ist ein von jungen, aktionistischen Neonazis erfundener, identitätsstiftender Sammelbegriff, unter dem sie sich lokal organisieren und Propaganda in Form von Aufklebern, Plakaten und Webseiten verbreiten oder Gewalttaten gegen vermeintliche politische Gegner und Polizisten verüben."

Larsson lächelte. „Das hast du gut gelernt, Karl."

„Die Autonomen Nationalisten sind auch personell größtenteils identisch mit dem Kameradschafts-Spektrum."

„Haben wir eine solche Kameradschaft auf der Insel?"

„Soviel ich weiß, ist die Kameradschaft auf der Insel relativ klein, eigentlich viel zu klein, um autonom zu agieren."

„Aber?"

„Die Hoteliers sind dennoch besorgt. Niemand möchte im Dunstkreis von Nazis Urlaub machen. Sie haben einen Kreis gegründet, der sich damit befasst."

„Sie fürchten um ihr Geschäft."

„Deshalb schweigen sie das Problem tot. Es gibt eine Hoteldirektorin, die offen gegen die Rechten auftritt", sagte Simons.

„Und?"

„Jenny Anhalt ist nicht nur Hoteldirektorin auf Usedom, sondern auch Regionalvorsitzende des Deutschen Hotel- und Gaststättenverbands. Das macht die Sache so brisant."

„Da wird sie einen Haufen Feinde haben", warf Larsson ein.

„Bestimmt."

„Ich meine, auch aus den eigenen Reihen."

„Auf unserer Vorzeige-Sonneninsel fürchten manche das Ende des Tourismus-Booms. Die wenigsten reden offen über das Problem und die Ursachen. Ein Klima der Angst hat die Bewohner ergriffen."

Larsson lauschte der Ausführung Simons' mit steigendem Interesse. Er würde sich mit dieser Frau treffen, um herauszufinden, was sie über die Aktionen der Nazis auf der Insel wusste.

„Das Besondere an dieser Frau ist, dass sie über die Gefahr von Rechts redet", fuhr Simons fort. „Als Tourismusfunktionärin gehört das zwar zu ihrem Job, trotzdem ist es keine Selbstverständlichkeit auf Usedom."

Ahlbeck, Bansin und Heringsdorf sind Vorpommerns drei Kaiserbäder, die für eine hochherrschaftliche Sommerfrische gebaut wurden. Da liegen die Urlauber im weißen Sand, verdrücken ihre frisch zubereiteten Fischgerichte mit einem herrlichen Chablis, als Nachtisch noch Schlemmereis mit Sahne, und kaufen dann Bernstein-Andenken, wenn es das Portemonnaie zulässt. Sie genießen das Ostseeidyll, dachte Larsson. Aber jetzt müssen sie sich fragen, wie ausgerechnet hier auf dieser herrlichen Insel die NPD in der Mitte der satten Gesellschaft so handfest ankommen kann. „Kennst du die Frau näher?" fragte er kurzerhand.

„Ich habe sie einmal kennengelernt, als es einen Diebstahl in dem Hotel gab."

„Ruf sie bitte an und mach einen kurzfristigen Termin mit ihr aus. Wir werden dann gemeinsam hingehen. Was du heute kannst besorgen, das verschiebe nicht auf morgen." Larsson stand auf und ging hinüber zu seinem Büro. Er schloss die Tür hinter sich. Dann nahm er den Hörer auf und wählte das Büro des leitenden

Direktors der Kriminalpolizei in Anklam. Die Sekretärin ließ ihn einen Augenblick in der Leitung hängen, um ihn beim Kriminaloberrat anzumelden.

„Hauptkommissar Larsson, guten Tag. Sie bearbeiten den Fall Cessna-Absturz über dem Haff."

„Herr Kriminaloberrat, ich habe da ein großes Problem", begann Larsson. „Ich sitze in einer Außenstelle der Kriminalpolizei, die eigentlich nicht bei Mord ermittelt. Dementsprechend bin ich für eine solche Aufgabe völlig unterbesetzt."

„Es ist doch nicht das erste Mal, dass Sie eine Mordaufklärung übernommen haben. Und jedes Mal sind Sie erfolgreich gewesen."

„Da habe ich aber auch zusätzliches Personal bekommen."

„Ich habe hier alle Leute im Einsatz. Ihre Kollegin Mohaupt könnte ich Ihnen morgen wieder zuteilen. Reicht Ihnen das?"

„Wenn Sie mich so fragen, Herr Kriminaloberrat, reicht es natürlich nicht. Wir haben sonst immer noch eine Polizeiobermeisterin der Bereitschaftspolizei zur Unterstützung bekommen."

Es blieb einen kleinen Augenblick ruhig. Dann sagte Kriminaloberrat Kruse: „Ich werde mich darum kümmern. Sicher gibt es einen Weg, Ihnen die Frau wieder zuzuteilen."

Monika würde sich darüber freuen. Da war er sich sicher.

Kurz darauf kam Simons in sein Büro. „Ich habe mit Frau Anhalt telefoniert. Wir können jetzt direkt hinfahren. Sie erachtet das Thema für so wichtig, dass sie sich sofort Zeit für uns nimmt."

„Das ging wenigstens mal schnell." Larsson packte einige Dinge von seinem Schreibtisch und schloss sie sorgfältig in die obere Schublade ein.

Sie fuhren zum Hotel. Simons hatte den Wagen auf dem zum Hause gehörenden Parkplatz abgestellt. Als sie die Halle betraten, lächelte ihnen der Portier schon entgegen. Er kannte Larsson von den Besuchen des Usedomer Brauhauses. „Sie werden bereits erwartet, Hauptkommissar Larsson", sagte er und schnipste mit dem Finger, um einen der Pagen zu rufen. „Du bringst die Kommissare zu Frau Anhalt.“

Larsson und Simons folgten dem jungen Mann ins obere Stockwerk.

Frau Anhalt stand auf, begrüßte die Männer per Handschlag und geleitete sie zu einer Sitzgruppe. Larsson taxierte sie interessiert. Er stellte fest, dass sie relativ jung für die Aufgabe war, die sie als Regionalvorsitzende des Deutschen Hotel- und Gaststättenverbands wahrzunehmen hatte. Sie trug das brünette Haar halblang. Als Mann fand Larsson sie überaus anziehend.

„Sie hatten angerufen, weil Sie sich mit mir über die Naziszene auf Usedom unterhalten wollten?“

„Mein Kollege hat Sie angerufen“, sagte Larsson und deutete auf Simons. „Wir haben jetzt einen Fall, bei dem ich noch zu wenige Hintergrundinformationen habe. Und ich mache mir gern ein umfassendes Bild von einer Sache, die ich bearbeite.“

„Die NPD weiß inzwischen umzugehen mit dem Vorwurf, sie schrecke Urlauber ab“, begann sie.

„Die Burschen haben aber dazugelernt“, warf Simons ein. „Sie bleiben nicht mehr ganz so anonym. Man sieht sie sogar mit Bild in den Zeitungen.“

„Touristen willkommen, Asylbetrüger raus! forderten lauthals die Primitivlinge der Szene. Das schreckt viele Menschen ab. Ich habe selbst erfahren, dass das keine hohle Parole ist“, sagte Jenny Anhalt.

Es klopfte. Eine junge Frau brachte ein Tablett mit Kaffee. Sie stellte die Tassen auf den Tisch und goss Kaffee in die Tassen. Die Hoteldirektorin dankte der Serviererin und wartete, bis diese die Tür hinter sich geschlossen hatte.

„Vor einiger Zeit ist ein farbiger Badegast angepöbelt worden“, sagte sie. „Dieser Tourist war offensichtlich nicht willkommen.“

„Toleranz ist nicht jedermanns Sache“, antwortete Larsson. „Ich kenne eine Menge Leute, die nicht bei der NPD sind und denen die Toleranz gegenüber Farbigen ebenfalls fehlt.“ Er nahm den kleinen Keks, der am Rand der Untertasse lag, und schob ihn genüsslich in den Mund.

„Entweder habe ich da was nicht verstanden", warf Jenny Anhalt ein, „oder die NPD hat es nicht." Sie nahm einen kleinen Schluck Kaffee und sagte: „Klar ist, wir können unsere Gäste nur auf dem Hotelgelände schützen. Aber was, wenn sie am Strand oder in irgendeinem Restaurant angepöbelt werden? Dagegen sind wir machtlos."

„Ich nehme an, Sie erwarten von unserem Staat, dass der diese Menschen schützt", sagte Larsson.

„Ja. Genau das erwarte ich."

„Und?"

Die Frau zuckte mit den Schultern, sagte aber nichts.

Larsson dachte, dass sie im Recht war. Aber genau das war der Punkt. Der Staat kam seiner Pflicht nicht nach. Er fragte sich, ob dieser Staat überfordert war, oder ob es Kräfte gab, die die braune Seuche unterstützten. Er kam zu dem Schluss, dass beides zutraf.

„Ganze Gemeinden und Regionen werden unterdrückt und mundtot gemacht, ausländerfreie Zonen mit Gewalt und Psychoterror durchgesetzt, die Behörden schauen zu", sagte Frau Anhalt.

„Und nun glauben Sie, dass das für die Insel auch zutrifft", warf Simons ein.

Sie lächelte ihn an und nickte. „Wenn nichts passiert, wird es für uns schlecht werden. Und ich sehe kommen, dass nichts passiert."

„Die Skinheads sind für uns eine Entartung des Systems. Uns bei der Polizei wäre es auch lieber, wenn es diese Leute nicht geben würde. Aber man kann sie ja nicht ausschalten oder wegdenken, also muss man versuchen, sie in den politischen Kampf einzuspannen", sagte Larsson nachdenklich.

„Die Berichte über ausländerfeindliche Gewalttaten in Deutschland reißen nicht ab", warf Simons ein.

„Der Verfassungsschutz, Bürgerinitiativen, verschiedene Glaubensgemeinschaften sowie andere politische und gesellschaftliche

Gruppen warnen seit Jahren vor den rechten Extremisten", fügte Lasse Larsson hinzu. „Dennoch sind immer wieder Übergriffe mit Verletzten und Toten in allen Teilen der Republik zu beklagen."

„Dabei ist das keineswegs allein ein ostdeutsches Problem, wie immer wieder unterstellt wird", sagte Simons. „So wurden bei einer insgesamt Verdreifachung der fremdenfeindlich motivierten Straftaten im Vergleichszeitraum die Mehrzahl der Vergehen in den alten Bundesländern verübt, dabei lagen bei der Beurteilung noch nicht einmal aktuelle Zahlen aus Hessen vor." Larsson musste sich eingestehen, dass sich der junge Beamte gut informiert hatte.

„Die Meinung an den Stammtischen besagt, die Ausländer seien doch selbst schuld, wenn ihnen was passiert", sagte Jenny Anhalt. „Vor gar nicht allzu langer Zeit gab es Lichterketten gegen die rechte Gefahr. Aber das scheint vergessen zu sein."

Als die beiden Kommissare die Hotelfrau nach mehr als zwei Stunden wieder verließen, hatte diese ihnen von einer Reihe von Übergriffen der Rechten auf der Insel berichtet, die bis zum Mord an einem Obdachlosen vor der Ahlbecker Kirche am 23. Juli 2000 reichten. Larsson hatte sich alles stichpunktartig notiert.

Freilich hätte er alle Informationen auch über den Staatsschutz bekommen, aber er schätzte es immer, wenn mehrere Spuren zum Punkt führten.

Es war Mittagszeit, und Larsson hatte sich in sein Büro zurückgezogen, um in Ruhe die belegten Brote zu essen, die Monika ihm mitgegeben hatte. Er zog die obere Schublade seines Schreibtisches auf. Unter einem alten SPIEGEL, in dem er sorgfältig einen Artikel über die Unterbesetzung der Polizei auf allen Ebenen angekreuzt hatte, fand er das Foto Laras. Sie hatte es ihm zu Weihnachten aus der Schweiz mit einem netten Brief zugeschickt. Es zeigte sie neben einem braungebrannten, jungen Mann. Sie standen beide auf Skiern, im Hintergrund, so hatte sie geschrieben, türmte sich der Säntis auf, den der Schriftsteller Martin Walser als seinen Hausberg bezeichnete. Larsson hatte es mit in die Dienststelle genommen, und seitdem lag es in dieser Schublade. Schlagartig erinnerte er sich an den Albtraum, der ihn gequält hatte, als er von der Existenz Laras erfahren hatte.

Zuerst war ein kleines Mädchen auf ihn zugekommen, das ihn Papa nannte. Als er das Kind an die Hand nehmen wollte, verwandelte es sich in einen wütend bellenden und zähnefletschenden Köter, der ihm um ein Haar die Hand abgebissen hätte. Schnell aber hatte er seine Hand zurückgezogen. Das Kind schien zu wachsen. Der Kopf veränderte sich. Ein Kamel mit sieben Höckern grinste ihn, die wülstigen Lippen aufgestülpt, an. Und es gab einen krächzenden Laut von sich, der ihn an das Wiehern eines Esels erinnerte. Er hatte keinen Zweifel, das Tier lachte ihn aus. Als er es wegscheuchen wollte, hob es das rechte Vorderbein, um sich damit zu kratzen. Larsson hatte sich gebückt, um einen Stein aufzuheben, den er nach dem Viech schleuderte. Der Stein flog, doch er kam wie ein Bumerang zurück und traf ihn in dem Augenblick am Kopf, als er aufwachte.

Monika, der die Unruhe, die ihn erfasst hatte, nicht verborgen geblieben war, hatte ihn geweckt.

„Das ist kein Kind“, stammelte er damals. „Das ist ein siebenhöckriges Kamel, das Steine zurückwerfen kann.“

Ein Lächeln huschte über sein Gesicht, als er an diese ersten Kontakte mit Lara dachte. Beherzt wählte er ihre Telefonnummer. Dieses Mal hatte er Glück.

„Lara, guten Tag.“

„Du bist zufällig nicht das Mädchen, das raucht?“

„Papa? Nein, bin ich noch immer nicht. Du weißt, was Mama passiert ist.“

„Wir haben uns verdammt lange nicht gesehen“, sagte er, ohne auf den Krebstod seiner geschiedenen Frau einzugehen. „Was macht deine Magisterarbeit *Tatort Deutschland*? *Das Phänomen des Regionalkrimis und seine Wirkungsgeschichte* ... Ich hatte versucht, dich am Wochenende anzurufen."

„Ich hatte doch gesagt, dass ich bei einem Verlag im Westen ein Praktikum machen werde."

„Schreibst du noch für eine Zeitung?"

„Hin und wieder."

„Was schreibst du so? Auch über rechte Gewalt?"

„Papa, wo lebst du denn? Ich befasse mich seit Jahren damit. Schließlich engagiere ich mich in einer Gruppe, die gegen die Rechten in Mecklenburg-Vorpommern eintritt."

In diesem Augenblick begriff Larsson, dass er überhaupt nichts von seiner Tochter wusste. Er schob das Foto wieder unter die Zeitschrift. „Hättest du Lust, uns am kommenden Wochenende zu besuchen?"

Es blieb einen Augenblick ruhig, dann sagte sie: „Ich habe gerade in meinem Kalender nachgesehen und festgestellt, dass ich nach Berlin fahren werde. Das ist schon eine längere Verabredung mit einem Freund."

„Meld dich wieder, wenn du zurück bist, Lara", sagte Larsson. „Es kann nicht schaden, wenn man mit seinem Vater die Verbindung hält." Sie hat schon wieder eine Verabredung mit irgendeinem Kerl, dachte er wehmütig, als die Verbindung unterbrochen war.

Andresen kam kurz nach vier. Larsson hatte gesehen, wie er auf den Hof fuhr. Wenig später klopfte es an Larssons Büro. Andresen steckte seinen Kopf herein. „Es hat ein wenig gedauert. Es war eine Menge durchzusehen, und die beiden Handys habe ich auch wieder mit. Dazu die Fotos, welche die KTU runtergezogen hat." Er legte die Fotos und die Handys auf Larssons Schreibtisch und setzte sich. „Man kann die Explosion auf diesem Bild deutlich erkennen." Larsson legte das Bild zurück und blätterte in der Mappe, in der Andresen das Dossier über Alverich Clüver abgelegt hatte. „Wir werden alles vorbereiten, um übermorgen eine Hausdurchsuchung bei dem Mann vorzunehmen. Dabei möchte ich die Bereitschaftspolizei einbinden und auch die

Spurensicherung mitnehmen. Ich möchte, dass alles, aber auch alles umgedreht wird. Ich will zuvor wissen, wie der Mann sein Geld verdient und was er in der letzten Zeit getrieben hat."

Wenig später gesellte sich Simons zu ihnen.

„Wir haben eine Menge zu bedenken, Karl, und es ist gut, dass du dabei bist. Die Bilder von den Handys sind interessant. Da hat doch tatsächlich einer in dem Moment auf den Auslöser gedrückt, als die Bombe hochging." Er schob Simons das Foto von dem Handy zu, das die Explosion dokumentierte.

„Da war es gar nicht schlecht, dass ich noch einmal in Kamminke war."

„Das war es bestimmt nicht. Auch nicht, dass du dich auf dem Flugplatz umgehört hast. Ich möchte wissen, wer nachts die Flugzeuge bewacht. Wer immer das ist, der muss befragt werden. Nächstes Rätsel ist, wie jemand ungesehen an die Flugzeuge gelangen kann. Also lösen wir es!"

„Es ist nicht sicher, Lasse, dass der Sprengsatz im Vorfeld angebracht wurde. Ebenso kann es sein, dass die Bombe am Tag des Abflugs platziert wurde", wandte Simon sein.

„Eine kleinere Haftmine lässt sich im Nu anbringen, ohne dass es besonders auffällig ist", sagte Andresen.

Larsson hatte sich das Foto einer Cessna 177 RG ausgedruckt. „Das mag sein, Rolf, wenn eine solche Haftmine ans Tragwerk geheftet wird. Die KTU hat aber festgestellt, dass eine magnetische Mine direkt unter dem Tank gesessen hat. Es muss also jemand gewesen sein, der sich damit auskennt, wie man in kürzester Zeit das kleine Paket so deponiert, dass es niemandem auffällt und vor allem wo. Doch wer kommt dafür in Frage?" Er schob das Bild der Cessna, für jedermann sichtbar, über den Schreibtisch.

„Wer kennt sich mit einer solchen Maschine aus?" sinnierte Simons.

„Ein Flugzeugmechaniker", sagte Andresen.

„Beispielsweise. Oder ein Automechaniker", sagte Larsson grübelnd. „Oder aber ein anderer Hobbyflieger."

„Wer weiß, vielleicht hat ja irgendein Mechaniker offiziell an dem Flugzeug geschraubt“, gab Andresen zu bedenken.

„All das müssen wir herausfinden. Du, Karl, fährst morgen zusammen mit Inge zum Flughafen und machst eine Aufstellung über alle Personen, die dort Zugang haben. Auch von den Hobbyfliegern, die dort gemeldet sind, möchte ich von jedem den Namen wissen. Dann werden wir eine Verbindung suchen, die zu den Opfern oder zu diesem Clüver führt.“

„Ist das nicht ein bisschen viel für einen Mann?“ Man merkte es Simons an, dass er nicht so gern allein unterwegs sein würde.

„Ich sagte, mit Inge. Wahrscheinlich ist Inge morgen wieder bei uns. Dann werdet ihr das zusammen machen. Und sonst werden wir sehen, wer mit dir fahren wird.“ Larsson zeigte auf die beiden Handys am Schreibtisch. „Hast du dir mal die letzten Verbindungen angesehen, Karl?“

„Ich denke, die Kollegen von der KTU werden das gemacht haben.“

„Besser wäre es gewesen, du hättest das Verzeichnis einmal durchgeblättert. Manchmal gibt es einen Glückstreffer, und man findet eine Querverbindung, die einen näher ans Ziel bringt.“

Simons nahm die beiden Handys und ging hinüber ins Büro der Kommissare.

„Wenn wir übermorgen die Wohnungsdurchsuchung bei Clüver durchführen, werden wir auch einen sachverständigen Buchprüfer der Wirtschaftsabteilung mitnehmen“, sagte Larsson zu Andresen. „Irgendwo werden wir eine Verbindung finden, und dann werden wir den Kerl festnageln.“ Er trommelte nervös mit den Fingern auf seinem Schreibtisch.

„Wir sollten ihn vielleicht schon morgen überwachen lassen“, warf Andresen ein.

„Er würde es merken. Nein, wir werden uns das verkneifen.“ Lasse Larsson kniff die Augen zusammen, was er immer zu tun pflegte, wenn er ganz schnelle Entscheidungen treffen musste. „Lediglich am späten Abend können wir feststellen lassen, ob er zu Hause ist. Aber das müsste von einer Zivilstreife erledigt werden. Am besten von einem Pärchen. Das kann sich am besten tarnen, wenn man den Wagen entdeckt hat."

„Wollen wir das selbst übernehmen?"

„Ich denke, um festzustellen, ob jemand die Nacht zu Hause verbringt oder nicht, müssen wir uns nicht die Nacht um die Ohren schlagen. Da soll sich mal der Kriminaldauerdienst etwas überlegen."

Andresen ging ins Büro der Kommissare und telefonierte eine ganze Zeit mit dem Kriminaldauerdienst in Anklam.

Larsson packte seine Sachen zusammen. Er würde jetzt noch zum Haus in der Senke fahren, um die Familie von Ramelow aufzusuchen. Er wollte sich ein umfassendes Bild von der Neonazi-Szene auf der Insel machen.

Wenig später fuhr er die Einbahnstraße lang, an deren niedrigster Stelle das Haus lag, an dessen Giebel stolz der Name HAUS IN DER SENKE geschrieben stand. Larsson bog auf das Privatgrundstück ein. Er passierte den Haupteingang und parkte sein Auto. An der Seite des Hauses, im Durchgang zum weitläufigen Garten, spielten zwei Halbwüchsige Federball. Larsson ging zum Haupteingang und drückte den unteren Klingelknopf. Eine schlanke Brünette öffnete ihm die Tür. Larsson schätzte ihr Alter um die fünfzig.

Er zog seinen Dienstausweis aus der Tasche und zeigte ihn der Frau. „Sind Sie Frau von Ramelow?"

„Ja. Die Polizei? Was kann ich für Sie tun?"

„Ist es richtig, dass Ihr Sohn am Bahnhof belästigt wurde?"

Die Frau machte eine einladende Bewegung. Aus der Wohnung, in die sie den Kommissar führte, kam leise eine Musik, die Charlie Chaplin komponiert hatte. Es war ein weltbekanntes Stück. Doch der Name fiel Larsson im Augenblick nicht ein.

„Wir hatten Glück, dass mein Mann gefahren ist, um den Jungen von der Bahn abzuholen. Er ist gerade dazugekommen, wie ein junger Mann auf unserem Sohn einprügelte, während ein zweiter Mann dabei zusah und den Schläger noch anspornte.

Mein Mann ist ziemlich groß und hat die Schläger in die Flucht geschlagen."

„Sie haben eine Anzeige gemacht?"

„Ja, natürlich ... Wehret den Anfängen."

„Auf der Wache in Heringsdorf?"

„Nein. Mein Mann hat einen Funkwagen gerufen, und der hat die beiden jungen Männer aufgegriffen. Dabei hat sich herausgestellt, dass die Burschen direkt auf meinen Sohn gewartet haben."

„Wieso das? Konnten sie denn wissen, dass Ihr Sohn mit diesem Zug kam?"

„Unser Sohn ist während der Woche im Internat in Rostock. Er kommt an jedem Wochenende mit dem gleichen Zug."

Larsson dachte einen Augenblick nach. Dabei betrachtete er die wunderschönen Antiquitäten, die dem Raum eine besondere Note gaben. Der offene Durchgang zum Nebenzimmer zeigte, dass dieses ebenso geschmackvoll eingerichtet war.

Die Frau von Ramelow schien seinen Blick richtig zu deuten, als sie sagte: „Die Wohnungen in diesem Haus sind Vermietungsobjekte. Alle Wohnungen sind als Vier-Sterne-Wohnungen zertifiziert. Alle außer dieser, diese Wohnung hat fünf Sterne. Manchmal vermieten wir sie, aber meist bewohnen wir sie selbst."

„Auf was für ein Internat geht ihr Sohn?"

„Warum fragen Sie das?"

„Weil ich wissen möchte, ob es Verbindungen zwischen dem Anschlag auf Ihren Sohn und dem Internat geben könnte."

„Das ist undenkbar", sagte Frau von Ramelow. „Das Jugenddorf der Christophorusschule Rostock ist eine vom Christlichen Jugenddorfwerk Deutschlands getragene, staatlich anerkannte Ersatzschule. Diese Schule hat einen Förderzweig für Hochbegabte. Das ist der Hauptgrund, warum mein Sohn dort zur Schule geht. So etwas wird auf unserer Insel hier nicht geboten."

„Und weil Ihr Sohn auf diese Schule für Hochbegabte geht, wollten die Burschen ihn verprügeln. Das denken Sie doch. Die

Frage ist nur, woher wussten die Schläger, dass Ihr Sohn gerade auf diese Schule geht?"

„Das wird meine Schuld sein."

„Warum glauben Sie das?"

„Wir sind aus den alten Bundesländern zugezogen. Mein Mann hatte das Haus von seiner Mutter geerbt, die bis zum Einmarsch der Russen hier gelebt hat. Also stellte meine Schwiegermutter zusammen mit meinem Mann nach der Wende einen Antrag auf Rückübertragung."

„Verstehe", sagte Larsson.

„Wir bekamen nur das halbe Grundstück. Die andere Hälfte mussten wir dazukaufen. Und dann begann der Umbau. Mein Sohn hasste das neue Haus. Er konnte es nicht verstehen, dass von dem alten Haus der Oma nicht mehr viel übrig geblieben ist. Darüber hinaus hatte er Schwierigkeiten in der Schule." Frau von Ramelow machte eine kleine Pause. „Ich war gerade dabei, mir einen Tee zu machen. Kann ich Sie dazu überreden, mit mir einen Earl Grey zu trinken?"

„Gerne. Wie machten sich die Schwierigkeiten in der Schule bemerkbar?"

„Natürlich hatte mein Sohn Kontakt zu anderen Schülern. Hin und wieder ging er auch in die Wohnungen dieser Leute, kam dann heim und erzählte, wie einfach diese Menschen in den Plattenbauten lebten. Er sagte dann immer: ‚Mama, ich begreife gar nicht, wie man so leben kann.' Irgendwann habe ich ihm gesagt, dass er froh sein kann, nicht so primitiv leben zu müssen. Und der Junge hat das dann bei einem seiner Besuche dort so wiedergegeben."

„Das war ganz bestimmt unklug. So schafft man sich gewiss keine Freunde."

„Zumal sein Vater ein großes Waldareal gepachtet hat und dort die Jagd betreibt. Ein Adelstitel in Verbindung mit dieser Jagd stimmt das Volk nicht gerade milde."

Larsson dachte daran, dass sich diese Frau ziemlich arrogant ausdrückte. Die Leute in den neuen Ländern reagierten sehr empfindlich auf derartige Begebenheiten, die sie als Bedrohung ihrer Existenzgrundlage ansehen mussten. Wenngleich die alte Frau von Ramelow bei Menschen ihrer Altersklasse noch nicht in Vergessenheit geraten und durchaus angesehen war, sah man die jungen Ramelows als Eindringlinge an, die hier Anspruch auf Land stellten, in das während der vierzigjährigen Existenz der DDR andere Menschen ihre Pflöcke eingerammt hatten.

„Könnte es sein, dass eine dieser Familien, in denen Ihr Sohn manchmal zu Besuch war, rechts-national denkt?"

Die Frau machte ein nachdenkliches Gesicht und zuckte mit den Schultern. „Möglich, vielleicht. Aber genau weiß ich das natürlich nicht."

„Können Sie mir eine Auflistung der Familien machen, in denen Ihr Sohn verkehrte? Und können Sie mir sagen, mit wem er besonders aneinandergeraten ist?"

„Ich weiß, mit wem er nicht aneinandergeraten ist. Aber ich kann ihn danach fragen, wenn er am Wochenende nach Hause kommt."

Larsson ertappte sich dabei, dass dieses Nichtwissen der Mutter sehr viel Ähnlichkeit mit seiner Unbedarftheit hatte, was seine Beziehung zu Lara anging.

Beate von Ramelow holte den Tee aus der Küche. Der intensive Geruch des Earl Greys zog verführerisch in Larssons Nase. An der Außentür zum Garten kratzte es, und dann bellte die dünne Stimme eines Hundes.

„Warte, Amelie. Sei nicht so ungeduldig!" Die Frau ging und ließ den Dackel in die Wohnung.

„Hat es Zweck, dass ich auf Ihren Mann warte?"

„Da würden Sie sehr lange warten müssen. Er ist mit einer Gruppe unterwegs. Sie wollen einen Hirsch oder ein Wildschwein erlegen. Das kann dauern."

Larsson machte sich Notizen.

„Entschuldigen Sie einen Augenblick", sagte er, als sich sein Handy bemerkbar machte. Er zog es aus der Tasche und meldete sich. Dann lauschte er den Augenblick, bevor er antwortete. „Ich wüsste gern, Frau Dr. Beckert, ob der Fötus von dem Toten Kazimierz Kozłowski ist."

„Eine DNA-Analyse werden wir machen. Sie wird aber 48 Stunden dauern."

„Das macht nichts. Ich warte gern. Ihnen einen schönen Feierabend." Larsson unterbrach die Leitung. „Ich denke, ich werde Sie jetzt verlassen, Frau von Ramelow. Wenn Sie mit Ihrem Sohn gesprochen haben, können wir uns ja noch einmal zusammensetzen, wenn er zu Hause ist."

Die Frau brachte ihn zur Tür.

Während Lasse Larsson nach Hause fuhr, dachte er über die Diskrepanz nach, die zwischen den Menschen in den alten und in den neuen Bundesländern herrschte. Er nahm sich vor, einige Erkundigungen über die von Ramelows einzuholen.

Er bog von der Hauptstraße ab, um zu dem kleinen Haus in Loddin zu fahren, das er mit Monika bewohnte. Nur wenige Meter von der Hauptstraße entfernt liegt der kleine Reiterhof der Müllers. Larsson sah, dass Monikas Auto auf dem Hof stand. Er hielt an und ging zu den Stallungen. Monika war gerade dabei, Jenot die Hufe auszukratzen.

„Da komme ich ja gerade recht", sagte Larsson, „um mit dir einen wunderschönen Abend zu verbringen."

Monika hatte ihn nicht kommen gehört und schrak zusammen. „Musst du dich so anschleichen?" Sie setzte die Vorderhand des Pferdes ab und küsste Larsson auf die Wange. „Bei mir wird es noch eine Stunde dauern. Ich bin später aus der Dienststelle weggekommen. Das Pferd muss noch bewegt werden." Damit drehte sie sich um und legte Jenot den Sattel auf.

Larsson blieb noch eine Weile, bis Monika mit dem Pferd am Zügel auf den Platz hinter den Stallungen gegangen war und aufsaß. Dann drehte er sich um und ging zu seinem Wagen zurück. Ich habe mindestens noch anderthalb Stunden für mich, dachte er, und das ist gerade heute ein absoluter Glücksfall. Zu Hause angekommen, sah er, dass es schon nach sechs war. Er packte seine Brotbüchse aus und stellte sie in den Geschirrspüler, ging hinüber ins Wohnzimmer und legte eine Schallplatte aus der Puccini-Sammlung auf. Dann legte er sich auf die Couch und lauschte genüsslich der Stimme Maria Callas', die ganz herzzerreißend ihren geliebten Linkerton nach Japan herbeisehnte, der allerdings längst eine andere Frau im fernen Amerika hatte. Darüber schlief er ein.

Larsson hatte Monika nicht kommen gehört. Sie sah, dass er eingeschlafen war. Der Plattenspieler war stehen geblieben. Dass Larsson das nicht gehört hatte, war ein Zeichen dafür, dass der Tag ihn geschlaucht hatte. Sie berührte ihn leicht an der Schulter. Er zuckte zusammen.

„Lasse, werd langsam munter. Ich mache uns etwas zu essen."

Langsam kam er hoch. „Ich fühle mich verdammt zerschlagen. Vielleicht brüte ich ja etwas aus."

Monika hantierte längst in der Küche. Larsson schaute zur Uhr. Die Nachrichten im ersten Programm mussten schon begonnen haben.

12. Kapitel

Am Montag, dem 24. Mai, trafen in Świnoujście vier Männer zusammen, die gemeinsame nationalistische Interessen verbanden. Stanisław Tujek, der im Hotel Ottaviano eingecheckt und als Profession Geschäftsmann eingetragen hatte, die beiden deutschen Führungskräfte einer Neonazigruppe Usedoms, Erich Herrmann sowie der Schriftführer Merlin Konczak, die ebenfalls eigens zu dieser Besprechung angereist waren, sowie Michal Prange, der in Świnoujście wohnte. Gegen elf versammelten sie sich in der Nähe des Yachthafens.

Um etwaigen Beobachtungen durch den Inlandsgeheimdienst zu entgehen, hatte Michal Prange eine Strandwanderung gemacht, war dann ein Stück durch den Waldsaum gegangen, um am Fort Aniola auf die Jachtowa zu stoßen. An der schmalsten Stelle der Straße Jachtowa zur Hafeneinfahrt traf er auf die drei Männer, die ihn schon erwarteten. Sie setzten sich in das Auto der Deutschen.

Draußen lief eine der Großfähren langsam in die Hafeneinfahrt. Man konnte deutlich die Menschen sehen. Auf der Brücke stand einer der Offiziere, der das Schiff manövrierte. Dicht hinter der Fähre kam die Adler XI, eines der Ausflugsschiffe, die zwischen den deutschen Häfen Bansin, Heringsdorf und Ahlbeck fuhren und während der Sommersaison die Ausflügler nach Świnoujście schaufelten, die sich dann in Bussen zu den Sehenswürdigkeiten bringen ließen.

„Wenn man sich überlegt, dass wir mit einem solchen Schiff in einer Stunde hergefahren wären“, sagte Merlin Konczak, „frage ich mich wirklich, warum wir diesen riesigen Umweg über Land gemacht haben, nur um unerkannt zu bleiben.“

Michal Prange sagte: „Vorsicht ist die Mutter der Porzellankiste. Schließlich haben wir allen Grund, unsere Besprechung wie eine solche Kiste zu behandeln.“

„Zuerst einmal danke ich euch, Kameraden“, sagte Tujek, „dass ihr euch um unsere Belange gekümmert habt.“

„Es war doch selbstverständlich. Verräter an der nationalen Sache muss man entsprechend abstrafen, notfalls liquidieren. Wir haben so etwas auch schon gemacht", meldete sich Erich Herrmann. „Aber derzeit beschreiten wir andere Wege, um die Akzeptanz in der Bevölkerung zu erhöhen."

„Was für Wege?" fragte Michal Prange.

„Wir haben das stufenweise organisiert. Fünf Jahre lang bis ins Jahr 2000 gab es den Kampf um die Straße mit Schlägereien und handfesten Beweisen unserer Schlagkraft. 1998 haben wir zum ersten Mal die Jungwähler angesprochen. Mit Erfolg! Vor vier Jahren gab es Tote. In Greifswald und bei uns auf der Insel in Ahlbeck, wo Volksschädlinge liquidiert wurden."

„Dann war die Strategie doch ganz gut", stellte Tujek fest.

„Wir haben eine weitaus bessere entwickelt, um mehr Akzeptanz und damit Unterstützung für die Interessen des Volkes zu erlangen", sagte Merlin Konczak. „Vor zwei Jahren fingen wir den ‚Kampf um die Köpfe' an. Mit dem Slogan ‚Schafft national befreite Zonen' haben wir eine Gegenmacht zum staatlichen Gewaltmonopol etabliert. Unsere Entwicklung verläuft kontinuierlich. Im vorigen Jahr 2003 haben wir aus unseren Kameradschaften heraus die Initiative ‚Schöner und sicherer leben in Ueckermünde' gegründet und über zweitausend Unterschriften gegen ein Asylbewerberheim in der Stadt gesammelt. Mit Erfolg. Und die Demonstration gegen die Wehrmachtsausstellung von Reemtsma in Wolgast setzte Meilensteine. Wir hatten rote T-Shirts verteilt mit der Aufschrift ‚Opa war in Ordnung'. Mit dieser Werbekampagne waren wir unschlagbar, denn Kameraden aus allen Bundesländern haben an dieser Demonstration teilgenommen und unsere Botschaft hinausgetragen. Die Shirts sind noch heute ein Renner!"

„Es gibt sicher einen Unterschied zwischen unseren Ländern und in unseren Köpfen. Wir erledigen unsere Belange grundsätzlich endgültig."

„Wir vergessen auch nicht. Unlängst hat unser Volksgerichtshof den Journalisten Siegfried Denzel vom Nordkurier zum Tode verurteilt", warf Merlin Konczak ein.

„Und? Legt ihr diese Journaille um?" fragte Prange.

„Nicht derzeit. Aber wir führen eine schwarze Liste derer, die wir nach dem Endsieg zur Verantwortung ziehen."

„Er wurde tagelang vom Verfassungsschutz gesichert", sagte Konczak.

„Verstehe. Aufgeschoben ist nicht aufgehoben."

„Mein Freund Michal hat gesagt, ihr habt ein dringendes Problem, das gelöst werden muss", sagte Stanisław Tujek.

„Der junge Mann, der die Cessna manipulierte, wird zu einer Gefahr."

Tujek lachte. „Beseitigt sie."

„Wir haben euch geholfen. Jetzt benötigen wir Hilfe. Alle für diese Operation geeigneten Leute stehen unter Kontrolle der Behörden", sagte Erich Herrmann. „Und wir können uns nicht leisten, auch nur einen davon zu verlieren."

„Habt ihr die Möglichkeit, in zwei Tagen diesen Mann an einen einsamen Punkt zu bringen, dann und nur dann kann ich euch so kurzfristig helfen. Am Abend dieses zweiten Tages muss mein Mitarbeiter für die nassen Sachen wieder in Polen einreisen. Wenn nicht, haben wir Schwierigkeiten. Denn wir haben ein eigenes sehr, sehr dringendes Problem dieser Art durchzuführen."

Am späten Nachmittag reiste Stanisław Tujek nach Warschau zurück, während die beiden Deutschen über Szczecin zurück zur Insel Usedom fuhren.

13. Kapitel

In der Nacht hatte es angefangen zu regnen. Larsson bekam davon nichts mit. Monika hatte ihm nach dem Abendbrot eine halbe Schlaftablette gegeben, weil er in den Nächten davor schlecht geschlafen hatte. Sie wollte, dass er sich wieder erholte.

Nach zwei in der Nacht, als der Regen begann, war sie klaglos aufgestanden und hatte die Auflagen der Gartenstühle unter das Vordach geholt. Sie waren schon nass geworden und würden sicher einen ganzen Tag brauchen, um wieder zu trocknen.

Gegen Morgen wachte Larsson auf, noch bevor der Wecker klingelte. Wider Erwarten fühlte er sich besser als am Vortag. Dennoch beschloss er, bei seinem Hausarzt in Heringsdorf vorbeizufahren. Er war kein Hypochonder, aber die Erinnerung an einen Vorfall während der letzten Woche ließ ihn diesen Entschluss fassen. Er war in Rostock auf einer Weiterbildung gewesen. Auf der Rückfahrt bekam er keine Luft mehr durch die Nase. Er verschluckte sich beim Atmen durch den Mund, bekam einen Erstickungsanfall bei Tempo 160 auf der Autobahn und hatte alle Hände voll damit zu tun, den Wagen zum Stehen zu bringen. Sogleich beschloss er, den nächsten Arzt aufsuchen. Der Hals-Nasen-Ohren-Arzt in Wolgast behandelte ihn anderthalb Stunden, bevor Larsson wieder durch seine Nase atmen konnte. Doch dann hatte ihn die Arbeit wieder eingeholt, und er schob eine weitere Untersuchung vor sich her.

Während der Arbeitswoche ging er jeden Morgen ins Bad duschen, während Monika bereits in der Küche war und das Frühstück machte. Obwohl sie am gleichen Ort zum Einsatz kamen, fuhren sie in der Regel jeder mit dem eigenen Auto. Zu unterschiedlich waren die Arbeitszeiten. Während Monika bei der Bereitschaftspolizei, mit wenigen Ausnahmen, relativ pünktlich den Arbeitstag beenden konnte, richtete sich der Arbeitsschluss bei der Kripo nach der Lage der Dinge. Verbrechen fragten nicht nach der Zeit. Andererseits arbeitete die Bereitschaftspolizei im

Schichtdienst, so dass sie oft ganz unterschiedlich unterwegs waren.

Als er in die Küche kam, lief gerade die Barcarole aus „Hoffmanns Erzählungen“ in einer Orchesterfassung.

„Heute fahre ich etwas später“, sagte Larsson.

„Gibt’s dafür einen besonderen Grund?“

„Keinen besonderen.“

„Du fühlst dich heute besser? Gestern Abend hast du gar nicht gut ausgesehen.“

Larsson nickte, sagte aber nichts.

„Es hat mit dem Regen zu tun“, sagte Monika. „Du leidest unter einer saftigen Allergie, Lasse. Der Regen bindet die Pollen.“

Kurz vor acht, als Monika längst zum Dienst gefahren war, rief Larsson im Büro der Kommissare in der Kriminalaußenstelle in der Heringsdorfer Seestraße an. Er bekam Simons an den Apparat, der als Erster im Büro war.

„Das eine Handy war von einem Kind“, sprudelte es aufgeregt aus Simons heraus. „Das zweite Handy, das, auf dem die Explosion zu sehen ist, war von einem jungen Mann ...“

„Das hat Zeit, bis ich komme“, unterbrach ihn Larsson. „Ich werde erst gegen neun im Kommissariat sein.“

„Inge ist auf dem Weg hierher. Sie hat kurz vor dir angerufen.“

„Dann fahrt ihr zusammen zum Flughafen.“

Er fuhr auf den Parkplatz vor dem Haus des Arztes, gegenüber dem großen Lebensmittel-Einkaufs-Center auf der anderen Straßenseite. Obwohl er in dieser Praxis ein seltener Gast war, kannte man ihn. Im Wartezimmer saßen schon acht Leute, die zu einer notwendigen Untersuchung gekommen waren.

„Gehen Sie in den Gang und setzen sich auf den Stuhl.“

Larsson kannte schon das Prozedere. Aus den Zeitungen wusste man hier, dass er an dem Fall des abgestürzten Flugzeuges ermittelte. Er wurde als Nächster aufgerufen.

„Haben Sie früher schon einmal derartige Symptome gehabt?“ fragte der Arzt, als Larsson ihm die Begebenheit des Erstickungsanfalles geschildert hatte. Dann untersuchte er ihn gründlich, hörte seinen Herzschlag und die Lunge ab.

„Ich glaube, ich habe eine Sommergrippe."

„Hatten Sie gestern Temperatur?"

„Nein. Aber ich habe mich sehr schlapp gefühlt. Außerdem bekomme ich oft keine Luft durch die Nase."

„Da gibt es wahrscheinlich nur eine Lösung." Der Arzt lächelte ihn an, als er fortfuhr: „Die Nasenschleimhäute müssen verkleinert werden. Sie schwellen zu, wenn gewisse Allergene auf sie treffen."

„Und wer macht so etwas?"

„Ich würde raten, dass Sie in die Uniklinik nach Greifswald gehen. Meine Mitarbeiterinnen werden Ihnen einen Termin dort machen, wenn Sie es wollen." Der Arzt schrieb ihm ein Antiallergen auf und eine Überweisung zur Uniklinik Greifswald.

Kurz vor neun traf Larsson in der Kriminalaußenstelle in der Seestraße ein. Als er die Tür zum Büro der Kommissare öffnete, strahlte ihm Monika entgegen. Sie saß Andresen gegenüber an Simons' Schreibtisch. „Es gibt eine Dienstanweisung, die mich deiner Ermittlungsgruppe zuteilt."

Larsson freute sich, dass der Leiter der Kriminalpolizei Wort gehalten hatte, ließ aber die Freude darüber nicht erkennen.

„Karl lässt dir ausrichten, dass das Handy, welches die Explosion exakt zeigt, einem jungen Mann gehört, der der Szene zuzurechnen ist", sagte Andresen.

„Die Beweggründe sind klar. Man möchte später vorführen können, was man im Kampf gegen die lasche Demokratie geleistet hat. Und deshalb kann man zu jeder Zeit an den Ort des Verbrechens mittels dieses Bildes zurückkehren." Larsson genoss es, dass ihn sein Gefühl bezüglich möglicher Querverbindungen nicht getäuscht hatte.

„Und Karl hat noch herausbekommen, dass der Mann kürzlich auf einem Rittergut im westsächsischen Kohren-Sahlis zu einer Ausbildung war, die von der Wehrsportgruppe Hoffthaler initiiert wurde."

„Mich wundert's, dass es die überhaupt noch gibt", sagte Larsson spöttisch. „Der Namensgeber muss doch bald hundert Jahre alt sein." Er sah zu Monika. „Du wirst heute Stalldienst machen. Morgen gibt's dann den Großeinsatz. Da brauche ich dich dort vor Ort. Rolf wird dir sagen, worum es geht."

Larsson ging in sein Büro. Kurze Zeit später klingelte das Telefon, und die Arzthelferin meldete sich. Sie gab ihm den Termin, dann die Telefonnummer der Abteilung innerhalb der Klinik und belehrte ihn, dass er telefonisch abzusagen habe, falls ihm etwas dazwischenkommen sollte.

Er wählte daraufhin die Nummer der Universitätsklinik. Er meldete sich mit seinem Namen, seinem Dienstgrad und seiner Dienststelle und bat darum, mit dem zuständigen Oberarzt verbunden zu werden. Es klickte einige Male in der Leitung.

„Doktor Häfner am Apparat. Was haben Sie für eine Frage?"

Es war eine weibliche Stimme, und das irritierte Larsson. „Dr. Häfner?"

„Silke Häfner, ich bin die leitende Oberärztin der HNO-Abteilung."

Larsson erklärte ihr seine missliche Lage und fragte, was man da tun könne. Die Ärztin antwortete, dass in der Regel eine Operation der Nase anstünde. Auf die Frage, was sich machen ließe, wenn man nicht die Zeit hätte, sich für zehn Tage ins Krankenhaus zu begeben, sagte die Ärztin, dass die Verkleinerung der Nasenschleimhäute auch ambulant vorgenommen werden könnte. Da das aber eine sehr schmerzhafte Sache sei, rate sie davon ab. Larsson schlug den Rat der Ärztin aus. Er erklärte ihr, dass das sein Beruf derzeit nicht zuließ, und vereinbarte mit ihr einen Termin für einen ambulanten Eingriff zum 14. Juni, 10:00 Uhr.

Er ging wieder hinüber ins Büro der Kommissare.

Andresen war dabei, die Namen und das Alter einer Reihe von Männern zu checken, die ihm die MAEX zugemailt hatte. Es waren Personen, von denen bekannt war, dass sie der NPD wohlgesonnen waren. Die Liste reichte von Anklam bis Peenemünde und schloss Wolgast mit ein. Alles, was in der Nähe und im Einflussgebiet der Insel gelegen war, hatte sich Andresen zuschicken lassen.

„Ich bin über manchen Namen erstaunt, den ich hier lese. Einigen Mitbürgern hätte ich das nicht zugetraut", sagte Andresen. „Da gibt es doch tatsächlich einen Hotelier, der einen Neonazi als Koch beschäftigt hatte."

„Du kannst bei keinem in den Kopf schauen. Nach außen gibt man sich liberal, und in Wirklichkeit ist man extrem national", sagte Monika.

„Habt ihr schon etwas von Karl gehört?" fragte Larsson.

„Es ist wahrscheinlich zu früh, um mit einer Rückmeldung zu rechnen", sagte Andresen.

Larsson schaute Monika an. „Versuch du bitte, Karl zu erreichen."

Während sich Larsson noch mit Andresen über den Fall unterhielt, versuchte Monika eine Verbindung zu Simons herzustellen. „Ich erreiche ihn nicht übers Handy. Vielleicht ist irgendetwas mit dem Netz!"

„Eine Funkstörung?" fragte Larsson zweifelnd.

„Wohl kaum, der Flugbetrieb verträgt so etwas nicht", sagte Andresen.

„Aber auszuschließen ist es nicht ganz", warf Monika ein.

„Wieso?" Larsson wirkte ungeduldig.

„Weil sich die deutschen und die polnischen Anbieter manchmal überlagern."

„Und eine Funkverbindung von einem Flugzeug zum Tower oder umgekehrt ist etwas ganz anderes als ein Funktelefonat. Die haben andere Frequenzen", sagte Andresen.

„Das ist meine Kollegin, Hauptkommissarin Mohaupt, Herr Mannholz", stellte Karl Simons Inge Mohaupt vor. „Wir sind gekommen, um noch einige Auskünfte einzuholen."

Auf der Startbahn rollte eine kleine weiß-blaue Privatmaschine aus.

„Wenn ich Ihnen behilflich sein kann, dann gerne."

„Was ist, wenn der Flugbetrieb nachts ruht? Wer achtet dann auf die Maschinen?" fragte Inge Mohaupt.

„Dafür ist ein privater Sicherheitsdienst zuständig."

„Schickt dieser Dienst immer dieselben Leute?" fragte Simons.

„In der Regel schon."

„Kennen Sie das Personal?" Die Hauptkommissarin schaute den Flughafenarbeiter interessiert an.

„Schon. Jedenfalls die, die regelmäßig zum Wachdienst eingeteilt werden."

„Und Aushilfen? Sind Ausländer unter den Ersatzleuten?" fragte Simons.

„Wer kommt heute denn schon ganz ohne Ausländer aus?"

„Also? Sind Ausländer dabei?"

„Einer der Männer kommt aus Polen."

„Wie würden Sie den Mann beschreiben? Kennen Sie seinen Namen?" fragte Inge Mohaupt.

„Kałachurski. Marjan Kałachurski. Ich würde ihn zwischen fünfunddreißig und vierzig Jahren einordnen. Er kommt aus Świnoujście."

„Was für ein Typ ist er?" fragte Simons. „Ist es ein freundlicher Mann, ist er vertrauenerweckend oder eher das Gegenteil?"

„Alle Männer vom Wachdienst sind freundliche Leute. Wäre das nicht so, hätten wir dafür gesorgt, dass derjenige, der sich uns gegenüber nicht benimmt, rausfliegt."

„Sie geben uns bitte die Adresse des Dienstes und machen eine Auflistung der Leute, die zur Bewachung des Flughafens im letzten Monat eingeteilt waren." Simons schaut interessiert auf eine junge Stewardess, die unmittelbar unter dem Tower zu einer wartenden Maschine, die ganz in der Nähe abgestellt worden war, ging. Inge Mohaupt war das nicht entgangen. Sie lächelte Simons an, und er merkte, dass sie ihn und seine Gedanken ertappt hatte.

„Was ist das für eine Maschine?“ fragte Simons und deutete mit dem Kopf auf die junge Frau und das Flugzeug.

„Eine ATR 42. Darauf sind wir ganz stolz. Erst vor drei Wochen nahm die Fluggesellschaft Globus mit dieser Turbo-Prop-Maschine den Flugbetrieb von Mönchengladbach nach Heringsdorf auf.“

„Ein tolles Gerät“, sagte Simons. Inge Mohaupt wusste, dass er außer dem Flugzeuge noch die junge Frau meinte.

„Damit ist aus Nordrhein-Westfalen die schnellste Anreisemöglichkeit geschaffen worden. Und nächstes Jahr will Globus die Nonstop-Flugverbindung ebenfalls wieder anbieten. Aber dann im Linienverkehr.“

„Da muss sich das ja wirklich lohnen“, stellte Inge Mohaupt lakonisch fest.

„Aber es ist keine deutsche Fluglinie, welche die Globus-Air bedient.“

„Nicht?“

„Die polnische Fluggesellschaft White Eagle Aviation fliegt dann vom 22. Mai bis zum 16.Oktober jeweils sonntags mit einer 48-sitzigen ATR 42 von Heringsdorf aus den Flughafen Münster-Osnabrück an.“

„Kleinvieh macht auch Mist“, sagte Simons. „Das haben unsere Flugkonzerne nur noch nicht erkannt.“

Die kleine weiß-blaue Privatmaschine, die am Anfang des Gesprächs auf der Landebahn ausrollte, war nun nahe dem Tower abgestellt worden. Mehrere Menschen standen um die Maschine herum.

„Eine Cessna C-172“, sagte Mannholz, als er den fragenden Blick Simons’ sah. „Sie gehört der Flugschule und diese einem Joachim Lange.“

„Dann werden wir jetzt einmal hinuntergehen und uns dort umsehen. Ich komme dann später zu Ihnen und hole mir die Unterlagen ab.“

Simons und Inge Mohaupt verließen den Tower. Um die Maschinen standen drei Männer, die irgendein technisches Problem diskutierten.

„Herr Lange?“

„Wer will das wissen?“

Simons zog seinen Ausweis und stellte sich und seine Kollegin vor.

„Gehen wir in mein Büro“, sagte Lange und drehte sich zu den Männern am Flugzeug um. „Wir reden später darüber, René.“

Im Büro gingen sie an der Sekretärin vorbei, die sie lässig grüßten. Lange schloss seine Bürotür.

„Die Fragen, die wir an Sie haben, sind etwas diffizil“, sagte Inge Mohaupt. „Gibt es bei ihren Schülern irgendjemanden, der rechts-nationale Ansichten vertritt?“

„Was meine Kollegin meint, ist, gibt es einen oder mehrere Neonazis in Ihren Reihen?“ fragte Simons direkt.

„Sie glauben, dass das etwas mit der abgestürzten polnischen Maschine zu tun hat?“ fragte der Fluglehrer.

„Zumindest ermitteln wir in alle Richtungen“, stellte Inge Mohaupt fest.

„Ich weiß nicht, ob Sie wissen, was eine Flugausbildung kostet. Ich denke nicht, dass sich das die jungen Burschen, die auf diese Weise die Welt verbessern wollen, leisten können. Vor allem nicht jene, die im Dunstkreis der Insel leben.“

„Das hat man von den Studenten, die die Passagierflugzeuge in die Twin Towers in New York geflogen haben, auch gedacht“, warf Simons sein. „Und dann gab es dreitausend Tote.“

„So gesehen haben Sie natürlich recht. Ich habe in diesem Jahr rund fünfzehn Flugschüler bei mir aufgenommen. Sie kommen aus ganz unterschiedlichen Motiven hierher. Einige wollen die unbegrenzte Freiheit in der Luft genießen – Sie kennen ja sicher das Lied von Reinhard Mey ‚Über den Wolken‘. Andere wiederum sind Geschäftsleute, die das Angenehme mit dem

Nützlichen verbinden. Gerade gestern war ein sehr bekannter Geschäftsmann aus Hamburg mit seiner Maschine auf der Insel."

Aus dem Fenster des Büros konnte man auf die Landebahn und die Turbo-Prop-Maschine sehen, zu der jetzt eine Gruppe Reisender gebracht wurde. Simons verfolgte, wie die Menschen die Gangway hochgingen und von der Stewardess einzeln begrüßt wurden. Jetzt wünschte er sich, dort einzusteigen und mit dieser charmanten Frau während des Fluges flirten zu können.

„Wer waren die beiden Männer an ihrer Maschine?" fragte Inge Mohaupt.

„Der ältere Mann war einer der Flugschüler. Sie sehen, nicht nur ganz junge Männer lernen das Fliegen. Der zweite Mann ist mein Mechaniker, der sich um die Technik des Fluggerätes kümmert."

„Sie werden ja nicht allzu viel Zeit brauchen, Ihre Flugschüler samt ihrer Adressen aufzulisten", sagte Simons.

„Jetzt?"

„Ja, jetzt, und vergessen Sie nicht, alle Angestellten der Liste hinzuzufügen, selbst dann, wenn sie nur stundenweise für Sie tätig sind."

Während Inge Mohaupt darauf wartete, dass der Besitzer der Flugschule die Adressen seiner Schüler und Mitarbeiter ausdruckte, spurtete Simons zum Turm hinauf, um von Mannholz die Liste der Mitarbeiter des Flughafens abzuholen. Einen Moment musste er warten, da Mannholz gerade die Turbo-Prop-Maschine abfertigte. Langsam rollte sie von ihrer Startposition an, um schnell an Fahrt zu gewinnen und wenig später abzuheben.

Simons traf Inge Mohaupt am Dienstwagen. Als er den Wagen an dem Hauptgebäude und dem Ende der Landebahn vorbei in Richtung Zirchow lenkte, sagte er: „Wir werden noch die beiden Handys nach Kamminke bringen. Und weißt du, was wir dann machen?“

„Wir sollten uns erst einmal im Büro melden.“

„Warum? Wir sind doch nicht aus der Welt.“

„Du kennst Lasse“, sagte Inge. „Er ist heute später ins Büro gekommen und hat uns nicht mehr gesehen. Und du weißt, er will immer wissen, was seine Leute unterwegs machen.“

Kurz hinter Zirchow bog Simons auf die B110 Richtung Garz ab. „Ruf ihn halt an.“

„Da musst du mir dein Handy geben, denn meins hängt an der Ladestation zu Hause.“

Simons nahm sein Handy aus der Ablage der Fahrertür und reichte es Inge. „Viel Spaß.“

Während Inge Mohaupt die Nummer im Zimmer der Kommissare der Kriminalaußenstelle in Heringsdorf wählte, fuhr Simons langsam in Kamminke ein.

Monika Landris meldete sich. Inge Mohaupt schilderte ihr das bisherige Ergebnis und teilte ihr mit, dass sie jetzt in Kamminke die beiden Handys zurückgeben würden und dann zur Kriminalaußenstelle zurückkämen.

Noch während Inge Mohaupt telefonierte, gab Simons das erste Handy an die Mutter des Kindes zurück, das den Absturz der Cessna dokumentiert hatte. Dann fuhren sie weiter in Richtung Hafen. Abermals hielt Simons, um das zweite Handy zurückzugeben. Doch der Eigentümer war nicht zu Hause.

„Du hast mich vorhin nicht ausreden lassen, als ich dir sagen wollte, dass wir jetzt am Hafen unsere Mittagspause einlegen werden. Mir ist nach einem ordentlichen Stück frisch geräuchertem Fisch.“

Simons suchte sich einen Parkplatz und kam genau neben dem auffälligen Landrover der Inselsafari zum Stehen. Am Fahrzeug, auf einem Trailer befestigt, lag ein großes Schlauchboot. Offensichtlich wollte Fiedler noch mit seinen Gästen irgendwo im Hinterland aufs Wasser.

Der Platz und die Gebäude der Fischer, die hier ihre frisch geräucherte Ware anboten, waren sehr begehrte Objekte. Urlauber wuselten umher, Sitzplätze waren zu diesem Zeitpunkt kaum zu bekommen.

„Die Menschen haben längst das Fischeridyll am Stettiner Haff entdeckt“, sagte Inge Mohaupt. „Wir werden wohl aus der Hand essen müssen. Und weißt du was, dazu habe ich gar keine Lust.“

Simons hatte sich umgeschaut und entdeckt, dass Uwe Fiedler mit einer Gruppe von sechs Leuten an einem der Tische saß, der unmittelbar am Wasser stand.

„Warte einen Augenblick. Wir werden gleich einen guten Platz haben.“ Simons schlenderte hinüber an den Tisch des Safari-Guides, und Inge sah an den Gesten, wie ihr Kollege es fertig brachte, eine Tischeinladung für sie beide herauszuschlagen. Nach wenigen Minuten kam er zurück, und sie gingen zu einem der beiden Räucheröfen.

Während sich die Urlauber um das Verkaufsgeschäft drängten, ging Simons direkt zu dem großen, grauhaarigen Mann, der gerade einen der Öfen öffnete. Geschickt zog der Fischer zwei große Stücke Fisch aus dem Rauch und legte sie auf einen Pappteller. Dann reichte er den Teller durch den Hintereingang in den Laden.

„Und du, Karl? Was darf ich dir geben?“

„Wenn du mich so fragst, Fiete, wäre mir ein Stück Aal recht. Aber ich möchte mich auch nicht vorne anstellen, und ich denke, du wirst hier keinen im Rauch haben“, sagte Simons.

„Was die Polizei so denkt. Und deine Freundin?“

„Meine Kollegin, Fiete“, verbesserte Simons und drehte sich Inge Mohaupt zu. „Möchtest du auch ein Stück Aal?“

„Es ist ein heute Morgen ganz frisch angelandeter Aal aus dem Haff. So etwas werden Sie kaum woanders bekommen“, mischte sich der Fischer ins Gespräch und zog ein mittelgroßes Tier aus dem Rauch.

„Wir teilen uns den. Kopf- oder Schwanzstück, Inge?“

„Nicht den Kopf."

Der Fischer teilte den Fisch und legte ihn auf zwei Pappdeckel. Dann holte er vier Brötchen aus dem Laden.

Uwe Fiedler, mit seinen Jeans mit Hosenträgern dem Aussehen eines Trappers ähnlich, gesellte sich zu ihnen und ließ sich von Fiete noch zwei Stücke Fisch nachlegen.

Simons zahlte, und die beiden Beamten gingen zusammen mit Fiedler zu dessen Gruppe. Vier Frauen und zwei Männer hatten sich zu dieser Tour angemeldet.

„Wie man bei dir sieht, Uwe, scheinen die Frauen auf dem Vormarsch zu sein", sagte Simons.

Inge Mohaupt grüßte in die Runde und stellte sich vor.

„Das wird auch langsam Zeit, dass wir uns von den Männern nicht mehr die Butter vom Brot nehmen lassen", sagte die ältere, etwas korpulentere Dame.

Bereitwillig rückte man ein wenig zusammen, so dass die beiden Kommissare ausreichenden Platz fanden. Der Tisch war reichlich gedeckt. Neben den Tellern mit den Fischrationen lagen auch zwei große Hartwürste und eine Tüte mit frischen Brötchen zum Verzehr bereit. An der Kopfseite des Tisches, an der die Frau saß, die sich gerade zu Wort gemeldet hatte, standen zwei große Thermoskannen mit Kaffee.

Uwe Fiedler hatte den Blick Simons zu den Kannen richtig gedeutet. „Was ist, Karl, möchtet ihr vielleicht auch eine Tasse Kaffee? Ich denke, wir haben genug davon. Und schließlich werden wir später noch an der Benzer Mühle Halt machen. Da werden wir noch einmal mit Kaffee und Kuchen verwöhnt."

Wie auf Kommando bellte ein weißbraun gefleckter Terrier fordernd, um etwas von dem reich gedeckten Tisch abzubekommen.

„Gebt Nelson endlich seine Portion", warf die Frau ein, „damit der Hund Ruhe gibt."

Der dünne, grauhaarige Mann neben der korpulenten Dame legte die Reste der Fische auf einen der größeren Pappteller und stellte sie mit einigen freundlichen Worten dem Hund hin. Nelson machte sich sofort freudig über das Fressen her.

„Wir sollten langsam weiterfahren“, sagte Fiedler mit erhobener Stimme, so dass ihn alle hören konnten.

„Was bekommen die Leute jetzt zu sehen?“ fragte Inge Mohaupt.

„Ich erzähle ihnen etwas über den Naturleerpfad Ostseeküste und über die Entwicklung der Eisenbahnverbindungen zwischen Berlin und Usedom mit allen eingleisigen und zweigleisigen Strecken. Und natürlich zeige ich ihnen die Reste der ehemals größten Eisenbahnbrücke Europas in Kamminke.“

Gleichzeitig brachen sie auf. Die Leute, die eben noch mit den Kommissaren am Tisch gesessen und gegessen hatten, packten ihre Sachen und bestiegen den Safari-Bus. Langsam fuhr der Wagen von seinem Parkplatz über den Hafenvorplatz.

„Für uns wird es Zeit, ins Büro zu fahren“, sagte Inge Mohaupt.

„Aber erst werden wir versuchen, den Handybesitzer zu erreichen. Ich möchte ihm noch einige Fragen stellen.“

So wie eben der Safari-Bus seinen Parkplatz verlassen hatte, um zu der Hauptstraße zu kommen, die durchs Dorf führte, ließ Simons den Passat langsam über den Hafenplatz gleiten. Vor dem kleinen, gedrungenen Haus, an dem sie zuvor schon einmal versucht hatten, das Handy abzugeben, parkte Simons.

„Soll ich mitkommen?“ fragte Inge Mohaupt.

„Ich schaue erst einmal, ob der Mann da ist.“ Simons stieg aus und ging die kleine Treppe hoch zu dem Haus. Er klingelte. Nach wenigen Augenblicken wurde die Tür geöffnet. Eine alte Frau stand vor Simons und sagte, dass ihr Enkel noch unterwegs sei. Simons meinte, dass er sich später noch einmal melden würde, und ging zum Fahrzeug zurück.

„Du hast das Handy ja wieder mitgebracht.“

„Ich habe da so ein Gefühl, was mich davon abhält, der alten Frau das Handy auszuhändigen. Erinnerst du dich daran, dass ich gestern mit der Mutter des Jungen sprach, dessen Handy wir vorhin zurückgebracht haben?"

„Ja. Und?"

„Die Frau sagte mir, der Junge habe keine Arbeit und sei den Rechten auf den Leim gegangen. Vielleicht ist es doch kein Zufall, dass der junge Mann den Absturz gefilmt hat." Sie fuhren zurück zur Kriminalaußenstelle in der Seestraße in Heringsdorf.

Als Simons die Tür zum Büro der Kommissare öffnete, sah er Monika Landris an seinem Platz sitzen. „Was ist denn hier los?" fragte er scherzend. „Willst du meinen Platz übernehmen?"

„Sie ist uns als Verstärkung zugeteilt worden", warf Andresen ein, bevor Monika antworten konnte.

„Da werden wir ja richtige Platzprobleme bekommen", stellte Inge Mohaupt fest.

„Wir werden das sicher so lösen, wie wir es das letzte Mal gemacht haben. Ich gehe für die Zeit zu Lasse ins Büro. Und hier lassen wir vorübergehend noch einen Schreibtisch kommen", sagte Andresen.

„Nun, dann geh ich erst einmal rüber zu Lasse." Simons wollte gerade wieder aus der Tür, als Monika sagte: „Da wirst du Pech haben, denn er ist nach Anklam gefahren. Es gibt irgendein Problem, das man dort mit ihm besprechen will."

„Wo wart ihr eigentlich so lange?" fragte Andresen. „Lasse hat versucht, euch zu erreichen."

„Nachdem wir auf dem Flugplatz fertig waren, sind wir nach Kamminke gefahren, um die Handys zurückzugeben. Bei der Gelegenheit haben wir gleich Mittag gegessen."

„Am Hafen?"

„Wo sonst!"

„Und da hättest du nicht einmal anrufen können, um zu fragen, ob wir nicht auch ein Stück von dem wunderbaren Räucherfisch zum Mittag essen möchten", sagte Andresen vorwurfsvoll.

„Sorry, tut mir leid."

„Wir haben noch diese Safari-Menschen getroffen", sagte Inge Mohaupt. „Das hat uns sicher abgelenkt."

Sie waren noch mitten im Gespräch, als Larsson anrief. „Ihr könnt Feierabend machen, Rolf. Wir treffen uns wie immer morgen früh um acht. Ist Monika in Reichweite?“

„Ja.“ Andresen reichte den Apparat weiter.

„Lasse?“

„Ich fahre direkt von hier nach Hause. Wir treffen uns dort. Und Andresen soll noch einen Schreibtisch ordern und in das Zimmer der Kommissare stellen lassen.“

14. Kapitel

Als Lasse Larsson an diesem Mittwoch, dem 26. Mai, vom kleinen Haus in Loddin zu Dienststelle nach Heringsdorf startete, hatte der Regen die Insel im Griff. Wütende Böen schüttelten seinen Wagen. Kleinere Äste und Blätter lagen auf der Fahrbahn. Monika, die an diesem Tag mit ihm fuhr, ermahnte ihn zur Vorsicht. Zwischen Pudagla und Neppermin hatte sich eine Windhose gebildet. Gespenstisch tanzte der dunkle Kegel zwischen Himmel und dem Land, schien irgendwelche Teile mit in die Luft zu reißen, um sie weiter entfernt wieder auf das Land regnen zu lassen.

„Der Tag passt zu meiner Stimmung", sagte Larsson.

„Lässt sich mein Held nun schon vom Wetter beeinflussen?"

Larsson sagte nichts, aber Monika wusste, wie es hinter seiner Stirn arbeitete. Obwohl er am Abend noch kurz über seine Gespräche in Anklam berichtet hatte, war er nicht bereit gewesen, über die Einzelheiten zu sprechen. Er hatte gesagt, dass er die Nacht brauche, um die Fakten zu verdauen.

Als sie auf dem Hof ihrer Dienststelle in der Seestraße in Heringsdorf einfuhren, stellten sie fest, dass es einigen Kollegen nicht gelungen war, bei diesem Wetter pünktlich zu sein.

„Ich hole noch einige Dinge aus meinem Büro", sagte Larsson, „und komme gleich nach. Sieh bittet zu, dass alle einen Kaffee haben."

Die beiden Männer schauten auf, als Monika zur Tür hereinkam.

„Wir dachten schon, es hätte euch von der Straße geweht", sagte Simons.

„Inge ist wohl noch unterwegs."

„Sie sitzt an der Peenebrücke fest. Es wird sicher noch eine Stunde dauern, bis sie hier ist", erklärte Andresen.

Monika setzte neuen Kaffee auf und sagte: „Wenn Inge nicht da ist, werden wir wohl ohne sie mit der Besprechung anfangen müssen. Lasse hat uns etwas zu sagen.“

„Es geht um den Einsatz heute“, stellte Andresen fest. „Das Wetter bringt halt alles durcheinander.“

Monika Landris hob die Schultern, sagte aber nichts.

An der Art, wie Larsson zur Tür hereinkam, merkten die Mitarbeiter, dass irgendetwas nicht stimmte. Normalerweise war Larsson eine berechenbare Größe für sein Team. Er war der Mann, der schwer aus der Ruhe zu bringen war. Während die Gruppe an ihren Schreibtischen sitzen geblieben war, hatte sich Larsson an den kleinen Tisch gesetzt, an dem sie sonst frühstückten.

„Inge hat wohl abtelefoniert“, sagte Larsson. „Das ist auch kein Wetter, um auf die Insel zu fahren.“

„Sie ist auf dem Weg“, stellte Simons lapidar fest.

„Der Einsatz ist abgeblasen.“

Larssons Worte lösten allgemeines Unverständnis aus.

„Was ich jetzt sage, bleibt in diesem Raum. Haben wir uns verstanden?“ Larsson schaute in die Runde. „Eine Maßnahme gegen Alverich Clüver wird es derzeit nicht geben.“

Simons wollte aufbegehren, aber mit einer Handbewegung würgte Larsson ihn ab. „Alverich Clüver ist Verbindungsmann der MAEX. Ich nehme an, die Abteilung Staatsschutz hat ihn rekrutiert, um näher an die Szene ranzukommen. Man ist jetzt an einer Stelle angelangt, an der man keinesfalls auf seine Mitarbeit verzichten will. Diese Anweisung kommt von der Staatsanwaltschaft, und wir haben uns danach zu richten.“

„Das sieht dann so aus, dass wir umsonst an dem Fall gearbeitet haben.“ Andresen klang ärgerlich.

„Legen wir den Fall zu den Akten?“ fragte Simons.

Larsson schüttelte den Kopf.

„Der Staatsanwalt ist ein ... Ich werde ihn nicht verstehen.“

„Es ist leichter, einen Menschen zu verstehen, als über ihn zu richten, Karl“, sagte Larsson.

„Du gibst dem Mann recht?"

„Auch wenn mir die Sache nicht schmeckt und wir gegen diesen Clüver im Augenblick nichts ausrichten können, werden wir unsere Arbeit an der Aufklärung des Flugzeugabsturzes fortsetzen. Karl, was habt ihr vom Flughafen mitgebracht?"

Simons erläuterte seinem Chef, dass Inge Mohaupt und er sämtliche auf dem Flughafen tätigen Angestellten und Flugschüler in Listen erfasst hätten und diese nun einzeln befragt werden müssten. Das waren über achtzig Menschen. Eine Mammutaufgabe.

Inge Mohaupt kam schneller als erwartet. Da die Besprechung noch nicht zu Ende war, wiederholte Larsson, was die anderen Kollegen über den Abbruch der Aktion Alverich Clüver bereits erfahren hatten.

„Ehe ich es vergesse zu sagen, ich bin nächste Woche nicht in Heringsdorf. Rolf wird mich in dieser Zeit dann vertreten", sagte Larsson.

„Wieso bist du nicht hier, Lasse?" fragte Monika Landris.

„Habe ich vergessen, dir zu sagen, dass ich für eine Woche Vertretungen beim KDD in Anklam übernehmen soll?"

Jetzt wusste Monika, warum Larsson ihr gegenüber so schweigsam war. Das war seine Art, mit einer für ihn unbequemen Anordnung fertig zu werden.

Larsson teilte Andresen und Inge Mohaupt dazu ein, die einzelnen Personen auf den Listen mit Eintragungen auf dem Polizeicomputer abzugleichen. Vielleicht war ja der eine oder andere schon einmal auffällig geworden.

Monika Landris würde den Telefondienst übernehmen und den beiden Kommissaren so weit wie möglich helfen.

Simons wies darauf hin, dass er das Handy des jungen Mannes am Vortage nicht losgeworden war. Dann berichtete er, was die Nachbarin über diesen Ralf Wolter gesagt hatte. Spontan beschloss Larsson, zusammen mit Simons nach Kamminke zu fahren, um den Mann zu befragen.

Als Larsson und Simons schließlich endlich losfuhren, hatte der Wind erheblich nachgelassen. Der peitschende Regen war einem Landregen gewichen. Als sie in Ahlbeck bei Mercedes-Kruse vorbeifuhren, erinnerte sich Larsson beim Anblick der ausgestellten Fahrzeuge daran, selbst endlich mal einen neuen Wagen zu kaufen.

„Kriminaldauerdienst ist eine anstrengende Sache“, versuchte Simons ein Gespräch mit seinem Chef in Gang zu bringen.

„Ist ja nur für eine Woche.“

„Damit bist du dann für uns nahezu unerreichbar“, sagte Simons.

Sie fuhren in Kamminke ein, und Simons stellte den Wagen vor dem Haus ab. „Da oben ist es.“

Larsson dachte daran, dass Simons recht damit hatte, dass man ihn mit diesem Einsatz beim KDD in der Tat für eine Weile für die Ermittlung im Fall Clüver kaltstelle.

Sie stiegen aus und gingen die wenigen Stufen zu dem kleinen Haus hinauf. Obwohl sie mehrfach klingelten, machte niemand auf.

„Und nun?“ fragte Simons.

„Wir besuchen die Frau, von der du den Tipp hast.“

Als sie wieder vor dem Dienstwagen standen, kam ein alter Mann auf sie zu. „Sie wollen zu Frau Wolter?“

„Ja.“

„Sie ist heute Nacht von einem Krankenwagen abgeholt worden.“

„Wissen Sie, wohin man sie gebracht hat?“ fragte Larsson.

Der Alte schüttelte den Kopf. „Sie hat’s am Herzen.“

Simons setzte sich ins Auto und rief Monika Landris an. „Frag bitte mal an den Krankentransportfirmen an, wer heute Nacht eine gewisse Frau Wolter von Kamminke in welches Krankenhaus gebracht hat.“

Larsson stieg ein, und Simons fuhr die wenigen Meter zu dem Haus, in dem die Mutter des Jungen wohnte, dessen Handy ebenfalls auf Bildmaterial untersucht worden war.

„Guten Tag, Frau Siebert."

„Ach, Sie sind es schon wieder", sagte die Frau, als sie Simons erkannte. „Kommen Sie doch herein."

Larsson stellte sich vor und folgte der Frau. Die Decken in dem Haus waren niedrig und die Türdurchlässe noch niedriger, so dass die Männer aufpassen mussten, um sich nicht zu stoßen. Larsson schaute sich um. Die Einrichtung war bis auf einige wenige Stücke Katalogware der Einrichtungshäuser aus den achtziger Jahren. An einer der Wände über einem kleinen Schreibtisch hingen gerahmte Fotos. Eins zeigte den Vater des Jungen zusammen mit seiner Mutter vor einem der Boote am Kamminker Hafen. Darüber hingen die Fotos von der Mutter und dem Vater, ebenfalls gerahmt; zwischen den beiden Bildern der Junge, der von einem Maler porträtiert worden war. Es war eine Rötelzeichnung in einem ovalen, braunen Holzrahmen, größer als die anderen Bilder und so exklusiv, dass sie zum Fixpunkt aller Blicke wurde.

„Es ist wirklich ein schönes Bild von Ihrem Sohn", sagte Larsson anerkennend.

„Das ist etwas Bleibendes, eine Erinnerung an eine Zeit, die so sicher nicht wiederkommen wird. Es war der Wunsch seines Vaters, kurz bevor er starb."

„Das tut mir leid."

„Mein Mann war Extremsportler. Er machte so ungefähr alles, was gefährlich war. Fallschirmspringen, Surfen bei besonderem Seegang, Bergsteigen. Und in den Alpen ist er dann auch geblieben. Es zog ihn jedes Jahr einmal ins schweizerische Wallis, um sich am Matterhorn zu versuchen. Beim dritten Versuch, den Berg zu besteigen, ist er tödlich verunglückt."

„Surfen gehe ich auch manchmal", warf Simons ein. „Aber ich achte sehr genau darauf, dass es nicht zu gefährlich wird."

„Darf ich Ihnen etwas anbieten? Kaffee oder Tee?"

„Wenn es Ihnen nicht zu viel Arbeit macht, würde ich gern einen Tee nehmen."

„Und Sie?"

„Ich würde mich da anschließen“, sagte Simons.

„Nehmen Sie doch inzwischen bitte Platz.“ Die Frau ging in die Küche. Nur Minuten später kam sie mit dem Tablett und stellte Glastassen, eine Schale mit Kandiszucker und ein Glaskännchen mit der Sahne auf den Tisch. Dann ging sie noch einmal in die Küche zurück, um die Kanne mit dem friesischen Tee zu hohen.

„Sie kommen nicht noch einmal, um mich zu fragen, wie es kommt, dass mein Junge den Flugzeugabsturz aufgenommen hat“, sagte sie. „Es war ein schöner Tag, dieser Himmelfahrtstag. Alle jungen Leute, sofern sie nicht an die Ostsee gefahren waren, tummelten sich zwischen den Urlaubern am Hafen. Kamminke hat etwas, das die Leute immer wieder herzieht. Der Ort strahlt Gemütlichkeit aus, Wärme; der Blick übers Haff gibt manchmal sogar die Begegnung mit einem der seltenen Fischadler frei. Und dann kommen die großen Vögel. Ich meine die Flugzeuge von unserem Flugplatz. Und die fliegen dicht bei uns vorbei zum auf polnischem Gebiet gelegenen Kontrollpunkt für alle Maschinen, welche die Insel anfliegen. Manchmal fotografieren die Kinder mit ihren Handys.“

„Oftmals sind gerade solche Aufnahmen für uns von Vorteil“, warf Larsson ein. „Ein Bild sagt mehr als fünf gegensätzliche Aussagen.“

„Deshalb hatten Sie Jochens Handy ja auch mitgekommen. Aber da Sie es gestern wiedergebracht haben, wundere ich mich, was jetzt noch anliegt.“

Vorsichtig gab Larsson einen Schuss Sahne in seinen Tee und schaute, wie sich die weiße Wolke ausdehnte. Für das Zehntel einer Sekunde dachte er an einen Atompilz. Doch schnell verdrängte er den Vergleich. „Wir sind nicht wegen des Handys gekommen. Vielmehr wissen Sie ja, dass wir ein weiteres Handy mitgenommen haben.“

„Das Handy von Ralf Wolter, ja.“

„Sie haben meinem Kollegen einen Hinweis auf mögliche rechtsnationale Kontakte dieses Ralf Wolter gegeben.“

„Ja, habe ich."

„Gibt es dafür für einen besonderen Grund?" bohrte Larsson nach.

„Wehret den Anfängen – ist das Grund genug?"

Simons nickte bedächtig „Ja, ich denke schon."

„Sie müssen das richtig verstehen", begann die Frau. „Ralf ist eigentlich ein guter Junge. Außer seiner Großmutter hat er niemanden mehr auf dieser Welt. Deshalb ist er in vielen Dingen benachteiligt."

„Ist er ganz ohne Eltern aufgewachsen?" fragte Larsson.

„Der Vater ist kurz nach der Wende ins Ruhrgebiet gegangen und nicht wiedergekommen. Seine Mutter starb an Leberkrebs. Sie hat das Alleinsein nicht verkraftet. Und dann war der Junge mit seiner Großmutter allein."

„Sie meinen, die Frau hat sich totgetrunken", stellte Simons lakonisch fest.

„Ja, so ist es nun einmal. Als Marc, mein Mann, noch da war, hat er sich ein wenig um Ralf gekümmert. Er nahm ihn mit zum Segeln. Manchmal gingen sie zusammen surfen. Und wenn er mit den Fischern aufs Haff fuhr, sorgte er dafür, dass Ralf mitkonnte und dass er eine kleine Aufgabe bekam, damit er sich nicht so verloren vorkam."

Larsson dachte einen Augenblick an sein eigenes Leben, an seinen Vater, der ermordet worden war, und an die Zeit, in der er bei der Mutter allein aufwuchs. Das war wahrhaftig nicht immer leicht gewesen. Manchmal hatte er sich einen Vater gewünscht, vor allem in den ersten Schuljahren, als die Mitschüler aus kompletten Familien kamen. Das Leben konnte schon sehr grausam sein. Vor allem für einen kleinen Jungen, der von einem Vater träumte. So musste es auch diesem Ralf ergangen sein.

„Eines Tages bekam Ralf eine Hündin geschenkt, die ihres Alters wegen ausgemustert worden war. Es war ein großes Tier, ein Weimaraner, der für die Jagd abgerichtet war. Ralf durfte diesen Hund auch nur übernehmen, weil der Besitzer einen kleinen Abstand zahlte, von dem Futter gekauft wurde. Was keiner gemerkt hatte, die Hündin war trächtig gewesen und brachte vier Welpen zur Welt. Damit ging für den Jungen die Sonne auf. Plötzlich konnte er für jemanden sorgen. Er tat das mit großem Spaß und Erfolg. Die jungen Hunde wuchsen heran. Drei der Welpen konnte er verkaufen, und einige Monate später lief die alte Hündin, die nachts aus Erinnerung an ihre frühere Bestimmung durch den Wald gestreunt war, in der Nähe von Zirchow in ein Auto. Sie war sofort tot."

„Das muss ein mächtiger Schlag für den Jungen gewesen sein", warf Simons ein.

„Er hatte seine Rose sehr geliebt", sagte die Frau leise. Sie goss Simons Tee nach und fuhr fort: „Dazu kommt, dass Ralf seine Lehrstelle als Tischler verloren hatte und deshalb anfing herumzugammeln."

„Weshalb hat er seine Lehrstelle verloren?" fragte Larsson.

„Der Betriebsinhaber starb, und der Nachfolger fuhr den Laden gegen die Wand."

„Und auf der Insel gibt es wenig Arbeit für Leute wie Ralf Wolter." Larsson war durchaus bekannt, wie prekär die Lage am Arbeitsmarkt in Mecklenburg-Vorpommern und ganz speziell auf einer Insel für ungelernte junge Männer war.

„Der versprochene Aufschwung nach der Wende fand zwar statt, aber davon hatten nur Leute etwas, die Land oder ein Gebäude in Restitution zurückbekommen haben oder andere Produktionsmittel wie beispielsweise Fischereifahrzeuge oder Devisen in die neue Zeit retten konnten. Die Familie Wolter gehörte nicht in diese Gruppe."

„Oder die mit einem Haufen Geld aus dem Westen kamen und alles aufkauften, was nicht niet- und nagelfest war", warf Simons ein.

Larsson schaute durch das Fenster und bemerkte, dass der Regen aufgehört hatte. Auch die grauen Wolken waren nach Osten abgezogen und würden sich nun über dem angrenzenden Polen abregnen. „Ralf Wolter war also ein junger Mann ohne jede Perspektive", stellte er lapidar fest.

„Wo kein Futter in der Krippe ist, schlagen sich die Pferde, pflegte mein Mann immer zu sagen."

„Wehret den Anfängen – ist das Grund genug? – haben Sie am Anfang gefragt", sagte Larsson.

„Auch auf dieser Insel gibt es, wie überall in Deutschland, so genannte Kameradschaften. Das sind Sympathisanten der NPD oder andere nationalsozialistische Gruppen", sagte die Frau leise.

„Eine Pestbeule der Demokratie", sagte Simons.

„Unterschätzen Sie den Einfluss nicht, den diese Leute haben. Sie sind nicht *nur* die Unruhestifter. Sie versuchen mit verschiedenen Aktivitäten, Einfluss auf die ‚Verlierer' dieser Zeit zu nehmen."

„Und Ralf Wolter ist diesen Einflüssen erlegen", stellte Larsson fest.

„In Ueckermünde veranstalteten die Nazis einen Kindertag. Sie boten Spiele, hielten bunte Luftballons vor, die sie kostenlos verteilten, kümmerten sich um die Eltern der Kinder. Ralf war zu diesem Fest. Obwohl er natürlich kein Kind mehr war, sprach ihn diese Fürsorge an. Als er wieder in Kamminke ankam, galt sein erster Besuch mir. Er machte mir tatsächlich den Vorschlag, ich solle dort mitarbeiten, und Jochen könne von diesen Zusammenkünften bald im Jungvolk profitieren. Ich war entsetzt. Vergeblich versuchte ich ihm zu erklären, dass genau so die Vorzeichen zum Zweiten Weltkrieg ausgesehen hätten."

„Da hat der Vater gefehlt, der schützend seine Hand über ihn gehalten hätte", sagte Simons.

„Seit dieser Zeit fährt er mehrmals pro Woche nach Anklam und trifft sich dort mit solchen Leuten."

„Die Fahrten kosten Geld", gab Larsson zu bedenken. „Wer finanziert das?"

Simons' Handy machte sich bemerkbar. Mit einer Entschuldigung verließ dieser den Raum, um zu telefonieren.

„Er hat ein Simson-Moped aus DDR-Zeiten, das er sehr pflegt. Das Geld für Benzin, so hatte er mir gesagt, bekäme er von den Leuten aus Anklam."

„Mit Speck fängt man Mäuse“, sagte Larsson. „Welche Farbe hat das Moped?“

„Blau.“

„Seine Großmutter ist heute Nacht ins Krankenhaus gekommen. Wussten Sie davon?“

„Nein. Aber das ist ja furchtbar.“

„Wieso?“

„Weil sie ihn gestern gesucht hat. Sie war auch bei mir, denn er war über Nacht nicht nach Hause gekommen.“

„Kam das oft vor?“

Simons kam wieder herein und setzte sich.

„Es war noch nie vorgekommen, dass Ralf einfach über Nacht weggeblieben ist. Deshalb war die alte Frau auch so aufgeregt. Sie sagte, es müsse ihm etwas passiert sein, sonst hätte er zumindest angerufen.“

„Frau Wolter liegt in Anklam im Krankenhaus. Es geht ihr den Umständen entsprechend“, sagte Simons.

Larsson wusste, dass alles, was die Frau gesagt hatte, seine Vermutungen bestätigte. Ralf Wolter war eine für die Lösung des Falles interessante Person. Dennoch beschloss er, die Befragung der Frau Siebert zu beenden. Er bedankte sich für die Hinweise und für den Tee, den er sehr genossen hatte.

Dann brachen die beiden Polizisten auf, um zur Kriminalaußenstelle nach Heringsdorf zurückzufahren.

„Wirst du diesen Ralf Wolter jetzt zur Fahndung ausschreiben, Lasse?“

„Das halte ich einerseits für verfrüht, andererseits wiederum möchte ich in der Polizeidirektion keine Aufmerksamkeit darauf lenken, dass wir uns noch immer im weitesten Sinne mit dem Fall Clüver befassen. Möglicherweise werde ich eine Hausdurchsuchung beantragen.“

„Mit welcher Begründung?“

„Verdacht auf Hehlerei zum Beispiel.“

Simons lachte auf. „Hehlerei?“

„Das zumindest ist unverdächtig, was den Staatsschutz betrifft, und würde niemanden auf den Plan rufen.“

15. Kapitel

Kurz nachdem der Landregen aufgehört hatte, war das Ehepaar Martens, das jedes Jahr seinen Urlaub in Benz verbrachte, zu einer Wanderung gestartet. Heute sollte der Weg von Benz nach Neppermin und dort ein Stück am Balmer See entlang führen. Dann wollten sie zurückgehen und in dem Restaurant am Golfplatz zu Mittag essen.

Mit von der Partie war der Cockerspaniel Hasso, den Uwe Martens nach dem auf Mallorca lebenden Millionär Hasso von Schützendorf benannt hatte. Martens fand den dürren, großen Mann, der sein enormes Vermögen auf der Grundlage des Schmugglertums der Nachkriegszeit 1945 aufgebaut hatte, faszinierend. Erika-Schreibmaschinen und Ferngläser aus DDR-Produktion schmuggelte er nach Spanien, um sie dort für ein Vielfaches des Einkaufspreises loszuschlagen. Die Stimme Schützendorfs, der in seiner frühen Jugendzeit Musik studiert hatte, glich in ihrer Klangfarbe der des weltberühmten russischen Bassisten Fjodor Schaljapin. Und sich dessen bewusst, stimmte er des Öfteren eine der Arien aus Mussorgskis Boris Godunow an, sehr zum Vergnügen des Uwe Martens, der davon nie genug hören konnte.

Bis zu dessen Tod im Jahr 2002 waren die Martens dann nahezu jedes Jahr nach der politischen Wende mindestens einmal auf Mallorca gewesen. Sie hatten Mallorca stets als „ihre Insel" bezeichnet, aber nach dem Tod Schützendorfs und der selbst erreichten Altersgrenze von fünfundsechzig Jahren besann man sich darauf, dass es auch Inseln gab, die ohne die lästige Fluganreise zu erreichen waren. Mallorca war nun für sie nicht mehr diskutabel. Diesen Platz hatte nun Usedom eingenommen.

Auf der Höhe des kleinen Ortes Stoben spielte Hasso plötzlich verrückt. Er winselte und zog Uwe Martens zu einem Graben, in dem sie einen verletzten Hund fanden. Es war ein großer Hund, ein blau-grauer Rüde, der aus einer Wunde nahe der

Schulter blutete und offensichtlich sehr schwach war. Martens gab die Leine seines Hundes seiner Frau und näherte sich dem verletzten Tier. Noch schien Leben in ihm zu sein. Martens nahm sein Handy und verständigte über den Notruf die Polizei.

Fast gleichzeitig mit der Schutzpolizei kam der amerikanische Geländewagen der Tierauffassungsstation Labömitz an, den die Notrufzentrale Anklam bereits automatisch angefordert hatte.

„Ich möchte wissen, wer das Tier so zugerichtet hat", sagte Bernd Wetzel aufgeregt. „Man könnte meinen, es sei ein Jäger gewesen. Wäre die Kugel nur Millimeter weiter eingeschlagen, wäre der Hund bereits tot." Obgleich er großes Mitleid für das verletzte Tier empfand, glaubte er nicht, es retten zu können. Dennoch rief er in der Tierarztpraxis Wenzel in Bossin an. Man sagte ihm, dass die Tierärztin bereits unterwegs sei. Obwohl es den Polizisten verboten war, sich dem Hund zu nähern, fasste einer der Beamten mit an und half, das Tier auf eine Decke, und mit der Decke zusammen in den Wagen zu schieben. Dann fuhr Wetzel die vier Kilometer nach Labömitz zurück.

Er fuhr rückwärts auf den Hof und hielt direkt vor dem Tor der großen Scheune. Seine Frau Ursula kam aus dem kleinen Haus, das direkt neben der Auffahrt stand.

„Ich weiß nicht, ob das noch etwas wird mit dem Hund", sagte Bernd Wetzel. Er machte die Hecktür des Geländewagens auf.

Die Frau beugte sich über das Tier und streichelte es. Das Blut an den Rändern der Wunde war bereits verkrustet, und Fliegen begannen, sich auf dem Fell niederzulassen. „Die Augen sind nicht mehr so klar, wie sie sein sollten", sagte sie.

Vor dem Hof fuhren zwei Autos vor. Die Polizei, die den Fund des Hundes durch die Martens aufgenommen hatte, nur Sekunden später die Tierärztin aus Bossin.

„Wir haben hier das Protokoll erstellt“, sagte einer der Polizisten. „Aber das Prozedere kennen Sie ja schon.“ Er hielt Wetzel das Papier hin.

Inzwischen war die Tierärztin herangekommen. Sie stellte ihren Lederkoffer ab und schaut auf das verletzte Tier. „Ach Gott, es ist der Hund von Ralf Wolter.“

Der Polizist, der sich eben noch von Wetzel das Protokoll unterschreiben lassen hat, notierte sich den Namen und fragte: „Dann wissen Sie ja auch, wo dieser Ralf Wolter wohnt?“

„In Kamminke. Der Junge hat den Hund selbst gezogen. Das ist ein einziges Drama.“

Der Polizist verabschiedete sich, und wenig später war zu hören, wie der Wagen abfuhr.

Vorsichtig legten sie das große Tier auf eine Decke und trugen es dann in die Scheune. Die Tierärztin untersuchte den Hund und sagte: „Hier ist nichts mehr zu machen, leider. Der Blutverlust ist zu groß.“

„Dann werden wir den Besitzer verständigen. Er kann sich dann mit der Tierkörperbeseitigung in Verbindung setzen“, sagte Wetzel.

„Da der Hund eine Schussverletzung hat, muss es angezeigt werden.“

„Glauben Sie, dass es ein Jagdunfall war?“ Ursula Wetzel schien sichtlich erschüttert.

„Das Einschussloch ist zu klein, als dass es von einer typischen Jagdwaffe stammen könnte“, sagte die Tierärztin, nachdem sie sich noch einmal über den Hund gebeugt und die Wunde genau angesehen hatte.

„Das heißt, jemand hatte es exakt auf dieses Tier abgesehen, eine Privatperson, die mit Jagd überhaupt nichts zu tun hat“, stellte Wetzel fest.

„Ja, so sieht es aus.“

Nachdenklich deckte Wetzel den Hund ab.

„Nun könnte ich gleich noch nach dem Storch mit dem gebrochenen Flügel sehen“, sagte die Tierärztin.

Sie ging durch das zweite große Tor hinaus auf das Territorium, auf dem die verschiedensten Tiere Aufnahme gefunden hatten. In dem ersten Hundezwinger auf der linken Seite befand sich ein älterer, kleiner Mischlingsrüde, der ruhelos hin und her lief.

„Er ist wohl zu alt, um noch bei einer Familie unterzukommen", sagte Ursula Wetzel „und wird uns wohl bis zu seinem Lebensende erhalten bleiben."

Gegenüber dem Hundezwinger waren zwei Wildgänse untergebracht, die nicht mehr auszuwildern waren. Aufgeregt schnatterten sie ob des Trubels, den die Menschenansammlung mit sich brachte. Gegenüber den Gänsen auf der rechten Seite befanden sich drei ausgewachsene Wildschweine in einem Gatter.

Linksseitig, gegenüber den Wildschweinen, in einem weiteren Hundezwinger, stand der kleine Storch. Der gebrochene linke Flügel hing schlapp herunter.

„Wir haben ihn aus Bannemin bekommen. Er ist dort aus dem Nest gefallen und hat sich so verletzt, dass er ohne fremde Hilfe nicht überleben könnte", erklärte Wetzel.

„Er wird nie wieder fliegen können", erklärte die Tierärztin, nachdem sie den Vogel untersucht hatte. „Wir werden es schienen. Sie wissen schon, dass das Tier auch nicht mehr ausgewildert werden kann."

„Wie die meisten Tiere, die bei uns Aufnahme finden." Ursula Wetzel schaute auf die drei Wildschweine, die miteinander spielten. Als Frischlinge hatte man sie aufgenommen. Ursprünglich waren sie zu viert. Eines war zu Tode gekommen. Und die drei hatten sich so herausgemacht wie Hausschweine. Sie hatten zwar noch ihr braun-graues Fell, aber ihr Körpergewicht überstieg mit Sicherheit das wild lebender Tiere. Sicher hätte man sie nun zu einem angemessenen Schlachtpreis abgeben können. Aber um keinen Preis der Welt würde Ursula Wetzel einer solchen Tierverwertung zugestimmt haben.

Als die Tierärztin mit ihrer Arbeit fertig war, ging sie in Begleitung der beiden Wetzels zurück zu ihrem Wagen. „Die anderen Tiere sind soweit in Ordnung?“

„Ja“, sagte Ursula Wetzel.

Sie kamen in der Scheune an dem verendeten Hund vorbei. „Es muss jemand bei Wolters Bescheid sagen, dass der Hund tot ist. Darüber hinaus sollte man eine Anzeige bei der Polizei in Anklam mit dem Hinweis nachlegen, dass der Hund mit einer kleinkalibrigen Waffe erschossen wurde.“

„Macht das nicht die Schutzpolizei, die den Vorgang aufgenommen hat?“ Wetzel dachte darüber nach, wer für eine solche Tat wohl infrage käme. Auch die Jäger, die mit Schrot schossen, hatten es schon fertiggebracht, Tiere damit zu verletzen. Nur waren das keine Schüsse, die beispielsweise auch einen älteren Seeadler außer Gefecht setzten; es waren Sekundärverletzungen, die dem Tier beinahe das Leben gekostet hätten. Er hatte zu oft von dem mit Schrot geschossenen Wild gefressen und dabei die Bleikugeln aufgenommen, die zu Vergiftungen führten. Es war ein Glücksfall gewesen, dass der Seeadler über den Hinweis von Spaziergängern den Weg zur Tierauffangstation Labömitz gefunden hatte. Wetzel hatte das Tier dann zu einer Spezialtierklinik nach Berlin-Düppel gebracht. Der Adler hat überlebt.

„Haben Sie mit den Polizisten über die Art der Verletzung gesprochen?“

„Nein. Das war ein allgemeines Fundformular.“

Als die Tierärztin abgefahren war, rief Wetzel die Notrufzentrale der Polizei in Anklam an. Er schilderte nochmals den Vorgang. Der Beamte versprach, dem Fall, der natürlich notiert worden war, einen entsprechenden Zusatz anzumerken.

16. Kapitel

Die Safari-Gruppe mit ihrem Führer Uwe Fiedler befand sich an diesem Donnerstagnachmittag, dem 27. Mai, bereits in der Schlussphase dieser Tagesreise. An der Holländer-Mühle in Benz hatten sie noch eine Pause eingelegt. Der Müller servierte frisch gebackenen Kuchen und Kaffee, wie er es an allen Tagen machte, wenn Fiedler mit seinen Gruppen angemeldet war.

Der große Mann in seiner blauen Bekleidung, der sein langes Haar als Pferdeschwanz trug, brachte den Teller mit dem Kuchen zu einem als Tisch genutzten Mühlstein. Schnell hatten sich die Mitglieder der Reisegruppe um diesen Stein versammelt, Kaffee wurde ausgeschenkt und weitergereicht. Zwischen den einzelnen Bissen des herrlich schmeckenden Kuchens wurden eifrig die Erfahrungen des Tages ausgetauscht. Jeder hatte für sich eine Besonderheit an dieser Safari entdeckt. Der eine einen Seeadler, ein anderer wiederum die Einsamkeit des Hinterlandes, das, im Gegensatz zu dem Küstenstreifen, nahezu unbewohnt schien. Und wieder ein anderer hatte das Freibier nach der erfolgten Mutprobe eines Rundfluges in einem Ultraleichtflugzeug besonders schätzen gelernt.

Doch nun startete Fiedler mit seiner Gruppe zur letzten Etappe des Tages, zur Marina in Neppermin am Balmer See. Zwar würde das Schlauchboot, das auf dem Trailer hinter dem Auto hergezogen wurde, an diesem Tag nicht noch einmal zum Einsatz kommen. Dennoch hatte er einigen Leuten versprochen, noch am Schilf und dem Wäldchen in Richtung Achterwasser zu fahren, um dort aus der Nähe noch einige Schilfbrüter beobachten zu können. Sie waren noch nicht allzu weit gekommen, fuhren über einen Feldweg durch eine kleine Bewaldung. Unweit von ihnen begann der Schilfgürtel.

„Stopp! Stopp! Anhalten, dort liegt einer!“ schrie eine der Frauen, die den Kopf aus dem Seitenfenster des Autos gehalten und etwas entdeckt hatte.

Schnell hatte Fiedler festgestellt, dass der Mann, den die Frau entdeckt hatte und um den die Gruppe nun laut diskutierend stand, nicht mehr am Leben war. Fiedler hatte Mühe, seine Gäste zurückzudrängen, damit keine Spuren vernichtet wurden.

Über das Handy verständigte er die Einsatzzentrale der Polizei in Anklam, und diese verband ihn sofort mit dem Kriminaleinsatzdienst.

Inge Mohaupt befand sich gerade dabei, das Büro der Kommissare zu verlassen, als das Telefon klingelte. Sie drehte sich noch einmal um, aber Andresen machte ein Zeichen, dass sie ihren Weg fortsetzen könne.

Simons war schon einige Minuten vor ihr gegangen, weil er mit einem Mädchen zu einem Event verabredet war, das in Karlshagen am Hafen stattfinden sollte.

Monika Landris hatte ebenfalls pünktlich Feierabend gemacht. Sie war zu einem der Großmärkte gegangen, um einzukaufen. Larsson hatte mit ihr verabredet, sie dort abzuholen, weil sie doch an diesem Tag nur mit einem Auto zur Arbeit gefahren waren.

Larsson selbst saß in seinem Einzelzimmer und vervollständigte das Tableau mit den Personen, welches er bezüglich der Handlung zum Fall Flugzeugabsturz nahe Kamminke auf seinem Computer angefertigt hatte.

Andresen nahm den Hörer ab.

„Kriminaleinsatzdienst Anklam, Schubert. Ist Kriminalhauptkommissar Larsson noch im Büro?“

„In seinem Zimmer.“ Andresen stellte das Gespräch durch.

„Hauptkommissar Larsson?“

„Am Apparat.“

„Es gibt heute schon einen kleinen Vorgeschmack auf den Kriminaldauerdienst nächste Woche für Sie, lieber Larsson“, sagte Schubert. „Wir haben hier zu wenige Leute, alle sind bereits draußen, und in Neppermin, nahe der Marina, hat es einen Toten gegeben. Ich bin sicher, Sie können das gleich auf dem Heimweg erledigen.“ Schuberts letzter Satz sollte witzig klingen. Larsson fand die Bemerkung überflüssig.

„Die Spurensicherung ist schon unterwegs.“

„Gut, Schubert, wir übernehmen das.“ Larsson war in der ganzen Zeit mit Schubert nie so warm geworden, dass sie sich duzten. Er fuhr seinen Computer herunter, schloss die Akten ein und ging rüber zum Büro der Kommissare.

„Bist du allein, Rolf? Wo sind die anderen?“

„Karl hast du freigegeben, damit er nach Karlshagen fahren kann. Inge ist vor zehn Minuten raus, um nach Anklam zurückzufahren. Sie hat niemanden für ihre Tochter.“

„Monika?“

„Sie sagte, sie gehe zu Fuß zu einem der Großmärkte, um für euch einzukaufen. Sie wollte dir zuvor Bescheid sagen. Du warst nicht in deinem Büro. Aber sie meinte, es sei zwischen euch heute Morgen so besprochen worden, und sie würde dich anrufen, wenn sie mit dem Einkauf fertig wäre.“

„Das passt alles verdammt gut“, sagte Larsson ärgerlich, merkte aber zu gleicher Zeit, dass die Zurschaustellung des Ärgers ungerecht war. „Wir haben eine Leiche bei Neppermin und werden nun zusammen hinfahren. Wir treffen uns auf dem Parkplatz am Großmarkt an der Labahnstraße. Bis dorthin fahre ich mit meinem Wagen, Monika braucht die Karre, sonst kommt sie nicht nach Hause.“

Larsson rief Monika Landris über sein Handy an, schilderte kurz die Situation und sagte ihr, dass sie mit ihren Tüten auf dem Parkplatz bereitstehen solle, da er keine Zeit habe, sie zu suchen.

Während Larsson zu seinem Wagen ging, und kurze Zeit später vom Hof der Polizeidienststelle in der Seestraße fuhr, packte Andresen noch einige Utensilien zusammen, die sie für die Aufnahme bei der Leiche gebrauchen könnten. Dann ging er hinunter zum Dienstwagen und fuhr ebenfalls vom Hof.

Monika Landris stand mit ihren sechs Einkaufstüten bereits am Eingang des Parkplatzes in der unteren Labahnstraße. Larsson erklärte kurz die Lage, gab ihr den Schlüssel des Wagens und half ihr, die Tüten in den Kofferraum zu packen. In der Zwischenzeit war Andresen gekommen. Mit einem „Also bis später dann" verabschiedete sich Larsson und stieg zu Andresen ins Fahrzeug.

Andresen fuhr langsam vom Parkplatz. Die Ampel an der unteren Labahnstraße stand auf Rot, und er kam hinter einem Volvo zum Stehen.

„Hast du bei deiner Frau schon Bescheid gesagt, dass es später wird?"

Die Ampel sprang auf Grün. Andresen bog rechts auf die Bundesstraße 111 ab. Kurze Zeit später durchfuhren sie Bansin und quälten sich im Abendverkehr die Ahlbecker Chaussee in Richtung Pudagla entlang.

„Ich glaube, mein Drachen ist manchmal ganz froh, allein zu sein. Ihr reicht es, wenn wir am Wochenende zusammen segeln gehen."

„Und sonst?"

„Sonst hat sie ihre Kaffeekränzchen mit verschiedenen Damen der Umgebung, mit denen sie Bridge oder Rommé spielt. Manchmal auch Canasta."

„Wie schön, wenn eine Frau auch noch etwas anderes hat als nur ihren Mann", sagte Larsson nachdenklich. „Monika hat nur mich. Und manchmal brauchte ich auch einmal eine kleine Auszeit."

Sie waren an der Kreuzung angekommen, an der sie links einbogen und weiter in Richtung Anklam fuhren. Von hier hatten sie gerade noch fünf Kilometer bis zur Marina von Neppermin.

Larsson nahm sein Handy aus der Tasche. Er suchte auf dem Display die Telefonnummer der Pension Dorn in der Strandstraße in Heringsdorf, in der er schon mehrfach gewohnt hatte. Der Vorteil des Hauses war, dass die Frau außer der Vermietung der neu gebauten Wohnungen auch noch ein Bistro betrieb, in dem man während des ganzen Tages etwas zu essen bekam. Larsson fragte Frau Dorn, ob er ein Zimmer für eine Nacht haben könnte.

Sie bestätigte ihm das, und Larsson sagte, dass er den Schlüssel bei ihr abholen würde.

„Da wird Monika aber begeistert sein", sagte Andresen.

„Sie wird es verstehen, dass ich bei der Lage der Dinge Überstunden machen muss."

Sie waren an der Marina angekommen. Ihnen entgegen kam das Geländefahrzeug der Usedom-Safari. Sie mussten sich scharf rechts halten, damit die beiden Fahrzeuge aneinander vorbeifahren konnten. Andresen nahm nun den schmalen Weg, der nördlich des Balmer Sees zum Achterwasser hinführte. Nach etwa achthundert Metern stießen sie auf einen Funkstreifenwagen und den Wagen der Spurensicherung, die schon eifrig dabei war, das Gelände um den Fundort der Leiche abzusichern. Weiß-rotes Band bildete ein Quadrat, und innerhalb dieser Absperrung waren die Männer in ihren weißen Anzügen an der Arbeit. Penibel genau untersuchten sie den Boden, auf dem der Leichnam des Mannes gefunden wurde. Sie hatten bereits eine Anzahl von Fotos gemacht und ein Video aus der Mitte gedreht, das alle 360° aufgenommen hatte.

„Wir haben Personalien und Aussagen der Leute aufgenommen, die die Leiche gefunden haben", sagte der Polizeimeister zu Larsson. „Sie waren im Rahmen einer Inselfahrt hier."

„Habt ihr denn schon irgendetwas zur Identität des Toten gefunden, Paul?" fragte Larsson Paul Maier.

„Die Taschen des Toten sind leer."

„Da hat jemand gründlich gearbeitet", sagte Andresen.

„Bestimmt", sagte Maier.

Larsson schaute sich das Einschussloch an. Es befand sich am Rücken des Toten. „Irgendeine Ratte hat ihn von hinten erledigt", stellte er fest. „Hast du nachgesehen, Paul, ob es ein Ausschussloch gibt?"

„Gibt es nicht. Möglicherweise hängt die Kugel an einer der Rippen fest."

„Es ist keine Gewehrkugel", sagte einer der Mitarbeiter Maiers. „Dazu ist es zu klein."

„Also suchen wir eine Handfeuerwaffe. Habt ihr schon einen Leichenwagen geordert?“

„Dazu sind wir noch nicht gekommen“, sagte Maier.

Larsson drehte sich Andresen zu. „Bestell bitte einen Wagen. Er soll den Leichnam zur Rechtsmedizin nach Greifswald bringen.“

Andresen rief einen Bestatter in Wolgast an und erteilte den Auftrag. Danach rief er bei der Rechtsmedizin in Greifswald an und avisierte die Leiche. „Und sagen Sie bitte Frau Dr. Beckert, dass wir die Kugel schnellstmöglich brauchen.“

Larsson sah, wie Maier einige Maden mit einer Pinzette in einen kleinen, durchsichtigen Plastikbehälter bugsierte.

„Vielleicht erzählen die Maden etwas über die Liegezeit der Leiche.“ Maier zog zusammen mit einem seiner Mitarbeiter die Hose der Leiche so weit herunter, dass er ein Thermometer rektal einführen konnte.

„Ist das hier wirklich unbedingt nötig?“ fragte Larsson.

„Die Todeszeit an der Leiche soll durch die Beurteilung der Totenflecken, der Leichenstarre, der subjektiven Einschätzung der Körpertemperatur und des idiomuskulären Wulstes sowie des Fäulniszustandes erfolgen. Die Messung der Körperkerntemperatur mit einem Thermometer durch eine tiefe rektale Temperaturmessung wird nicht vorgeschrieben, obwohl deren Erfassung, Beurteilung und gegebenenfalls Dokumentation auf dem Totenschein wünschenswert und aussagekräftiger wären als deren subjektive Einschätzung“, sagte Maier grinsend. „Ich bin zwar kein Arzt, aber genau.“

„Frustriert dich das nicht?“ fragte Andresen Maier.

„Ich wüsste auch Angenehmeres, aber frustrieren können mich ganz andere Dinge.“

„Was mich wundert“, stellte Larsson fest, „ist, dass die Leiche keinen Wildfraß aufweist.“

„Ein Zeichen, dass die Wildschweine in der Liegezeit des Toten nicht hier in der Nähe waren. Außerdem ist das Nahrungsangebot für sie jetzt gar nicht so knapp bemessen.“

„Und andere Tiere?"

„Du gibst wohl niemals auf, Rolf." Maier grinste Andresen an. Der wiederum zuckte nur mit den Schultern.

Maier hob das Gefäß mit den Maden. „Sie sind zwar etwas kleiner, waren dafür aber schon sehr eifrig."

Angewidert wandte sich Andresen ab.

„Du könntest mal in Anklam anfragen, ob eine Vermisstenmeldung vorliegt, die auf den Mann passt", sagte Larsson zu Andresen. „Wie alt schätzt du, Paul, wird der junge Mann sein?"

Maier kratzte sich am Kopf und sagte: „Jung, sehr jung. Ich würde sagen ... zwischen achtzehn und zweiundzwanzig etwa."

„Ja, Rolf, du hast es gehört. Ich teile diese Einschätzung mit Paul."

Während Andresen mit der Zentrale in Anklam telefonierte, sah sich Larsson den Mann noch einmal genau an. Er trug ein paar Jeans, ein kariertes Holzfällerhemd und eine braune Lederjacke. Die Halbschuhe hatten schon bessere Zeiten gesehen. Sie sahen ungepflegt aus. Es war nicht die Erde der Umgebung oder des Waldes, sie hatten einfach schon eine Ewigkeit kein Fett mehr gesehen. Ein junger Mann in diesem Alter, dachte Larsson, wäre in der Regel doch etwas eitel. Es ist die Zeit, in der die jungen Männer den Mädchen gefallen wollen. Diesen Wunsch konnte der Mann nicht gehabt haben. Er sah keinesfalls schlecht aus. Die jungen Damen wünschen sich in der Mehrzahl gepflegte Erscheinungen.

„In den letzten fünf Tagen hat es keine Vermisstenmeldung gegeben, die auf ihn passen würde."

„Mach ein paar Fotos von ihm, auch von den Schuhen."

Andresen ging zum Dienstwagen und holte die Kamera. Dann machte er Aufnahmen von der Leiche.

„Glaubst du, dass er hier erschossen wurde?" fragte Larsson.

„Bisher kann ich nicht daran zweifeln. Es gibt keine Schleifspuren, und auch sonst lässt nichts darauf schließen, dass er nur hier abgelegt wurde", sagte Maier.

„Und Fußspuren?"

„Negativ.“

„Wie groß ist die Schuhsohle?“

Maier nahm ein Metallmaßband. „Sechsundzwanzig Zentimeter. Die breiteste Stelle zwölf Zentimeter.“

„Hast du ein Foto von den Sohlen der Schuhe gemacht?“ fragte Larsson Andresen.

Andresen nickte.

„Wir werden jetzt gemeinsam nach Spuren suchen. Vielleicht haben wir Glück und können dann sehen, in welche Richtung der Mann gelaufen ist. Gehst du in Richtung Achterwasser? Ich gehe ein Stück zur Marina zurück.“

Ohne ein weiteres Wort zu verlieren, gingen die Männer in entgegengesetzte Richtungen davon. Larsson lief bis zur Marina zurück, konnte aber keinen Abdruck entdecken, der mit dem des Toten gleichzusetzen war. Auch Andresen blieb ohne Fund.

„Alles, was ich gesehen habe, sind Spuren eines Motorrades“, sagte Larsson.

„Aber es gibt kein Motorrad“, stellte Andresen fest.

„Es sei denn, es liegt irgendwo im Wald, und man hat es abgedeckt.“

Larsson ging ein Stück in das Wäldchen in einem Halbkreis, beginnend und endend jeweils am Weg. So sehr er sich auch mühte, etwas zu entdecken, er sah nichts Ungewöhnliches.

„Wäre der Mann mit einem Motorrad gekommen, müsste ein anderer das Teil weggefahren haben“, sagte Larsson, als er wieder bei den Männern der Spurensicherung angekommen war.

„Es ist noch nicht bewiesen, Lasse, dass der Mann mit einem Motorrad gekommen ist.“ Maier beugte sich wieder zu der Leiche und untersuchte die Hosenbeine. „Ich glaube, ich muss mich korrigieren. Am rechten Hosenbein ist ein kleiner Ölfleck.“

Das Motorengeräusch eines anfahrenden Wagens war zu vernehmen. Aus der leichten Kurve des Feldweges tauchte der Leichenwagen auf. Er war grau, trug auf der Fahrertür die Beschriftung des Bestatters.

„Es ist unnötig, dir zu sagen, dass ich auf die Ergebnisse der Arbeit ...“

„Nein, Lasse, es ist nicht nötig, mir zu sagen, dass du die Ergebnisse vorgestern haben möchtest.“ Maier grinste Larsson an.

Die Kommissare begrüßten die beiden Angestellten des Bestatters und sahen zu, wie sie die Leiche des jungen Mannes in den Zinksarg legten und diesen in den grauen Mercedes schoben.

„Wir fahren dann wieder“, sagte Larsson zu Maier. Er drehte sich Andresen zu. „Komm, Rolf.“

Sie gingen zu ihrem Wagen. Aus den Augenwinkeln sah Larsson, wie der Leichenwagen sich rückwärts vor ihr Fahrzeug setzte. „Eigentlich dachte ich, die Lebenden hätten Vorfahrt“, sagte er. „Warte, wir fahren hinter denen her, bis sie auf der Hauptstraße sind.“

Umständlich wendete der Leichenwagen in dem engen Feldweg. Der Fahrer musste viermal hin und her rangieren, bis der Wagen in Fahrtrichtung stand.

Larsson winkte noch einmal zu Maier hinüber, und der nickte zurück. Andresen folgte dem Leichenwagen. Sie fuhren an der Marina vorbei auf die Hauptstraße nach Pudagla. Während der graue Mercedes mit seiner traurigen Fracht durch Neppermin fuhr, bogen die Kommissare rechts ab, um die Abkürzung über Benz zunehmen.

Als sie schließlich über die Schienen der Bahnanbindung Bansin fuhren und an der Ampel zur Hauptstraße der B111 kurz anhalten mussten, sagte Larsson: „Fahr bitte geradeaus weiter, ich muss noch zur Strandstraße in Heringsdorf.“

Sie schwiegen eine Weile.

Andresen dachte darüber nach, dass er am Wochenende mit seinem Boot bis nach Stettin segeln würde. Der Wetterbericht ließ berechtigte Hoffnungen aufkommen, das zu verwirklichen.

Larssons Gedanken kreisten um Monika. Sie ist eine wirklich begehrenswerte Frau, dachte er. Ich habe sie erobert, und ich frage mich allen Ernstes, was mich dazu bringt, heute nicht nach Hause zu fahren. Er wusste, er würde sie mit dieser Entscheidung verletzen. Und doch wusste er, dass er das durchziehen musste. Das war wie ein innerer Drang, dem er nicht widerstehen konnte. Er brauchte Monika wie die Luft zum Atmen. Andererseits wünschte er sich, einmal ganz in Ruhe sein Leben zu rekapitulieren.

Andresen hielt vor dem Bistro in der Strandstraße.

„Du kannst jetzt nach Hause fahren, Rolf. Ich gehe über den Kulm zu Fuß. Grüß bitte deine Frau von mir.“ Larsson drehte sich um und ging ins Bistro, während Andresen seinen Weg fortsetzte.

Larsson ging langsam. Auf der Straße über den Kulm brauchte er fast zwanzig Minuten, bis er die Kriminalaußenstelle in der Seestraße erreichte. In seinem Büro angekommen, rief er Monika an.

Sie meldete sich nach dem zweiten Klingelzeichen. Noch bevor er dazu kam, ihr von seinem Plan, an diesem Tag nicht nach Hause zu kommen, zu berichten, sprudelte sie los: „Ich habe einen wunderbaren Auflauf im Ofen. Wird dir ganz bestimmt schmecken. Mach dich also schnell auf den Weg.“

„Ich habe gerade Rolf mit dem Dienstwagen nach Hause geschickt. In den nächsten zwei Stunden werde ich den neuen Fall bearbeiten. Für die Nacht habe ich ein Zimmer in unserer Pension gebucht.“

„Aber warum? Ich kann doch schnell nach Heringsdorf kommen, um dich abzuholen.“

Larsson erklärte ihr, dass er in dieser Nacht nicht nach Hause kommen würde, um einmal in Ruhe über sein Leben nachzudenken.

„Oh, dafür habe ich absolutes Verständnis. Auch ich habe schon mal darüber nachgedacht, eine kleine Auszeit zu nehmen.“

Als er den Hörer aufgelegt hatte, dachte er darüber nach, dass ihr Verständnis für seinen Wunsch ihm mehr Sorgen machte, als wenn sie losgezetert hätte. Dann schob er den privaten Gedanken beiseite und machte sich daran, die Fakten des Leichenfundes aufzuzeichnen. Gegen zehn schloss er seine Arbeit am Computer ab. Er verließ das Haus, ging die Seestraße hinunter bis zum Hotel Kaiserhof. Linksseitig ging die Kulmstraße den Berg hoch, die er wenige Stunden zuvor gekommen war. Larsson entschied sich, rechts abzubiegen. Die Gegend zwischen dem Einkaufscenter und dem Casino hinunter zur Seebrücke wurde nur von den Straßenlaternen beleuchtet. Gespenstisch lag das große Anfangsgebäude der Brücke vor ihm. Im Dunklen sah alles anders aus, fast bedrohlich. Er ging an der Seite vorbei bis zu dem Punkt, an dem die Brücke schmal wurde. Langsam, die Dunkelheit mit seinen Blicken abtastend, ging er hinaus bis zum Ende der Brücke. Er war nicht allein. Links von ihm glühte eine Zigarette auf, und das Kichern eines Mädchens bestätigte ihm, dass sich hier zwei Liebende hinter das Restaurant zurückgezogen hatten.

Draußen auf dem Meer bemerkte er Lichter von Schiffen. Zwei Frachter lagen auf Reede und würden irgendwann von Lotsen in den Hafen von Świnoujście gebracht werden. Noch waren die Kräne beleuchtet. Es war ein sicheres Zeichen dafür, dass in dem Hafen noch gearbeitet wurde. Ein größeres Passagierschiff, wahrscheinlich eine der Fähren, zog gen Westen. Larsson liebte diesen Anblick und vermisste keinesfalls die Großstadt Berlin. Im Vergleich zur Mordkommission in der Hauptstadt hatte er mit dem Umzug auf die Insel an Lebensqualität erheblich gewonnen. Einen Augenblick dachte er an seine frühere Lebensgefährtin Chiara. Er verglich sie mit Monika. So unterschiedlich die beiden Frauen waren, er liebte sie beide. Von Chiara hatte er nichts mehr gehört, seit dem Tag, an dem sie ihn verlassen hatte. Bisher vermied er es, nach ihr zu suchen. Eigentlich war es nicht seine Art, sich im Bösen von einer Frau zu trennen. Der Abschied von dieser Frau war auch plötzlich und unerwartet über ihn hereingebrochen. Als er eines Tages von seiner Arbeit nach Hause kam, war sie ausgezogen. Schon deshalb gab es mit Chiara keine bösen Worte und keine Vereinbarung zu irgendwelchen Treffen. Und so, beschloss er, würde es bleiben. Dennoch malte er sich aus, wie es wäre, wenn er sie wiedersehen würde. Er dachte an den ekstatischen Sex, den sie miteinander hatten, gewisse Vorlieben, die sie allzu gern miteinander teilten.

Langsam ging er zurück bis zur Promenade, und nach einigen Minuten erreichte er die Pension Dorn. Lange konnte er nicht einschlafen. Er wälzte sich hin und her. Es war eine jener Nächte, in denen der Körper von Albträumen gebeutelt wurde und in denen man sich nicht erholen konnte.

Simons führte an diesem Freitag, dem 28. Mai, gerade seine erste Tasse Kaffee zum Mund, als Larsson zur Tür hereinkam. Es war acht und Andresen noch nicht da. Das war ungewöhnlich, denn Rolf Andresen war ein ehrgeiziger Beamter, der seine Arbeitszeit überaus genau nahm. Möglichst auch den Feierabend.

„Gib mir bitte einen Zettel", sagte Larsson.

„Guten Morgen, Lasse, ich hoffe, du hattest eine gute Nacht." Simons schob einen Block über den Schreibtisch und legte einen Kugelschreiber nach.

„Während du dich gestern in Karlshagen hoffentlich gut amüsiert hast, hatten wir einen Leichenfund", sagte Larsson, während er etwas auf den Zettel schrieb. Dabei achtete er sehr genau darauf, dass Simons nicht sehen konnte, was er schrieb.

„Wenn du angerufen hättest, wäre ich sofort gekommen."

„Ich weiß das. Rolf und ich sind hingefahren. Heute Nacht habe ich mich gefragt, wer der Tote sein könnte."

„Und?" Simons lächelte belustigt. „Mein großer Chef hat natürlich schon die Antwort."

Die Tür ging auf, und Andresen kam herein. „Guten Morgen, Kollegen."

„Du bist doch sonst immer einer der Ersten", sagte Simons. „Da hat wohl jemand auf deinem Hemdzipfel gelegen."

„Lass das."

„Dir ist wohl eine Laus über die Leber gelaufen?"

Larsson hielt den gefalteten Zettel hoch. „Lasst mal das sinnlose Streiten. Auf diesem Zettel steht der Name, von dem ich annehme, dass es der des Toten ist.“

Andresen schaute Larsson fragend an. „Bist du Hellseher?“

„Ich setze einen Zehner, dass ich recht habe. Wer setzt dagegen?“

Andresen sagte: „Ich habe schon mal einen Hunderter gegen dich verloren. Aber einen Zehner ist es allemal wert.“

„Karl?“ fragte Larsson.

„Ich bin klamm, deshalb glaube ich dir einfach.“

Larsson legte den gefalteten Zettel auf den Tisch. „Ich nehme nicht an, dass Paul Maier seine Bilder des Toten schon rübergemailt hat, oder?“

Simon schüttelte den Kopf.

„Aber du, Rolf, hast Fotos von dem Toten gemacht. Auch von seinem Gesicht?“

Andresen kramte den Fotoapparat aus seiner Tasche und schaltete ihn ein. „Ich weiß nicht, ob es auf dem Display groß genug erscheint. Vielleicht sollte ich die Bilder erst auf den Computer ziehen.“

Die Männer sahen zu, wie Andresen die Steckkarte aus dem Fotoapparat nahm und sie in das Kartenlesegerät einschob. Wenig später konnten sie die Bilder auf dem Schirm des Computers sehen. Zuerst kamen die Schuhe, dann die Sohlen der Schuhe, dann eine Ganzaufnahme des Körpers und schließlich zuletzt das Gesicht.

„Kannst du es etwas heran zoomen?“ fragte Simons. „Es zeigt nur eine Hälfte des Gesichts.“

„Das ist kein Wunder. Der Tote lag auf dem Bauch. Und der Kopf war zur Seite gedreht“, sagte Andresen.

Simons hatte sich den Tagesbericht der Polizeidirektion vom Vortag auf seinem Computer geholt. „Wo habt ihr die Leiche gefunden?“

„In Neppermin, unweit der Marina in Richtung Achterwasser. Warum fragst du“, sagte Andresen.

„Weil in Stoben ein angeschossener Hund gefunden wurde“, sagte Simons, der aufgestanden war und vor der großen Karte von Usedom stand. „Wenn der Köter querfeldein gelaufen ist, sind das keine anderthalb Kilometer von der Fundstelle eurer Leiche.“

„Oh, das ist interessant“, ließ Larsson sich vernehmen. „Du bist sicher, dass du einen Zehner gesetzt hast, Rolf?“

„Gesagt ist gesagt.“

Larsson reichte Andresen den Zettel. „Lies bitte den Namen vor.“

„Ralf Wolter.“

Simons sagte: „Wenn der Hund ein Weimaraner war, dann wirst du wahrscheinlich tatsächlich recht haben. Hast du das von dem verletzten Hund gestern schon gewusst?“

Larsson schüttelte den Kopf. „Ich habe den Toten mit einem motorisierten Zweirad in Verbindung gebracht. Ralf Wolter hat doch, laut Aussage von Frau Siebert, ein Moped. Der Tote war jung, und wahrscheinlich ist er mit dem Zweirad zum Fundort der Leiche gekommen. Wo ist der Hund hingekommen?“

„In die Tiernotstation nach Labömitz.“

„Na dann, Karl, setz dich mit der Tiernotstation in Verbindung und frag, was für eine Rasse das verletzte Tier ist.“

Monika Landris kann zur Tür herein.

„Spät kommt Ihr, doch Ihr kommt. Der weite Weg, Graf Isolan entschuldigt Euer Säumen!“ Es war ein Zitat aus Schillers „Wallenstein“, welches Larsson oft benutzte, wenn er sich über das Zuspätkommen seiner Leute ärgerte. Jetzt hatte es Simons genüsslich zitiert.

„Entschuldigt, aber mein Auto hat gestreikt.“

In diesem Augenblick beschloss Larsson, endlich seinen Traum wahr zu machen. Er überlegte, ob er nicht zuerst Monika ein neues Auto kaufen sollte. Das wäre sein erstes großes Geschenk an sie. Und sie würde sehen, dass er sie wirklich liebte. „Was ist denn passiert?“ fragte er.

„Hinter Ueckeritz hat er mich stehen gelassen. Kurz zuvor hatte ich einen ADAC-Servicewagen überholt. Ich setzte also die Warnblinkanlage in Betrieb und winkte dem Mann zu."

„Blond und langbeinig, schön, und schon hat er gehalten", sagte Simons grinsend.

„Zumindest hat es *dieses* Mal geklappt", konterte Monika und schaute Larsson herausfordernd an.

„Was ist mit dem Wagen?" fragte Larsson.

„Diesmal war's der Zündverteiler. Der Gelbe Engel hat den Motor wieder flottgekriegt, aber er hat gesagt, es müsse ein neuer Verteiler eingebaut werden."

„Das kostet ein kleines Vermögen", stellte Andresen fest.

Larsson ignorierte Andresens Einwand. „Ruf jetzt endlich die Tiernotstation an, Karl", sagte er zu Simons. Er drehte sich zu Monika um. „Läuft der Wagen noch?"

Monika nickte. „Aber langsam läppert sich's. Erst die Lichtmaschine, nun ist ein Verteiler fällig."

„Das regeln wir später. Jetzt werden wir uns erst einmal um unsere Arbeit kümmern."

Simons hatte die Tiernotstation in Labömitz erreicht. Er sprach mit Frau Wetzel. Larsson, der eigentlich wieder in sein Büro gehen wollte, blieb einen Augenblick stehen und hörte dem Gespräch zu.

Simons schaute hoch und wiederholte laut, dass es sich bei dem Hund um ein männliches Tier handelte, um einen jungen Weimaraner. Auf die Nachfrage, ob das Tier operiert worden sei, erfuhr Simons, dass der Hund seiner Verletzung erlegen war.

„Der Hund ist tot", sagte Simons laut.

„Frag, wo der Kadaver abgeblieben ist", sagte Larsson.

„Er liegt noch in Wetzels Scheune."

„Sag ihr, dass der Hund keinesfalls zur Tierbeseitigung gegeben werden darf. Wir melden uns bei ihr. Nein, wir kommen später vorbei." Er hatte schon die Türklinke in der Hand, als ihm noch etwas einfiel. „Frag, welcher Tierarzt bei ihr war."

„Jemand aus der Praxis des Tierarztes aus Bossin“, entgegnete Simons.

„Telefonnummer geben lassen, Tierarzt anrufen, fragen, ob es möglich sei, die Kugel aus dem Tier zu schneiden.“

Monika Landris folgte Larsson hinaus auf den Flur. „Es wäre schön gewesen, Lasse, wenn du gestern Abend nach Hause gekommen wärest. Ich habe die halbe Nacht an dich gedacht.“

Es kam jemand die Treppe hoch. Es war einer der Beamten der Schutzpolizei, der eine Frau begleitete, um ihr das Zimmer zu zeigen, wo sie erwartet wurde.

Als sie wieder allein waren, fragte Monika: „Manchmal habe ich den Eindruck, wir leben nebeneinander her. Daran sollten wir etwas ändern – so oder so.“

„So – oder so? Was soll das heißen?“

„Was schon, Lasse? Wenn du eine Auszeit von mir brauchst, dann solltest du überlegen, ob es nicht besser wäre, wir würden uns trennen.“

Larsson machte sein Büro auf. „Komm. Dazu sage ich nur ein Wort – Blödsinn. Ich war spät vom Einsatz zurück, und es war nur logisch, dass ich noch ein wenig arbeiten musste. Darüber hinaus habe ich mal ein wenig über mich nachdenken wollen, und das ohne Gespräche oder Musik. Das ist das ganze Geheimnis. Nun geh bitte rüber zu den anderen, sonst tratschen die Kollegen nur über uns herum. Und sag bitte Karl, er möchte zu mir kommen, damit wir nach Kamminke fahren können.“

Sie ging hinaus. Auf dem Flur hatte sie Mühe, ihre Tränen zu unterdrücken. Doch sie riss sich zusammen. Als sie wieder ins Büro der Kommissare kam, merkte ihr niemand an, wie es in ihrem Inneren aussah.

Larsson war sich klar darüber, dass Monika verletzt war. Es war nicht das erste Mal, dass sich Spannungen zwischen ihnen aufgebaut hatten. Aber noch nie war sie so deutlich dagegen vorgegangen. Ihre Drohung – so oder so – hatte ihre Wirkung. Er wusste, dass es nicht nur darum ging, nicht nach Hause gekommen zu sein, sondern die Art, wie er ihr das beigebracht hatte.

Spontan beschloss er, ihr den Beweis seiner Liebe zu zeigen. Die Beziehungen zwischen Mann und Frau kann man nur philosophisch betrachten, dachte er. Nur die Widersprüchlichkeit der Charaktere war ein Garant dafür, dass es zu bedeutenden zwischenmenschlichen Beziehungen kam.

Larsson wählte die Nummer Maiers. „Ich weiß, dass du noch gar keine Ergebnisse haben kannst. Aber deshalb rufe ich gar nicht an."

„Sondern?"

„Ich glaube zu wissen, wer der Tote ist. Ich brauche ein vernünftiges Foto von seinem Gesicht, um es zur Identifizierung zu verwenden."

„Die Fotos kann ich dir gleich rüberschicken."

Larsson bedankte sich. Zwei Minuten später fand er in seinem Mailbriefkasten drei Bilder des Gesichts des Toten. Der Bogen mit den Bildern kam gerade langsam aus dem Drucker, als Simons zur Tür hereinkam. Während zwei weitere Blätter durch den Drucker liefen, legte Larsson das Bild so auf den Schreibtisch, dass Simons das Gesicht des Toten aus den gemachten Perspektiven sehen konnte.

„Ja, das könnte dieser Ralf Wolter sein", sagte Simons.

„Hast du bei dem Tierarzt gefragt, ob man die Kugel aus dem Tierkadaver schneiden kann?"

„Sie werden es machen, aber erst heute Nachmittag. Und sie haben gefragt, wer ihre Arbeit bezahlt. Ich habe ihnen gesagt, dass der Steuerzahler dafür aufkommen würde."

„Ruf schnell in der Zentrale in Anklam an. Sag, dass wir auf der Suche nach einem möglicherweise gestohlenen Moped der Marke Simson wären. Farbe blau."

Larsson schloss sorgfältig seinen Schreibtisch ab. Sie machten sich auf den Weg nach Kamminke und ins Krankenhaus nach Anklam. Als sie in Ahlbeck durch die Kurve fuhren, in der linksseitig das Mercedes-Autohaus lag, bat Larsson Simons, anzuhalten und einen Augenblick auf ihn zu warten. Dann ging er in den Ausstellungsraum hinein und schaute sich den neuen Wagen der

C-Klasse an. In dem verglasten Büro des Verkäufers saß Kai Kruse und diskutierte mit dem Mann, der für den Verkauf der Fahrzeuge zuständig war. Larsson klopfte an die Tür. Als er erkannt wurde, kamen die beiden Männer heraus.

Während sich der Verkäufer im Hintergrund hielt, fragte Kai Kruse, ob er Larsson behilflich sein könne. „Ich dachte, Sie würden sich für den SLK interessieren, Hauptkommissar, und nun schauen Sie nach einer viertürigen Limousine?"

„Manchmal gibt es Situationen, in denen man umdisponieren muss." Larsson umrundete langsam das Auto.

„Mercedes hat die Preise der überarbeiteten C-Klasse ein wenig angehoben", sagte Kruse erklärend, „was bei den kleineren Maschinen rund tausend Euro Preiserhöhung ausmacht. Gleichzeitig hat sich der Serienumfang verbessert."

„Das sagt man immer, wenn man die Preise erhöht", warf Larsson ein.

„Na ja, in diesem Fall stimmt das aber. Die Klimaautomatik kostete bislang 1635 Euro und ist ab sofort serienmäßig. Ausstattungsbereinigt ist also die überarbeitete C-Klasse günstiger als ihr Vorgänger."

„Das heißt?"

„Im Einstieg bleibt der C 180 Kompressor bei 27.898 Euro. Wenn Sie Interesse haben, wir haben einen Vorführwagen auf dem Hof stehen. Sie können ihn gern ausprobieren", sagte Kruse.

„Wenn ich den Wagen am späten Nachmittag abholen würde, wäre das in Ordnung?"

„Selbstverständlich, Hauptkommissar, ich werde das Fahrzeug für Sie reservieren. Für zwei oder für drei Tage?"

„Ich denke, dass es bis morgen reicht."

Sie gaben sich die Hand, und Larsson ging hinaus zu Simons ins Auto. Als sie weiterfuhren, sagte Larsson: „Die neue C-Klasse sieht wirklich gut aus. Wenn sie so fährt, wie sie aussieht, könnte ich mich glatt daran gewöhnen."

Zwischen Korswand und Zirchow schwiegen sie. Larsson dachte darüber nach, ob er statt des SLK den Viertürer kaufen würde. Nachdem das Geld für den Verkauf des geerbten Grundstückes bei ihm eingegangen war, hatte er sich mit dem Neukauf beschäftigt. Dennoch hatte er die Entscheidung immer wieder hinausgeschoben. Simons wiederum überlegte, ob Larsson sich in der Zeit, die er nun bei ihnen in Heringsdorf war, geändert hatte.

„Wenn Frau Siebert Ralf Wolter auf dem Foto erkennt, müssen wir ins Krankenhaus nach Anklam fahren, um die Großmutter mit dem Foto zu konfrontieren."

„Aber das ist sehr gefährlich für diese Frau, die es so am Herzen hat und deshalb im Krankenhaus ist. Stell dir vor, sie überlebt das nicht."

„Daran habe ich auch schon gedacht."

„Und?"

„Wenn der Leichnam aus der Rechtsmedizin in eine Leichenhalle überführt worden ist, könnte ich mir vorstellen, dass aufgrund des Gesundheitszustandes der alten Frau eine Identifizierung durch Frau Siebert ausreichend ist. Aber wird sie dazu tatsächlich bereit sein. Nicht jeder ist bereit, den Anblick einer Leiche auf sich zu nehmen."

Simons parkte wieder vor dem Haus der Sieberts.

„Ihnen scheint ja mein Tee geschmeckt zu haben", begrüßte die Frau sie mit einem Lachen.

„Die Wahrheit ist, wir brauchen Ihre Hilfe", sagte Larsson.

„Das soll vorkommen", sagte die Frau. „Na, wie sieht es heute mit einem Tee aus?"

„Das Angebot ist sehr freundlich von Ihnen, aber wir sind sehr unter Zeitdruck."

Larsson fragte sie, ob der junge Hund, den Ralf Wolter für sich behalten hatte, ein Rüde gewesen sei. Sie bejahte das. Dann erzählte er ihr von dem Fund der Leiche eines jungen Mannes, der etwa im Alter des Ralf Wolter gewesen sein müsste.

„Wir haben hier Fotos, die das Gesicht des Toten zeigen. Würden Sie einen Blick darauf werfen und sagen, ob das Ihrer Meinung nach Ralf Wolter ist?"

Die Frau nickte.

Larsson reichte ihr die Fotos.

„Mein Gott!“

„Der wird diesem Mann auch nicht mehr helfen können“, warf Simons ein.

Die Frau setzte sich auf das Sofa. „Es ist Ralf Wolter. Was ist passiert?“

„Er ist eines nicht natürlichen Todes gestorben“, sagte Larsson.

„Mord?“

Larsson nickte, und Simons sagte: „Man hat ihn erschossen.“

„Wie kann ich Ihnen helfen? Ralf war so ein lieber Junge. Wer ihm das angetan hat, muss gefasst werden.“

„Wir brauchen jemanden, der die Leiche identifiziert“, sagte Larsson. „Normalerweise muss das ein Angehöriger sein. Im Falle der sehr alten, kranken Frau Wolter würde ich allzu gern darauf verzichten.“

„Das würde sie garantiert nicht überleben“, sagte die Frau.

„Sie wären also bereit, den Leichnam in Augenschein zu nehmen?“ fragte Simons.

„Jetzt?“

„Nicht jetzt“, sagte Larsson. „Er liegt noch in der Rechtsmedizin. Erst wenn der Tote in eine Leichenhalle überführt wurde, können wir die Besichtigung vornehmen. Werden Sie es machen?“ fragte Larsson.

„Ja, sicher. Wenn dafür die alte Mutter Wolter geschont wird.“

„Ich würde Sie bitten, die Nachricht vom Tod des jungen Mannes noch für sich zu behalten.“ Larsson machte eine Kopfbewegung zur Tür hin. „Würden Sie mir noch ein Foto von Ralf mit Ihrem Mann mitgeben? Sie bekommen es wieder, sobald der Fall abgeschlossen ist.“

Die Frau stand auf, nahm das Bild aus dem Rahmen und gab es Larsson. Dann brachte sie die Männer noch zur Tür. „Werden Sie noch zu Frau Wolter fahren?“

„Es gibt Vorschriften, die ich nicht umgehen kann." Larsson hatte sich schon abgewandt, um zu gehen, als er noch einmal innehielt. „Haben Sie eine Ahnung, ob irgendjemand einen Schlüssel zu dem Häuschen der Wolters hat?"

„Ich habe einen Schlüssel. Einmal in der Woche, manchmal zweimal bin ich zu ihr hinüber gegangen, um zu fragen, ob ich etwas für sie aus den Großmärkten mitbringen kann."

„Und wer hat sonst noch einen Schlüssel?" fragte Larsson.

„Soweit ich weiß, niemand."

„Wir werden einen Durchsuchungsbeschluss beschaffen. Wenn Sie uns öffnen, brauchen wir keinen Schlüsselservice zu bemühen. Das spart Zeit und Geld."

Als sie sich auf der Rückfahrt zwischen Kamminke und Zirchow befanden, rief Larsson im Büro an. Monika war am Apparat. Er bat sie, im Krankenhaus in Anklam anzurufen, um herauszubekommen, auf welcher Station die alte Frau Wolter lag. Gleichzeitig sollte sie sich um den Zustand der Frau kundig machen. Sie fuhren durch Görke, als Monika zurückrief. Larsson erfuhr, dass es der alten Frau so schlecht ging, dass eine Vernehmung durch die Ärzte verboten worden war.

„Wir müssen umdisponieren", sagte Larsson. „Anklam fällt aus. Die Frau ist nicht vernehmungsfähig. Nimm die Abfahrt nach Katschow. Wir fahren direkt nach Labömitz in die Tiernotstation." Er griff noch einmal zum Handy. „Rolf möchte bitte einen Durchsuchungsbeschluss für das Haus von Ralf Wolter erwirken", sagte er zu Monika.

Zwanzig Minuten später fuhren sie in die Einfahrt der Tiernotstation. Larssons Handy machte sich bemerkbar. Andresen fragte, auf welcher Grundlage er den richterlichen Durchsuchungsbeschluss begründen solle. Paragraph 102 der Strafprozessordnung würde notwendig machen, dass es einen Verdächtigen gäbe. Würde er anführen, dass es einen Verdächtigen gäbe, müsste er eine Straftat begründen, deren sich der Tote verdächtigt gemacht hatte. Würde er das tun, käme man dahinter, dass sie in der Richtung ermittelten, die zwangsläufig zu einer Interessenüberschneidung im Fall Clüver führen müsste.

Das leuchtete Larsson ein, deshalb sagte er zu Andresen, er möge das damit begründen, dass aufgrund der nicht möglichen Vernehmung der alten Frau Wolter ein DNA-Abgleich zur Identifizierung des Toten notwendig wäre.

Frau Wenzel kam aus dem Haus und begrüßte die Kommissare.

Simons zeigte ihr seinen Dienstausweis. „Wir möchten uns jetzt den Hund ansehen, wegen dem ich mit Ihnen schon telefoniert habe."

Sie gingen in die Scheune. Die Frau nahm die Plane, mit der der Hund abgedeckt war, herunter. Das Blut um die Wunde war inzwischen angetrocknet. Es gab keinen Zweifel daran, dass es sich um eine kleinkalibrige Waffe gehandelt haben musste, mit der auf den Hund geschossen worden war.

„Die Tierarztpraxis wird jemanden vorbeischicken, der die Kugel herausschneidet", sagte Larsson. „Vorher darf der Kadaver nicht beseitigt werden."

Nach einem kurzen Gespräch über die Notwendigkeit der Tiernotstation, die auch Polizei und Feuerwehr gern nutzten, wenn sie ein wehrloses, verletztes Tier auffanden, machten sie sich auf die Rückfahrt zur Kriminalaußenstelle nach Heringsdorf.

„Mach bitte einen Umweg über Ahlbeck und setz mich am Autohaus ab."

„Du hast dir doch nicht etwa ein neues Fahrzeug gekauft?"

„Noch nicht, aber ich spiele schon eine ganze Zeit mit dem Gedanken."

„Wenn ich mir deinen alten Renault und Monikas Klapperkiste anschaue, kann ich diesen Wunsch verstehen. Ihr fahrt die ältesten Mühlen, die auf dem Polizeiparkplatz sind."

Larsson lächelte Simons an. „Ein Auto, Karl, ist nicht alles im Leben. Für mich ist es ein Fortbewegungsmittel, das mich von A nach B bringt. Mehr nicht."

Andresen meldete sich über das Handy und sagte, dass der Dienststelle ein Durchsuchungsbeschluss der Wohnung Wolter am kommenden Tag zugestellt werden würde.

Simons fuhr in die Einfahrt des Autohauses.

Larsson stieg aus. „Und Karl, das hier ist eine Geheimoperation!“ Er kniff ein Auge zusammen und schlug die Wagentür zu.

Eine halbe Stunde später fuhr Larsson mit dem Vorführwagen auf den Hof der Kriminalaußenstelle in der Seestraße in Heringsdorf. Auf dem Weg zu seinem Büro ging er an der Wache der Schutzpolizei vorbei. Der Polizist am Tresen kannte ihn.

„Wir haben Probleme mit einem unserer Privatfahrzeuge. Ich lasse den Wagen morgen von einem Händler abholen, möchte aus Sicherheitsgründen aber, dass er über Nacht auf dem Hof stehen bleibt.“

Der Beamte notierte sich Typ und Zulassungsnummer. „Morgen ist aber Sonnabend.“

„Oh, das hatte ich ganz vergessen. Notfalls muss er bis Montag hier stehen.“ Larsson ging hoch ins Büro der Kommissare. Andresen hatte Simons bereits bezüglich ihres Besuches bei Frau Siebert ausgefragt.

„Wenn wir den Durchsuchungsbefehl in den Händen haben, werden wir sehen, ob unsere bisherigen Vermutungen zutreffend sind. Vielleicht sind wir so der Aufklärung des Mordes an den beiden Flugzeuginsassen näher, als wir denken“, sagte Larsson. Er telefonierte mit der Rechtsmedizinerin Dr. Beckert in Greifswald. Von ihr erfuhr er, dass sie Ralf Wolter bereits obduziert hatte, und vereinbarte mit ihr, die Kugel in einer Stunde selbst abzuholen. Als er aufgelegt hatte, sagte er zu Simons: „Du kümmerst dich bitte um die Kugel, die aus dem Hund herausgeholt wird. Ich fahre in die Rechtsmedizin nach Greifswald. Am Montagnachmittag werden wir wissen, ob beide Kugeln aus der gleichen Waffe stammen. Möchte jemand noch mal mit mir wetten, dass das so ist?“

„Kein Mensch aus diesem Zimmer wird je wieder mit dir wetten, Lasse“, sagte Andresen lapidar.

„Feigling", stichelte Simons.

„Wie weit seid ihr mit den Angestellten des Sicherheitsdienstes gekommen?" fragte Larsson.

„Wir haben am Montag einen Termin direkt in der Firma in Wolgast. Dort können wir den ersten Teil der Angestellten befragen."

„Schön. Aber dich würde ich bitten, Rolf, nochmals wegen des Durchsuchungsbefehls nachzutelefonieren. ‚Freitag ab eins macht jeder seins', du kennst doch den Spruch, und der gilt auch für die Gerichte. Weise noch mal darauf hin, dass ein berechtigter Anfangsverdacht bezüglich einer Beteiligung an dem Mord der beiden Insassen der abgestürzten Cessna besteht."

Die Unterhaltung mit dem Team hatte nur kurz gedauert, und Larsson erwähnte den Zwischenstopp im Autohaus nicht. Er ging hinüber in sein Büro. Dort versuchte er, Lara zu erreichen. Aber sie nahm ihr Telefon nicht ab. Er fragte sich, ob sie unterwegs sei, oder ob sie seine Nummer im Display gesehen und daraufhin nicht abgenommen hatte. Er wählte die Nummer des Olive in Greifswald und bestellte bei Mourad Askri einen Tisch für zwei Personen. Dann rief er Monika an und bat sie, sich fertig zu machen und ihn abzuholen, da sie mit einem Wagen fahren müssten und er sie in Loddin absetzen wolle. Als sie kurz klopfte und die Tür öffnete, war er gerade dabei, die Prospekte aus dem Autohaus in eine neutrale Tüte zu packen. Er platzierte die Tüte in seinem Schreibtisch und verschloss ihn.

„Auf der Fahrt können wir über den Ermittlungsstand sprechen", sagte Larsson, während er sicher auf den Mercedes zusteuerte.

„Hast du ein neues Auto?" fragte Monika.

„Es ist ein Vorführwagen, den ich mir geliehen habe, damit wir deinen Ford in die Werkstatt geben können."

Larsson fuhr vom Hof. Auf einem Parkplatz zwischen Pudagla und Ueckeritz hielt er an. „Jetzt bist du dran", sagte er. Es war ihm nicht verborgen geblieben, dass sie den Wagen gelobt hatte. Wenig später setzte sie den Blinker, um nach Loddin abzubiegen.

„Nein, nein", sagte Larsson, „wir fahren zusammen bis Greifswald."

Auf der Fahrt beleuchteten sie die bisherigen Ermittlungsergebnisse und diskutierten Spekulationen in alle Richtungen. Da Monika noch nie mit ihm bei der Rechtsmedizin in Greifswald war, lotste er sie durch die Stadt bis zu Kuhstraße, in der das von außen anmutig wirkende Haus gelegen war. Larsson bat sie, zu warten und klingelte am Eingang des abgesicherten Hauses. In der Gegensprechanlage meldete sich die Sekretärin Frau Dr. Beckerts. Larsson sagte, dass er mit der Leiterin der Rechtsmedizin verabredet sei.

„Frau Dr. Beckert ist zur Leichenschau nach Stralsund unterwegs und hat mich beauftragt, Ihnen eine Tüte zu übergeben."

Kurze Zeit später war die Frau an der Tür. Sie übergab Larsson einen DIN-A-4-Umschlag und ließ sich eine Quittung dafür unterschreiben.

Larsson lotste Monika zum Olive. Er nahm einen großen, noch verpackten Blumenstrauß aus dem Kofferraum.

Monika zog fragend die Augenbrauen zusammen. „Was willst du denn damit?"

Larsson hob die Schultern, sagte aber nichts.

Als sie das Lokal betraten, kam ihnen Mourad Askri entgegen. „Hauptkommissar Larsson, herzlich willkommen. Ich freue mich immer, wenn Sie bei mir hereinschauen." Er geleitete sie an den Tisch, den er für sie reserviert hatte. Dann ging er, kam kurze Zeit darauf mit einer großen Vase zurück. Gleichzeitig kam ein junges Mädchen, das Askri bei der Bedienung der Gäste behilflich war, und brachte eine Flasche Champagner und Gläser.

„Du hast dich über mich geärgert, weil ich in der letzten Nacht weggeblieben bin."

„Und nun möchtest du es auf diese Weise wieder gutmachen?" Monika lächelte. „Und nun glaubst du, es mit einem Dinner ungeschehen zu machen?"

„Vielleicht."

„So einfach, mein Lieber, ist das nicht."

„Bist du gar nicht neugierig? Möchtest du nicht erst einmal wissen, was ich dir zu sagen habe?"

Monika zuckte mit den Schultern.

„Hattest du nicht gesagt, wir sollten etwas ändern? So – oder so?"

„Ja."

Larsson erklärte ihr, dass er in der vergangenen Nacht in seinen Gedanken sein Leben an sich vorbeiziehen lassen hatte. Das war nötig gewesen, um zu überprüfen, ob er für eine Ehe bereit wäre. Und dann machte er Monika einen Heiratsantrag. Dazu packte er einen großen Strauß langstieliger, roter Rosen aus.

17. Kapitel

Während sich Monika Landris am Sonnabend drüber hermachte, das Haus zu putzen, fuhr Larsson nach Heringsdorf. Er hatte vorgegeben, noch einmal ins Büro fahren zu müssen. Tatsächlich aber war er zum Autohaus nach Ahlbeck gefahren. Er orderte einen anthrazitfarbenen C 200-Kompressor. Obwohl er niemals zuvor in die Tasche Monikas gegangen war, hatte er heute heimlich ihren Personalausweis daraus entnommen. Der Verkäufer brauchte den Ausweis, damit er das Auto zulassen konnte. Als das Prozedere abgeschlossen war, fuhr Larsson in sein Büro in die Kriminalaußenstelle in der Seestraße im Ortsteil Heringsdorf. Dort stellte er fest, dass der Durchsuchungsbeschluss für das Haus Wolter in Kamminke noch nicht vorlag. Jetzt wurmte es ihn, dass er als Begründung für die Hausdurchsuchung nur einen notwendigen DNA-Abgleich angegeben hatte.

Ärgerlich fuhr er nach Loddin zurück.

Monika deckte gerade den Tisch für das Mittagessen auf der überdachten Seite der Terrasse. Sie hatte einen sehr schönen Auflauf gemacht und dazu, wie immer, wenn sie saubermachte, eine Flasche Jever auf den Tisch gestellt.

„Der Durchsuchungsbeschluss für die Wohnung in Kamminke ist tatsächlich nicht gekommen. ‚Freitag nach eins, macht jeder seins.‘ Dieser Satz scheint auch für die Justiz hier im Osten zu gelten“, stellte Larsson lapidar fest. „Wir können also die Durchsuchung am Montag früh vergessen.“

Dann machte Larsson Monika klar, dass sie ihren Wunsch, irgendwann bei der Kripo zu arbeiten, aufgeben müsse. Heiratete sie ihn, würde die Wahrscheinlichkeit, eine solche Stelle zu bekommen, zur Unmöglichkeit werden. Und selbst wenn man sie zur Kriminalpolizei versetzen würde, was natürlich hieße, dass sie die Schulbank drücken müsste, würde sie nicht mehr mit ihm zusammenarbeiten können.

„Es war mir von Anfang an klar. Wenn jemand zurückstecken muss, dann wir Frauen“, sagte sie lächelnd. „Aber man muss sich entscheiden, und ich habe mich entschieden.“

Am Montag, dem 31. Mai, war Larsson schon früh unterwegs. Als er um sieben im Büro ankam, war noch kein Mitglied seines Teams im Haus. Er nahm sich den von der Abteilung Staatsschutz der Kriminalpolizei Inspektion Anklam zusammengestellten Bericht vor.

„Auf der Insel Usedom gibt es seit Ende der 90er Jahre den Kameradschaftsbund Insel Usedom (KBU). Der KBU ist ähnlich wie der Kameradschaftsbund Anklam (KBA) einer der gefestigten und ältesten Kameradschaften in Ostdeutschland. Ab dem Jahr 2004 zog sich der KBU immer mehr aus der Öffentlichkeit zurück. Die Führung baute und investierte immer mehr in feste Strukturen innerhalb der Kameradschaft.“

Larsson stellte fest, dass der Kameradschaftsbund Usedom im Laufe der Jahre sein Gesicht ständig verändert hatte. Gerade war man wieder dabei, eine wesentliche Umgestaltung vorzunehmen. Während in den Jahren 2000 bis Ende 2003 der KBU eine zusammengeschlossenen Truppe war, die sich an den Wochenenden am Krebssee, in irgendwelchen Kneipen oder in den Wäldern traf, wo reichlich diskutiert und getrunken wurde, wollte man nun das Image der Partei durch einen soliden Anstrich aufwerten. Es dauerte auch nicht lange, bis sich einzelne Personen für Führungsaufgaben mit Schreibfähigkeiten und Organisationstalent herauskristallisiert hatten. Sie hatten genügend zu tun, um das unverzichtbare Fußvolk zusammenzuhalten, das immer wieder durch unnötige Schmierereien an den Wänden, durch Körperverletzungen bei Schlägereien und Landfriedensbrüche Negativschlagzeilen produzierte.

An die Nacht zum 24. Juli 2000 aber dachte die Führungsriege des KBU sehr ungern zurück. An diesem Tag erschlugen vier junge Männer einen einundfünfzigjährigen Obdachlosen vor der Ahlbecker Kirche. Larsson las den beigelegten Artikel.

Stralsund (AP). Lebenslange Haft wegen Mordes an einem Obdachlosen im Ostseebad Ahlbeck hat das Landgericht Stralsund am Freitag gegen den Haupttäter verhängt. Auch der Ankläger hatte die Höchststrafe für den vierundzwanzigjährigen Gunnar Doege gefordert. Er hat zusammen mit drei Komplizen Ende Juli 2000 das einundfünfzigjährige Opfer mit Schlägen und Tritten getötet. Die drei Mitangeklagten im Alter von sechzehn bis neunzehn Jahren waren bereits am 2. Februar zu drei, acht und zwölf Jahren verurteilt worden.

Das Verfahren gegen Doege war wegen eines weiteren psychiatrischen Gutachtens abgetrennt worden. Darin wurde ihm trotz hochgradiger Alkoholisierung erneut Schuldfähigkeit bescheinigt. Die Verteidigung kündigte Revision gegen das Urteil an. Mecklenburg-Vorpommerns Generalstaatsanwalt Uwe Martensen sprach von einem konsequenten und angemessenen Urteil und einer deutlichen Botschaft. Eine griffige Erklärung für das Ausufern der Gewalt gibt es aus seiner Sicht nicht. Auch Schwerins Innenminister Timm begrüßte den Stralsunder Richterspruch: „Er zeigt, dass bei solch schweren Vergehen die Täter mit der ganzen Härte des Gesetzes rechnen müssen.“ Timm erwartet einen wirksamen Abschreckungseffekt. Das hofft auch der Hotelchef der Seetel-Gruppe auf Usedom, Rolf Steinhoff. Seines Erachtens müsse Gewalt, egal wo sie ihre Ursachen hat, energisch bekämpft werden. Ob das mit diesem „Exempel“ gelingt, müsse sich zeigen. Dabei geht es Steinhoff nicht nur um mögliche Imageschäden für die Touristikbranche, sondern um den unverzichtbaren Schutz von Leib und Leben jedes Menschen.

„Massiv und erbarmungslos.“

Gegen diesen Grundsatz hatten Doege und seine Kumpane in schlimmster Art und Weise verstoßen, befanden die Stralsunder Richter. Sie sahen es als erwiesen an, dass die vier weitgehend geständigen Angeklagten in der Nacht zum 24. Juli vergangenen Jahres aus niedrigen Beweggründen ihr einundfünfzigjähriges Opfer mit Schlägen und Tritten getötet haben. Die Täter gehören nach eigenen Angaben der rechtsextremistischen Szene der Insel Usedom an. Nach ihrer Ansicht handelte es sich bei dem Opfer um einen „Asi“ und damit um einen gesellschaftlichen Außenseiter, der in unserer Gesellschaft nichts zu suchen habe.

Das Gericht befand, dass die vier Täter unter maßgeblicher Beteiligung von Doege seinerzeit „massiv und erbarmungslos“ auf den Obdachlosen eingeschlagen und eingetreten hatten. Nachdem sie nach einer ersten Tortur von ihrem Opfer abließen, waren sie nach einer Stunde zurückgekehrt, um die Misshandlungen fortzusetzen. Sie seien immer wieder auf Kopf und Körper des Wehrlosen gesprungen und hätten ihm in Leib und Genitalien getreten.

Der Stralsunder Prozess behandelte allerdings nur einen Fall einer ganzen Serie grausamster Gewalttaten in Mecklenburg-Vorpommern. Neben dem wohnungslosen Ahlbecker starben allein im letzten Jahr in Greifswald zwei und in Wismar ein Obdachloser an unmenschlichen Misshandlungen. Auch die Tötung eines fünfzehnjährigen Neubrandenburger Schülers „aus Frust und Langeweile“ fällt in diesen Zeitraum.

Was ist das für eine lausige Zeit in einer lumpigen Welt, dachte Larsson, in der eine Gruppe junger Männer Menschen erschlug, die das Leben an den Rand der Gesellschaft gedrückt hatte. Und es war das wenig intelligente Fußvolk, das diese Gewalttaten inszenierte.

Die Führungskräfte hingegen organisierten mehr und mehr Demonstrationen und Mahnwachen. Sie versuchten, durch mental schmerzhafte Erinnerungen die Volksseele zu erreichen, indem sie bewusst lancierte historische Ungenauigkeiten mit Fakten verbanden. Sie riefen alljährlich zum Volkstrauertag auf die Bombardierung Swinemündes. Am 8. Mai eines jeden Jahres mahnten sie, diesen Tag als „Tag der Befreiung“ abzulehnen.

Was ist bei der Erziehung unserer Jugend falsch gemacht worden, fragte sich Larsson. Er kam zu der Erkenntnis, dass die Fehler parteiübergreifend viele Jahre zuvor gemacht wurden. Sie reichten zurück bis in die Nachkriegszeit. Man brauchte Arbeitskräfte zum Aufbau einer florierenden Wirtschaft. „Fremdarbeiter“ hieß das Zauberwort damals. Man war zu unklug gewesen, um die Aufenthaltsdauer der Menschen auf ein Jahr zu beschränken, so wie es die Schweiz gemacht hatte. Nun hatte man eine legale Islamisierung durch die Hintertür. In gewisser Weise konnte er für die Opposition zur Staatsdoktrin in einigen Punkten, die von der Mehrheit des Volkes so gesehen wurden, Verständnis aufbringen. Die Globalisierung brachte nicht nur Vorteile. Sie hatte einen Zuzug von Ausländern zu verzeichnen, der nicht nur national denkende Menschen beunruhigen musste.

Es klopfte. Andresen steckte den Kopf ins Zimmer. „Guten Morgen, Lasse.“

„Komm rein, Rolf. Setz dich einen Augenblick.“

Andresen setzte sich auf den einzigen Stuhl vor dem Schreibtisch Larssons.

„Du kennst den Bericht?“ Larsson hob die Akte an, so dass Andresen erkennen konnte, was Larsson vor sich liegen hatte.

„Die meisten der Dinge sind bekannt. Aber man hatte sie schon verdrängt.“

„Man kann nie oft genug damit konfrontiert werden.“

„Die Gewalttaten der Rechten auf der Insel haben abgenommen“, sagte Andresen.

„Im vorigen Jahr um Volkstrauertag auf dem Golm haben der Kameradschaftsbund Insel Usedom und die Pommersche Aktionsfront einen Kranz am Denkmal niedergelegt, der die Aufschrift trug: ‚Lasst den Schwächling angstvoll zagen, wer um Neue Zukunft kämpft, muss wagen!'" warf Larsson lapidar ein.

„Das kann man so oder so interpretieren."

„Das ist ja die Crux", gab Larsson zu bedenken. „Und das ist beabsichtigt. Auf der einen Seite ruft es zum Kampf gegen die Schwachen auf, auf der anderen Seite soll es beruhigen."

„Ich werde wegen des Durchsuchungsbeschlusses noch einmal Druck machen", sagte Andresen.

„Recht hast du. Machen wir einfach unsere Arbeit. Hattet ihr nicht einen Termin in Wolgast?" fragte Larsson in Erinnerung an die fälligen Vernehmungen bei dem Wachdienst des Flughafens Heringsdorf.

„Inge fährt direkt von Anklam nach Wolgast, und ich hatte vor, in zwanzig Minuten ebenfalls zu starten. Der Termin ist für 10:00 Uhr verabredet."

Gegen elf kam die Hauspost und mit ihr der Durchsuchungsbeschluss für das Haus Wolter. Simons brachte ihn sofort in Larssons Büro.

„Kein Wunder, dass wir so lange auf den Beschluss warten mussten", maulte Larsson. „Das nächste Mal schicken sie es mit einer Pferdedroschke."

„Rolf ist bereits nach Wolgast unterwegs."

„Ich weiß. Du rufst jetzt bei Frau Siebert an und sagst, dass wir in ungefähr einer Stunde dort sind. Sie möchte sich bereithalten."

„Du weißt schon, dass du mit dem Ermittlungsrichter hättest telefonieren können. Der hätte auch seine Anordnung mündlich treffen können."

Larsson musste lächeln. „Was ist mein Karl doch für ein Schlaumeier. Möglicherweise habe ich das ja versucht, und es hat nicht auf Anhieb geklappt. Vielleicht war der Ermittlungsrichter gerade anderweitig zu beschäftigt."

„Du bist doch sonst nicht so zach. Hast du nicht nachgefasst?"

„Natürlich hätte ich das tun können. Vielleicht wäre ich einem der Oberindianer auf die Füße getreten und hätte ihn darauf aufmerksam gemacht, dass wir in Staatsschutzgefilden fischen. Genau das wollte ich vermeiden."

Simons sagte nichts mehr. Bisher waren immer alle Larsson betreffenden Anordnungen aufgegangen. Nie hatte es Beschwerden oder Verwarnungen gegeben. „Nehmen wir Monika mit?" fragte er schließlich.

„Dann ist die Kriminalaußenstelle nicht besetzt. Wir fordern uns einen Funkstreifenwagen zur Verstärkung an. Das kannst du gleich übernehmen, Karl."

Simons ging ins Büro der Kommissare, um Monika mitzuteilen, dass sie abermals Stalldienst hatte.

Larsson packte seine Sachen ordentlich zusammen. Sorgfältig schloss er seine bisherigen Handnotizen in die obere Schublade seines Schreibtisches ein. Dann ging auch er hinüber ins Büro der Kommissare.

„Ich weiß gar nicht, wie ich das Büro besetzt halten sollte, wenn man dich nicht in unsere Abteilung abgestellt hätte", sagte er zu Monika.

„Du hast heute Morgen vergessen, deine Brote mitzunehmen", sagte sie, ohne auf Larssons Satz einzugehen. Sie reichte ihm eine Leinentasche mit der Brotbüchse. Es blieb ihm nicht verborgen, dass sie mit seiner Entscheidung unzufrieden war. Sie machte den Eindruck, als wäre sie kurz davor, zu platzen.

„Hast du bei der Frau Siebert angerufen?" fragte Larsson Simons.

„Sie erwartet uns."

Die beiden Kommissare gingen zum Wagen. Auf dem Parkplatz hatten sich einige Tauben niedergelassen, die nun auseinanderflogen und sich auf den umliegenden Bäumen niederließen. Eine von ihnen hatte eine unliebsame Hinterlassenschaft auf der Kühlerhaube zurückgelassen. Es war ein hässlicher, großer Flatschen.

Simons fluchte. „Man sollte endlich etwas gegen diese Viecher unternehmen. In Berlin habe ich mal zugesehen, wie das geht. Die haben dort Köder gestreut, die mit Blausäure versetzt waren. Kaum hatten die Tauben das vermeintliche Futter aufgenommen, kippten sie um und waren tot."

Sie kamen am Autohaus vorbei, aber Larsson sagte nichts.

„Obwohl sie reihenweise umfielen, haben die anderen Tauben weiter gefressen, als wäre nichts passiert und sind dann auch krepiert. Die Arbeiter der Stadt haben die Kadaver einfach mit einer großen Gabel auf einen Multicar geworfen und sind abgefahren."

„Anders kommt man der Plage nicht bei", sagte Larsson. „Sie richten eben zu viele Schäden an den Gebäuden an mit ihrem aggressiven Kot."

„Wirst du den Wagen behalten?" bohrte Simons nach.

„Er geht zurück. Morgen, spätestens am Mittwoch."

Sie fuhren weiter und kamen zwanzig Minuten später in Kamminke an. Vor dem Haus der Wolters stand der angeforderte Funkstreifenwagen der Schutzpolizei. Larsson machte den Männern ein Zeichen, dass sie warten sollten. Eine Minute später waren sie bei Frau Siebert.

Die Frau schien schon auf sie gewartet zu haben. Kaum hatte Simons geklingelt, stand sie mit dem Schlüssel in der Hand vor ihnen. „Haben Sie sich noch einmal im Krankenhaus in Anklam nach dem Befinden von Frau Wolter erkundigt?" fragte sie.

„Wir sind nicht hingefahren", sagte Larsson. „Ich werde versuchen, mittels einer DNA und Ihrer Identifizierung der Leiche eine Beunruhigung der alten Frau zu umgehen."

„Das ist gut so."

Sie gingen die wenigen Meter zu dem Haus der Wolters zu Fuß. Frau Siebert schloss auf.

Die Männer waren nur wenige Meter in den Flur hineingegangen, als Larsson abrupt stehen blieb. „Da war einer von uns da."

„Sie müssen draußen warten", sagte Simons zu Frau Siebert. „Das ist ein Tatort. Es darf hier nichts geändert werden. Die Spurensicherung?" fragte er Larsson.

„Volles Programm", antwortete Larsson.

Simons rief über das Handy den KDD in Anklam an und orderte die Spurensicherung.

Larsson kam zurück zur Tür und wandte sich an die beiden Schutzpolizisten. „Vorsichtig das ganze Grundstück nach unbekannten Personen durchsuchen, Kollegen. Aber Achtung, der Mann ist sicher bewaffnet." Er hatte sich die Latexhandschuhe übergezogen. Aufmerksam ging er in den Wohnraum hinein. Der Raum bot ein einziges Chaos. Schubladen waren aus dem Schrank und der Kommode herausgerissen und ausgekippt.

„Sie brauchen mich doch gar nicht mehr", sagte Frau Siebert zu Simons. „Ich kann nach Hause gehen, und Sie bringen mir später den Schlüssel vorbei."

„Der Schlüssel muss erst einmal bei uns bleiben. Das Haus wird versiegelt. Wenn es wieder freigegeben wird, wird man entscheiden, ob Sie den Schlüssel zurückbekommen. Das hängt davon ab, ob die alte Frau Wolter das will."

Die Frau wandte sich ab, um zu gehen. „Verstehe."

Simons war den Schutzpolizisten gefolgt. Gemeinsam suchten sie das Grundstück ab. Sie schauten auch in den kleinen Schuppen, in dem das Fahrrad von Ralf Wolter stand. Simons sah, dass vereinzelt zwischen den Speichen gerade getrocknete Erde sichtbar war. Eine fremde Person wurde nicht gefunden.

„Wer immer das auch war", sagte einer der Schutzpolizisten, „von ihm fehlt jede Spur."

Sie gingen zum Vordereingang des Hauses zurück.

So sehr Larsson sich auch mühte, er konnte nichts finden, was ihn in seiner Vermutung bestärkt hätte.

„Nichts", sagte Simons, als er wieder ins Haus kam.

„Hier kann ich auch nichts finden. Aber ich werde das Gefühl nicht los, dass es zumindest etwas zu finden gegeben hätte."

„Negativ. Aber es stehen einige auf der Warteliste. Ein Cousin Kałachurskis ist auch dabei. Der hat im Augenblick als Einziger gute Chancen, genommen zu werden. Das jedenfalls sagte der Geschäftsführer."

„Gibt's dafür eine Arbeitserlaubnis?"

„Die gibt es. Aber weil die so schwierig zu bekommen sind, lässt sich die Firma auch Zeit und sucht sich ihre Leute genau aus."

„Wenn ihr fertig seid, Rolf, sehen wir uns in Heringsdorf."

Larsson rekapitulierte gerade das Gespräch, als Simons zurückkam.

„Die Mitarbeiter der Sicherheitsfirma scheinen sauber zu sein", sagte Larsson. Er steckte das Handy in seine Tasche.

„Als ich in den Schuppen kam, kratzte Hannes gerade etwas Erde aus einem der Reifen des Fahrrades und sicherte es in einer kleinen Dose. Er will keinen Aal", wechselte Simons abrupt das Thema.

„Na, dann eben nicht."

„Er will Dorsch oder irgendeinen Fisch, der nicht so fett ist wie Aal."

„Des Menschen Wille ist sein Himmelreich."

Sie gingen die wenigen Schritte zum Hafen zu Fuß. Die Sonne hatte sich durch die Wolkendecke gekämpft. Es wehte ein leichter Wind. Wie an jedem Tag während des Sommers war am Hafengebiet ein reges Treiben. Sie stellten sich in die Reihe. Larsson orderte für sich einen Dialog aus Heilbutt und Zander mit Kartoffelsalat.

Als er sah, wie interessiert Simons seine Bestellung verfolgte, fragte er ihn, ob er ihn ausnahmsweise einladen dürfe. Einen Augenblick fragte er sich, wieso Simons nicht mit seinem Gehalt als Kriminalkommissar auskam. Aber die Antwort lag auf der Hand. Als er ihn kennenlernte, fuhr Simons privat schon getunte Autos. Jetzt war es ein schneller BMW. Ein so gutaussehender, junger Mann war immer bestrebt, bei den Damen Eindruck zu machen. Ein Lächeln huschte über sein Gesicht, als er an seine Jugendzeit dachte. Nicht die Autos waren es, die sie in dieser Phase ihres Lebens unterschieden. Auch er hatte schnelle Autos geliebt. Es war eher der flockige Lebensstil, der jungen Leuten heute oftmals zu Eigen ist. Nie wäre es ihm eingefallen, seine Haare zu einem Hahnenkamm aufzustylen, wie Simon es tat. Es war eine andere Zeit. Ein Jahrzehnt Unterschied in der Lebenszeit war wie ein Generationensprung.

Larsson zahlte, und sie gingen zu einem der Tische, die noch ein wenig Platz boten. Sein Blick ging am Hafen entlang bis zu dem Schilfgürtel. Ein Schwanenpaar führte stolz seine wahrscheinlich erst wenige Tage alten Gössel vor. „Weißt du, Karl, dass die Paare sich für das ganze Leben binden", sagte er, als er sah, dass auch Simons sich für die Tiere zu interessieren begann. „Einige werden bis zu dreißig Jahre alt. Und man hat beobachtet, dass sie ungefähr zwanzig Jahre davon zusammengelebt haben. In jedem Jahr haben sie eine neue Brut aufgezogen."

„Das wären ja zwei Drittel des ganzen Lebens", gab Simon zu bedenken. Er zählte die Gössel. „Und wenn sie jedes Jahr sieben Junge haben, sind das hundertvierzig Nachkommen."

Larsson ging nicht auf die Nachkommen ein, als er sagte: „Dementsprechend schwierig ist es für ältere Schwäne, die ihren Partner verloren haben, einen neuen Gefährten zu finden." Er dachte daran, wie es wäre, wenn auch er einmal älter war. Ob Monika dann noch bei ihm wäre, hielt er in diesem Augenblick für fraglich.

„Hundertvierzig Nachkommen", sagte Simons. „Das ist wahrlich eine starke Leistung."

„Von denen ein Teil nicht überlebt."

„Wieso?"

„Der Schilfgürtel ist auch die Heimat der Raubfische. So manches Gössel ist schon einem gefräßigen Hecht als Mahlzeit willkommen gewesen. Und obwohl die Altschwäne sehr wachsam sind und ihre Nachzucht evident verteidigen, sollen auch hin und wieder Seeadler zum Zuge gekommen sein."

„Die Natur ist grausam", sagte Simons und schob sich einen neuen Bissen von dem frischen Zander in den Mund.

„Die meisten Schwäne sind Einzelgänger", gab Larson zu bedenken.

„Ich denke, Sie sind ein Leben lang zusammen", protestierte Simons vorsichtig.

„Paarweise."

Die Schwäne passierten nun einige Boote und kamen direkt auf den Tisch zu, an dem die Männer saßen. Eine ältere Frau fütterte die Tiere mit abgerissenen Stücken eines Brötchens. Zwei Kindern gefiel das. Mit lautem Geschrei näherten sie sich den Schwänen. Einer der Altschwäne ging zischend auf die Kinder los. Dabei schlug er wild mit den Flügeln. Ängstlich wichen die Kinder zurück.

„Schwäne haben oft die menschliche Fantasie beflügelt", sagte Larsson.

„Leda mit dem Schwan", sagte Simons in Gedanken an den Schwan auf dem Bild, der sich über eine Rubensfrau hermachte, grienend.

„Kennst du die Geschichte, die hinter dem Bild steht?"

Simons schüttelte den Kopf.

„Leda ist in der griechischen Mythologie die Tochter des ätolischen Königs Thestios und der Eurythemis. Ihre Schwestern sind Althaia und Hypermnestra. Sie war die Gemahlin des spartanischen Königs Tyndareos."

„Wahrscheinlich habe ich in dieser Geschichtsstunde gefehlt", sagte Simons.

„Es gibt mehrere Geschichten darüber."

Eines der Rundfahrschiffe kam und legte an. Einige Menschen stiegen aus. Andere standen in einer kleinen Schlange, um auf das Schiff zu gelangen.

„Die Geschichte von Zeus und Leda wurde schon in ältesten Zeiten in einer anderen Version überliefert, nach der sich Zeus nicht in Leda, sondern in die Rachegöttin Nemesis verliebt habe. Um den Nachstellungen des Liebhabers zu entkommen, verwandelte sie sich in vielerlei Tiere, zuletzt in eine Gans."

„Weißt du, Lasse, über diese Fähigkeit, mich in irgendein Tier zu verwandeln, würde ich allzu gern auch verfügen."

Larsson lachte. „Das glaube ich dir gerne."

„Und? Wie geht die Geschichte weiter?"

„Sogleich war Zeus in Gestalt eines schönen Schwanes zur Stelle, verführte und schwängerte sie. Doch auch ihr Mann Tyndareos schlief in dieser Nacht mit ihr. Leda gebar alsdann zwei Eier mit vier Kindern – von Zeus Helena und Polydeukes, von Tyndareos Klytaimnestra und Kastor, weswegen Erstere unsterblich, Letztere dagegen sterblich waren."

Die Kommissare beendeten ihr Essen.

„Danke, Lasse", sagte Simons mit Blick auf die leeren Pappteller, die er jetzt abräumte. Er trug sie zu einem Papierkorb und entsorgte sie.

Larsson nahm die Tüte mit den Brötchen sowie die Getränke für die Männer der Spurensicherung, und gemeinsam gingen sie zum Haus der Wolters zurück.

„Wenn du fündig warst, gebe ich das Essen für euch aus", frotzelte Larsson.

„Tut mir leid für die Kollegen", antwortete Maier. „Entweder gibt es keine Verbindung, die du suchst, oder der Besucher vor uns war sehr gründlich."

„Ruf mich bitte gleich an, Paul, wenn du doch noch etwas finden solltest."

Hinnerk kam und auch Hannes, der wieder aus dem Schuppen zurückgekommen war.

„Das ist ein Service", stellte Hannes fest. Und Hinnerk sagte: „So könnte es jeden Tag sein."

„Ich warte dann auf deinen Bericht", sagte Larsson zu Maier. Dann gingen die beiden Kriminalkommissare zu ihrem Dienstwagen. Simons wollte gerade losfahren, als Larsson seine Hand auf das Lenkrad legte. „Warte, erinnerst du dich an den alten Mann von gestern?"

„Ja."

Larsson zeigte auf das Woltersche Nebenhaus. „Schau dort auf das zweite Fenster von links. Ich glaube, der Mann schaut uns interessiert zu."

„Vielleicht hat er uns ja noch etwas zu sagen."

„Lass uns das herausfinden."

Simons stellte den Motor ab. Die beiden gingen hoch zu dem Haus und klopften an die Tür. Es dauerte einen Moment, dann hörten sie schlurfende Schritte kommen.

„Hallo", sagte Larsson. „Wir kennen uns ja schon von gestern. Können Sie sich daran erinnern?"

Der Mann sah in seiner bekleckerten Haushose noch älter aus, als Larsson ihn in Erinnerung hatte. Aus dem Haus kam ein muffiger Geruch. Offensichtlich wurde hier nicht richtig gelüftet. Wahrscheinlich lebte der Mann alleine.

„Erinnern Sie sich noch, wann der Krankenwagen letzte Nacht Frau Wolter abgeholt hat?" fragte Larsson.

„Spät, sehr spät."

„Erinnern Sie sich noch an die Zeit? Wie viel Uhr war es?" fragte Simons.

Der Mann zog die Schultern hoch. „So gegen eins."

Larsson drehte sich Simons zu. „Erinnerst du dich?"

Simons schüttelte verneinend den Kopf.

„Frag bitte in der Zentrale nach." Für einen Augenblick ärgerte er sich über sich selbst, dass er die Frage nach der genauen Uhrzeit übergangen hatte.

„Wollen Sie nicht einen Augenblick hereinkommen?" fragte der Mann.

Larsson schaute auf das Türschild. Dann ging er hinter ihm her. „Haben Sie den Krankenwagen gerufen, Herr Grabowski?"

Grabowski drehte sich um. „Was haben Sie gesagt? Sie müssen entschuldigen, ich höre etwas schwer und versuche immer, von den Lippen abzulesen."

„Ich habe gefragt, ob Sie den Krankenwagen für Frau Wolter gerufen haben."

„Nein. Aber für diesen Fall wird sie sich bestimmt mit der Telefonseelsorge in Verbindung gesetzt haben. Die Nummer ist 0800-1 11 01 11.“

„Sie kennen die Nummer auswendig?“

„Wir Alten treffen uns hin und wieder bei der Volkssolidarität. Da spricht man über so etwas.“

Simons kam ins Haus. „Der Anruf ging 1:10 Uhr in der Zentrale ein und kam von der Telefonseelsorge.“

In der Zwischenzeit war der alte Grabowski ans Waschbecken in der Küche gegangen. Dort hatte er ein Glas stehen, in dem seine künstlichen Zähne lagerten. Diese setzte er jetzt ein.

Simons zog lächelnd die Augenbrauen hoch.

„Sie kennen den jungen Wolter?“ fragte Larsson.

„Ralf ... Ja, natürlich kenne ich den Jungen. Wenn man so dicht beieinander wohnt, kennt man sich eben.“

„Sind Sie gut mit ihm ausgekommen?“ fragte Simons.

„Ein guter Junge, freundlich ist er und hilfsbereit.“

„Wann haben Sie ihn denn zum letzten Mal gesehen?“ fragte Larsson.

„Gestern Morgen. Da ist er mit seinem Moped weggefahren.“

„Wussten Sie, dass er verschwunden ist?“

„Die Alte war gestern Abend ganz aufgelöst bei mir. Sie ersetzt Ralf die Mutter. Aber manchmal denke ich, sie fühlt sich eher wie eine Glucke und hindert ihn daran, selbständig zu denken. Aber vielleicht täusche ich mich ja.“

„Und davor? Ich meine, vor dem Tag, an dem er verschwunden ist?“ fragte Larsson. Er registrierte, dass der alte Mann noch relativ beweglich in seiner Ausdrucksweise war. „Darf man fragen, Herr Grabowski, wie alt Sie sind?“

„Davor habe ich den Jungen an zwei Tagen fast an der gleichen Stelle gesehen. Sechsundachtzig Jahre alt bin ich. Im siebenundachtzigsten. Nur noch drei Monate, dann ist auch das abgeschlossen.“

„Ein stolzes Alter.“ Larsson lächelte den alten Mann anerkennend an. „Wo haben Sie den Ralf gesehen?“

„Hinter dem alten Friedhof am Haff. Dort gibt es eine schmale Sommerstraße für die Landwirtschaft. Er kam jedes Mal durch das Wäldchen gefahren, das zum Radweg nach Garz führt. Ich sammle dort immer ein wenig Holz, das bei Wind von den Bäumen gefallen ist. Das verbrenne ich dann dort im Kachelofen.“ Er zeigte auf einen grünen Kachelofen, der an der Feuerstelle ziemlich verräuchert war.

„Da sind sie ja noch ganz schön weit unterwegs“, gab Simons zu bedenken.

„Ungefähr einen Kilometer. Aber das schaffe ich schon noch.“

„Und von dort zum Flughafen?“ fragte Larsson. „Wissen Sie auch, wie weit das ist?“

„Na ja, etwa genauso weit. Vielleicht etwas weiter.“

„Würden Sie uns zeigen, wo Sie den Ralf getroffen haben?“ fragte Larsson.

„Jetzt?“

Larsson nickte. „Sie müssen nicht laufen. Wir werden mit dem Auto fahren.“

Kurze Zeit später waren sie an der Stelle.

„Hier war das“, sagte der alte Mann. Er zeigte in Richtung des Wäldchens. „Wenn er nicht dieses geländegängige Fahrrad gehabt hätte, wäre er da hinten gar nicht durchgekommen.“

„Wieso?“

„Weil man dort nasse Füße bekommt.“

„Ist das weit?“ fragte Larsson.

„Nein. Ich kann nur nicht ganz so schnell.“

„Wir haben Zeit“, sagte Simons.

Sie gingen in das Wäldchen hinein. Wenige Minuten später kamen sie an die Stelle, an der die Erde morastig wurde.

Simons sagte: „Dort sind Reifenspuren. Sie könnten mit dem Fahrrad des Jungen übereinstimmen.“

Larsson nahm sein Handy aus der Tasche und wählte die Handynummer Maiers. Es dauerte eine ganze Weile, bis der Kriminaltechniker sich meldete.

„Wir haben hier eine Reifenspur entdeckt, von der Karl denkt, dass sie zu dem Rad in dem Schuppen gehört. Hast du die Möglichkeit, die Spur zu sichern? Kannst du einen Mann schicken, oder soll ich ihn holen lassen?“

„Ist es weit?“

„Nein, aber für einen größeren Wagen ist es schwierig, hier zu wenden.“

Sie einigten sich darauf, dass Simons den Kollegen abholen und nach getaner Arbeit wieder zurückbringen würde.

Der alte Mann steuerte auf einen umgefallenen Baum zu. „Hier kann man sich setzen, wenn man eine kleine Auszeit braucht“, sagte er. „Ich mache immer eine Pause.“

„Hat Ihnen Ralf gesagt, wo er hergekommen ist?“ fragte Larsson.

Der alte Mann dachte einen Augenblick nach. „Nein, das brauchte er aber auch gar nicht.“

„Sie haben es trotzdem gewusst?“

„Die alte Frau Wolter hat mir einmal erzählt, dass er gerne Pilot werden würde. Deshalb wäre er hin und wieder stundenlang am Flughafen. Er würde dann an der Start- und Landebahn sitzen und den Künsten der Flugschüler zusehen. Aber das Größte für ihn wäre, wenn eines der Passagierflugzeuge ankäme oder abflöge.“

Ralf Wolter kannte also den Weg zum Flughafen und die Bewegungen auf dem Platz aus dem Effeff.

„Du holst einen der Männer der Spurensicherung und bringst Herrn Grabowski nachhause“, sagte Larsson zu Simons. „Ich werde versuchen, den Weg bis zur Landebahn zu verfolgen. Vielleicht finde ich ja irgendeinen Hinweis darauf, dass sich Ralf Wolter zur fraglichen Zeit am Flughafen aufgehalten hat.“

„Da gibt es zwei Möglichkeiten", stellte Simons kurz fest. „Er kann's gewesen sein, oder er war ein Zeuge, der etwas gesehen hatte und den man aus dem Wege räumen musste."

Während Simons sich in Begleitung des alten Grabowski auf den Weg nach Kamminke machte, versuchte Larsson wie ein indianischer Spurenleser den Weg von Ralf Wolter durch den Wald zum Flugfeld des Heringsdorfer Flughafens nachzuvollziehen. Hin und wieder gelang es ihm tatsächlich, einige Fahrradspuren zu entdecken. Nicht alle gehörten zu einem BMX-Rad. Aber zweimal waren sie es eindeutig. Ganz in der Nähe des Flugfeldes fand er eine Stelle, an der ein dichter Ginsterbusch die freie Sicht darauf versperrte. Bei näherem Hinsehen konnte er auf der Höhe, in der sich der Lenker des Fahrrades befinden musste, einen abgebrochenen Zweig entdecken. Er ging um den Busch herum. Auf der vorderen Seite mit Blick auf das Flugfeld gab es eine Einbuchtung, bei der Larsson feststellte, dass das Gras niedergedrückt war. Hier musste der Junge gesessen und seine Beobachtungen gemacht haben. Systematisch suchte er den Boden ab, konnte aber nichts finden, was Ralf Wolter zuzuordnen gewesen wäre.

Larsson rief Simons an. „Bist du noch im Haus der Wolters?" fragte er.

„Hinnerk macht gerade einen Gipsabdruck. Wenn der ausgehärtet ist, bringe ich ihn wieder zurück."

„Du wirst ein Kleidungsstück von Ralf Wolter in einer Plastiktüte mitbringen. Wir treffen uns am Flughafen."

„Das kann aber noch eine Dreiviertelstunde dauern", gab Simons zu bedenken.

„Ich warte dann in der Abflughalle auf dich." Nachdenklich wählte Larsson die Nummer der Zentrale und ließ sich mit der Einsatzleitung der Kriminalpolizei verbinden. Er schilderte kurz seine Lage am Flughafen in Heringsdorf und bat darum, einen Hundeführer mit einem Suchhund zu schicken. Dann ging er linksseitig am Zaun vorbei, der das Flugfeld sicherte, und marschierte zum Hauptgebäude des Flughafens. Er ging in den

Verwaltungstrakt. Am Zimmer des Geschäftsführers klopfte er. Als er hereingebeten wurde, stellte er sich kurz vor.

„Wir haben ein Problem“, sagte Larsson. „Es hängt mit dem Absturz der Cessna zusammen. Um mir einen Überblick zu verschaffen, ob derjenige, der in unserem Fokus steht, mit dem Absturz etwas zu tun hat, muss ich eine Spur verfolgen, die bis an das Flugfeld herangeführt. Dazu wird ein Suchhund die Fährte aufnehmen. Möglicherweise führt sie auf den gesicherten Bereich des Flugplatzes.“

„Und nun brauchen Sie die Genehmigung, sich in diesem Bereich zu bewegen“, sagte der Geschäftsführer.

Er telefonierte mit den Fluglotsen auf dem Tower. Nach einem kurzen Gespräch sagte er zur Larsson: „Es gibt im Augenblick keinen Verkehr großer Maschinen. Für die Einsatzzeit, die Sie benötigen, wird für Privatmaschinen und die Flugschule keine Start- oder Landeerlaubnis erteilt werden. Darüber hinaus wird Sie unser Herr Mannholz auf dem Platz begleiten.“

„Der Hund ist noch nicht vor Ort. Ich rechne aber damit, dass er in der nächsten halben Stunde hier sein wird.“

„Sie finden Herrn Mannholz auf dem Turm. Gehen Sie einfach die Treppe weiter nach oben und klopfen Sie an die Glastür.“ Der Geschäftsführer stand auf und verabschiedete sich per Handschlag von Larsson. „Viel Erfolg, Hauptkommissar.“

Larsson ging nachdenklich in die Halle zurück. Der angeforderte Hundeführer mit seinem Suchhund fuhr gerade auf den Parkplatz. Larsson ging hinaus, um ihn zu begrüßen. „Hallo Herr ...“, sagte er. „Wir hatten noch nicht das Vergnügen, zusammenzuarbeiten.“

„Bramburger“, sagte der Oberkommissar der Schutzpolizei.

Larsson erklärte dem Hundeführer, worum es ging.

„Sie haben aber etwas für seine Nase, um den Hund auf die Fährte setzen zu können?“

Larsson stellte ärgerlich fest, dass Simons überfällig war. Er nahm sein Handy und wählte Simons’ Nummer. „Karl, der Hund ist hier. Wo bleibst du bloß so lange?“

„Es hat ein wenig gedauert, bis der Gips ausgehärtet war. Dann habe ich Hinnerk zurückgebracht und nach einem passenden Kleidungsstück von dem Jungen gesucht. Ich habe zwei. Auch ein Unterhemd, das ich in der Schmutzwäsche gefunden habe."

„Wie lange brauchst du noch, bis du hier bist?"

„Ich bin gleich in Zirchow. Also rund sechs Minuten."

„Wir gehen jetzt die kleine Straße am Turm vorbei bis zum Ende der Landebahn. Komm bitte gleich mit dem Auto da runter gefahren. Dort lasse ich den Hund ansetzen."

Während sie einen Augenblick schweigend die kleine Straße an der Einflugschneise herunter liefen, hatte Larsson einen Einfall. Er rief Andresen an, der inzwischen wieder an seinem Platz im Büro der Kommissare in Heringsdorf saß. „Du hast doch diesen Kommissar in Świnoujście an der Hand, Rolf", stellte er eher fragend fest.

„Ryszard Stanischewski."

„Ja."

„Was ist mit ihm?"

„Dieser polnische Mitarbeiter der Sicherheitsfirma kommt doch aus Swinemünde. Du könntest anfragen, ob in der Vergangenheit irgendetwas gegen den Mann vorgelegen hat."

„Persönlich glaube ich das zwar nicht, aber wenn du das möchtest, werde ich ihn gleich anrufen."

Sie waren noch nicht am Ende der Landebahn angekommen, als Simons angefahren kam. Er überholte sie, stellte seinen Wagen auf der Straße ab, und stieg aus. Mit einer Tüte Kleidungsstücke gesellte er sich dazu. Als sie am Ende der Landebahn angekommen waren, führte Larsson die Gruppe zu dem Ginsterbusch.

„Hier müssten wir beginnen."

Bramburger ließ den Hund ablegen. „Jetzt brauche ich die Sachen, die Sie mitgebracht haben", sagte er zu Simons. „Am besten, Sie schütten sie hier aus, ohne sie noch einmal anzufassen."

Simons tat, wie ihm geheißen wurde.

Der Oberkommissar ließ den Hund an dem Unterhemd des Toten schnüffeln und setzte ihn dann am Aufenthaltsort Wolters am Ginsterbusch an. Der Hund nahm die Fährte auf. Relativ schnellen Schrittes gingen sie den Weg zurück, den sie gerade gekommen waren. Dicht am Zaun musste Wolter gelaufen sein. Immer wieder hatte der Hund seine Nase auf der Erde und stürmte schwanzwedelnd voraus. An einer Stelle, etwa zwanzig Meter vor dem Turm, blieb er stehen und bellte.

„Hier muss er durchgekommen sein“, sagte Bramburger. „Jetzt müssen wir auf die andere Seite.“

„Karl, du wartest hier, bis wir auf der anderen Seite sind.“

Bramburger und Larsson gingen zum Turm.

Vor dem Seiteneingang des Turmes sagte Larsson: „Sie müssen einen Augenblick warten. Ich hole schnell den Mann, der uns über den Platz begleiten muss.“

Bramburger ließ seinen Hund ablegen und lobte ihn, während Larsson ins Allerheiligste des Turmes, die Flugüberwachung, hochging. Wenig später kam er in Begleitung von Herrn Mannholz zurück. Gemeinsam gingen sie zu der Stelle des Zaunes, an der Simons auf der anderen Seite noch wartete. Der deutsche Schäferhund namens Rochus wusste, was man von ihm erwartete. Nachdem der Oberkommissar ihn noch einmal an dem Unterhemd hatte riechen lassen, nahm er die Fährte wieder auf. Kurze Zeit später befanden sie sich an der Stelle, an der die Flugschule ihre Maschinen abstellte. An einem der leeren Plätze lief der Hund im Kreis. Dann blieb er stehen und bellte zweimal kurz.

„Das ist ein schlaues Kerlchen“, sagte Mannholz. „Exakt hier hat die polnische Cessna gestanden.“

Larsson bedankte sich beim Mitarbeiter des Flughafens Mannholz für die fachkundige Begleitung über den Platz. Auch bei dem Oberkommissar der Schutzpolizei Bramburger bedankte er sich. Dann verließen sie das Gelände des Flughafens.

Bramburger verstaute seinen Hund in der Sicherheitsbox des Kombis. Die beiden Kommissare fuhren auf direktem Wege zur Kriminalaußenstelle nach Heringsdorf.

„Stanischewski war schnell“, sagte Andresen, als Larsson ins Büro der Kommissare kam.

„Was hat er herausgefunden?“ fragte Larsson neugierig.

„Nichts.“

„Was, nichts?“ Larsson war ärgerlich.

„Der einzige Eintrag, den Marjan Kałachurski bei der polnischen Polizei je hatte, galt einem Verkehrsdelikt. Und der ist auch bereits verjährt.“

„Also ist dieser Kałachurski raus.“

„Ja, das ist der wohl.“

Irgendwie ärgerte es Larsson, dass Andresen recht behielt.

„Ralf Wolter war an der abgestürzten Cessna. Der Suchhund hat uns exakt zu dem Punkt geführt. Er hat also mit seinem Handy das Ergebnis seiner Arbeit aufgenommen. Davon jedenfalls müssen wir bei den weiteren Ermittlungen ausgehen. Und das macht die Sache nicht eben leichter.“

„Hast du noch etwas zu tun, Lasse? Es ist längst Feierabend, und ich würde allzu gern nach Hause fahren“, warf Monika Landris ein.

„Wir machen alle für heute Schluss.“

18. Kapitel

Warschau, 31. Mai 2004

In den vergangenen Wochen hatte Stanisław Tujek dafür gesorgt, dass ein Bewegungsprofil des Obristen Wacław Łaczny erstellt wurde. Zu diesem Zweck hatte er eine Reihe von talentierten Kameraden abgestellt, die den Beamten rund um die Uhr beschatteten. Nur einmal hatte Łaczny einen Burschen bemerkt, der ihn an der Metrostation Pl.Wilsona, nur knapp einen Kilometer von seinem Ziel, wie zufällig anrempelte. Aber so sehr er sich auch gemüht hatte, diesem Kerl wieder zu begegnen, der war wie vom Erdboden verschwunden. Tujek war schlau genug, diesen Mann nicht mehr in Łacznys Nähe einzusetzen. Dafür hatte er aber eine exakte Übersicht gewonnen, wie der Oberst seine Wochentage einzuteilen pflegte. Und er hatte herausgefunden, dass Łaczny Gewohnheiten hatte. Eine davon war, dass er an jedem Montag gegen neun am Morgen ein unscheinbares Haus in der Józefa Hauke-Bosaka aufsuchte, wo der ABW einen Teil seiner höchst geheimen Besprechungen abhielt.

Schon in der Nacht hatte Tujek dafür gesorgt, dass schräg gegenüber in einem Strauch, in etwa hundert Meter Entfernung zum Gebäude, ein Scharfschützengewehr deponiert wurde. Seit der Oberst seine Wohnung im Stadtteil Bielany links der Weichsel verlassen hatte, war er keine Sekunde unbeobachtet geblieben. An nahezu jeder Haltestelle der Metro wechselten die Kräfte, die ihn observierten. Młociny, Wawrzystew, Stare Bilelany, Słodowiec, Marymont. An der sechsten Station, Pl. Wilsona, stieg Wacław Łaczny aus. Er durchquerte den grünen Platz zu Fuß, denn er liebte diesen Spaziergang, der voraussichtlich wegen der vielen Arbeit der einzige an diesem Tag sein sollte, und dessen frische Luft seine Lungen angenehm durchfluteten. Als er wenige Minuten später in die Józefa Hauke-Bosaka einbog, spürte er einen Schlag gegen seine linke Schulter. Im Fallen drang noch der peitschende Knall in sein Bewusstsein. Was er nicht mehr hören konnte, war das Motorrad, das in schneller Fahrt an ihm vorbeiraste, an der Stelle, an der der Schütze versteckt war, anhielt und mit diesem in Richtung Innenstadt entschwand. Einer der Kollegen des Oberst hatte die Szene beobachtet, einen Krankenwagen gerufen und sofort eine Fahndung ausgelöst. Letztere blieb erfolglos, denn das schnelle Motorrad wurde später verlassen nur wenige Straßen entfernt aufgefunden. Die Maschine war zwei Tage zuvor als gestohlen gemeldet worden.

Oberst Łaczny hatte großes Glück. Dem schnellen Eingreifen seines Kollegen hatte er es zu verdanken, dass der Blutverlust rechtzeitig durch den Notarzt gestoppt werden konnte. Die Kugel hatte seinen Körper durchschlagen, ohne wichtige Organe zu schädigen. Es war ein glatter Durchschuss. Schon am Abend war er wieder ansprechbar und beorderte seinen Stellvertreter, Major Jerzy Kowalczys, zu sich.

„Das hätte ins Auge gehen können, Wacław", sagte der Major. Die beiden Männer kannten sich seit vielen Jahren und hatten zusammen die Spezialeinheit gegen Rechts aufgebaut.

„Ich hatte die ganze Zeit das Gefühl, beobachtet zu werden. Letztlich habe ich nur einmal einen Zusammenstoß mit einem jungen Mann gehabt, den ich dann nie wieder gesehen habe."

„Du bekommst sofort Polizeischutz."

„Ich möchte etwas ganz anderes", sagte Łaczny. „Du lancierst einen Artikel in die Zeitungen, der von meinem Ableben berichtet. Darüber hinaus lässt du ein Foto von einem Leichenwagen machen, der das Krankenhaus verlässt."

„Was hast du vor?"

„Der Anschlag hat etwas mit dem Mord an Kazimierz Kozłowski zu tun. Da fällt mir die Gruppe um Stanisław Tujek ein, Jerzy", sagte Łaczny. „Ich bin sicher, dass er für den Mord an Kazimierz Kozłowski verantwortlich ist."

„Und dann? Was willst du als Toter?" fragte Major Kowalczys.

„Ich bin dann erst einmal aus der Schusslinie. Eine Leiche verfolgt niemand. Tujek wird sich sicher fühlen und Fehler machen."

„Was du brauchst, Wacław, ist erst einmal Ruhe, um dich wieder zu erholen."

„Lass die Unterlagen herbringen, die wir über den Personenkreis haben, der im unmittelbaren Umfeld Tujeks zu finden ist. Vielleicht finde ich ja den Mann, der mit mir zusammengestoßen ist."

Major Kowalczys telefonierte mit seiner Dienststelle und zitierte den Pressechef ins Krankenhaus. Am Abend gegen zehn kamen zwei Beamte, die einen kleinen Koffer mit Unterlagen brachten. So sehr sich Łaczny auch mühte, den Mann zu finden, es war umsonst.

„Wenn der Mann zu dieser Gruppe gehört, dann ist es einer aus der zweiten oder dritten Reihe", sagte Major Kowalczys.

Inzwischen waren Polizisten vor dem Zimmer Łacznys postiert worden. Zwei Männer in Zivilkleidung huschten durch das Krankenhaus. Bald waren sie vom Personal nicht mehr zu unterscheiden. Sie hatten sich die weißen Kittel der Pfleger besorgt.

„Ich möchte, dass Tujek observiert wird", sagte der Oberst. „Rund um die Uhr."

Major Kowalczys' Handy machte sich bemerkbar. „Die Kugel, die auf dich abgefeuert wurde, kam aus einem PSG1A1-Scharfschützengewehr des deutschen Herstellers Heckler & Koch", stellte er lakonisch fest, als er das Gespräch beendet hatte. „Die Burschen machen verdammten Ernst!"

„Genau deshalb will ich an der Jagd beteiligt und nicht der Gejagte sein."

Am Morgen verließ ein Leichenwagen mit einem leeren Sarg unter dem Blitzlichtgewitter der Presse das Krankenhaus in Richtung Rechtsmedizin. Auch das Fernsehen war da und übertrug bereits in den Mittagsnachrichten des 1. Juni 2004 die Nachricht vom Tod eines hochrangigen Beamten des Inlandsgeheimdienstes.

Stanisław Tujek hatte einen Plan B aufgestellt, für den Fall, dass Oberst Łaczny nicht tödlich getroffen sein würde. Dieser sah einen Mann vor, der mit einem unverdächtigen Wagen in unmittelbarer Nähe der Józefa-Hauke-Bosaka-Straße postiert war und über Funk gesteuert wurde. Tujek hatte nicht ernsthaft geglaubt, dass der Plan B notwendig sein würde. Aber nun, wo der Auftragskiller den herbeigesehnten und fest eingeplanten Blattschuss verfehlt hatte, war er froh, so umsichtig gewesen zu sein. Kaum fuhr der Krankenwagen mit dem angeschossenen Oberst in die nächstgelegene Klinik in die Żelazna 90, hängte sich der uralte Polski-Fiat mit seinem bärtigen Fahrer Tadeusz Wargucki dran. So wusste Tujek nur zwölf Minuten später, dass Wacław Łaczny im Hospital St. Sofia lag, nur zweieinhalb Kilometer vom Anschlag entfernt.

„Haben wir irgendeinen Kameraden, der Beziehungen zu dem Krankenhaus unterhält?“ fragte Stanisław Tujek am Abend, als er die Gruppenführer zu einer Besprechung geladen hatte. „Vielleicht eine Frau, die als Krankenschwester dort arbeitet?“

„Keine Krankenschwester“, sagte Kazimierz Bocianowski, der die Kameradschaft im Osten der Stadt betreute. „Pawel Szajnowski arbeitet dort als zweiter Hausmeister.“

Stanisław Tujek zog sich mit Bocianowski in ein anderes Zimmer zurück. „Ruf ihn an und frag ihn nach dem Patienten, der heute mit einer Schussverletzung eingeliefert wurde.“

„Jetzt?“

„Sofort.“

Kazimierz Bocianowski zuckte mit den Schultern. „Ich weiß zwar nicht, was so dringend ist“, begehrte er kurz auf, „aber wenn es dein Wunsch ist.“ Er wagte nicht, Tujeks Verlangen zu ignorieren.

„Es hat sich bei uns herumgesprochen, dass ein Mann mit einer Schussverletzung eingeliefert wurde“, sagte Szajnowski am Telefon. „Das wäre auch durchaus nichts Ungewöhnliches, wenn sich nicht ein Haufen Polizisten im Krankenhaus herumtreiben würden.“

„Wir wollen wissen, ob man an ihn herankommt.“

„Bestimmt nicht. Vor der Tür sitzen zwei Bewacher, und in zivil laufen sie auch noch herum. Sogar in Pflegerkleidung.“

Bocianowski sagte das Tujek, der einen wüsten Fluch von sich gab.

„Kannst du in Erfahrung bringen, wie es um den Mann steht?“

„Ich kann es versuchen. Ich rufe dich später zurück.“

Zwei Stunden später rief Szajnowski zurück. „Ich habe nur so viel herausbekommen, dass der Mann in den Kühlraum gefahren wurde. Morgen soll der Sarg zur Rechtsmedizin gefahren werden.“

„Na, dann ist ja alles gut“, sagte Kazimierz Bocianowski.

„Na ja ...“

„Was heißt das?“

„Als ich meine Runde drehte, wurde ich durch Polizisten daran gehindert, den Kühlraum zu betreten. Daraufhin habe ich mich so positioniert, dass ich den Hinterausgang beobachten konnte, der zur Beladung der Särge in Leichenwagen dient.“

„Und“, drängte Bocianowski.

Tujek fragte ungeduldig: „Was ist los?“

Bocianowski machte eine beruhigende Handbewegung.

„Wo sonst ein Leichenwagen steht, um seine Fracht aufzunehmen, hielt ein Privatwagen. Ein Mann musste beim Einsteigen sehr gestützt werden. Mehr habe ich nicht gesehen. Aber ...“

„Aber was“, drängte Bocianowski.

„Kurze Zeit später wurden die Polizisten abgezogen.“

Bocianowski hatte genug gehört. Er bedankte sich bei seinem Kameraden für die Auskunft und unterbrach die Verbindung. Dann berichtete er Tujek jedes einzelne Wort, das er gehört hatte.

Tujek wurde weiß und fluchte. Schnell wurde ihm klar, dass der Anschlag auf Oberst Wacław Łaczny nicht erfolgreich war. Vielmehr hatte er jetzt einen Feind gewonnen, der nicht eher ruhen würde, ehe er ihn zur Strecke gebracht hatte.

19. Kapitel

Am Dienstag, dem 1. Juni, begann der Tagesablauf im Kommissariat mit Schreibroutine.

Andresen und auch Inge Mohaupt, die pünktlich aus Anklam auf die Insel gekommen war, bearbeiteten die von ihnen befragten Mitarbeiter des Sicherheitsdienstes aus Wolgast. Für jeden der Vernommenen war ein eigenes Protokoll notwendig.

Karl Simons fasste zusammen, was er gemeinsam mit Larsson am Vortag in Kamminke und am Flughafen erlebt hatte.

Selbst Monika Landris, die zum Innendienst eingeteilt gewesen war, notierte sorgfältig ihre Nachfragen beim Krankenhaus in Anklam, bei der Tiernotstation in Labömitz sowie in der Zentrale der Polizeidirektion.

Larsson seinerseits war dabei, alle Punkte, welche die bisherigen Ermittlungen im Tötungsfall Ralf Wolter ergeben hatten, sorgfältig zu notieren. Als er seine Aufstellung fertig hatte, ging er hinüber ins Büro der Kommissare.

Andresen schrieb gerade die einzelnen Namen der Mitarbeiter der Sicherheitsfirma auf eine große Tafel an der Wand.

„Wir fassen jetzt einmal zusammen, was wir bisher an Fakten haben. Wer sich noch einen Kaffee holen will, der sollte das gleich machen."

Es dauerte nur wenige Minuten, bis alle am Tisch saßen. Larsson ließ seinen Kugelschreiber auf den Tisch fallen und eröffnete damit die Besprechung. „Wir werden sehen, was für Hypothesen wir außer den Fakten noch haben."

„Ich denke, dass die Mitarbeiter des Sicherheitsfirma sauber sind", sagte Andresen. „Inge, was sagst du dazu?"

„Ich kann auch nichts erkennen, was die Firma ins Zwielicht rücken könnte."

„Gab es wirklich keine Verbindung irgendeines der Angestellten zur rechten Szene?" fragte Larsson.

Andresen hob die Schultern, und Inge Mohaupt sagte: „Nichts, Lasse, womit wir einen hätten festnageln können. Zwei haben sich sogar herabgelassen festzustellen, dass die Pommersche Aktionsfront und auch der Kameradschaftsbund Insel Usedom eine logische Konsequenz aus der miesen Politik des Landes und des Bundes sind."

„Und die blühenden Gärten und Landschaften, die Kohl versprochen hatte, haben die Unterschichten vergessen, dorthin mitzunehmen", sagte Andresen.

„Das bestätigt auch meine Erfahrung, ist die Überzeugung vieler junger Leute. Jedenfalls, wenn ich mit Freunden von mir spreche", sagte Simons.

Und Andresen ergänzte: „Selbst der polnische Mitarbeiter Marjan Kałachurski ist sauber."

Larsson schaute Simons an. „Karl?"

„Lasse und ich sind der Frage nachgegangen, ob etwas an der Bemerkung von Frau Siebert dran wäre, Ralf Wolter hätte etwas mit der rechten Szene zu tun."

Als er einen Moment schwieg, fragte Andresen: „Und, hatte er?"

Simons nickte.

„Hat sich wirklich bestätigt, dass er etwas mit dem Absturz der Cessna zu tun hatte?" fragte Inge Mohaupt.

„Da sind wir uns sicher", sagte Simons. „Es besteht nachweisbar ein Zusammenhang zwischen Wolter und der rechten Szene."

„Die Berichte der Rechtsmedizin im Fall der beiden polnischen Staatsbürger und des Ralf Wolter sind da", warf Inge Mohaupt ein.

„Und?" fragte Larsson.

„Der polnische Mann wurde durch die Explosion getötet, aber die Frau hatte Wasser in der Lunge."

„Sie ist ertrunken", stellte Andresen kurz fest.

„Bei Wolter ist der Fall ganz klar. Schuss aus nächster Nähe mit einer 7.65er. Es ist eine ungarische Pistole HEGE AP66."

„Es besteht nachweisbar ein Zusammenhang zwischen Wolter und der rechten Szene“, insistierte Simons.

„Na ja“, unterbrach Larsson. „Es sind Indizien, die abschließend noch nicht vollständig zu bewerten sind.“

„Aber du hast doch gesagt, Lasse, dass es Wolter war.“

„Dass es Wolter möglicherweise war. Nicht mehr und nicht weniger.“

„Ich kann aber keinen anderen sehen, der dafür infrage kommt“, widersprach Simons.

„Eine Nachricht ist erst einen Nachricht, wenn der zweite den ersten Blick darauf bestätigt! Ich ermittle nach allen Seiten, Karl. Und damit steht für mich noch offen, wer Ralf Wolter ermordet hat, kann auch die Bombe am Flugzeug angebracht haben. Was ich mich durchaus frage, ist, wie kommt so ein junger Mensch dazu, so etwas Furchtbares zu tun?“ sinnierte Larsson.

„Vielleicht hast du ja recht, Lasse, aber menschliches Verhalten ...“

„Menschliches Verhalten“, sagte Larsson, „ist zu komplex, als dass wir es katalogisieren können. Was wir unbedingt vermeiden müssen, Karl, ist das Verhalten einer anderen – in diesem Fall verdächtigen – Person mit unseren moralischen und ethischen Einstellungen zu beurteilen.“ Einen Augenblick dachte er daran, dass der Weg zur Aufklärung des Mordes an Ralf Wolter und damit zur Findung des Auftraggebers für den Absturz der Cessna ausschließlich über die Schiene Clüver führen müsste. „Rekapitulieren wir, was in der Nacht vor dem Himmelfahrtstag passiert ist.“ Larsson schaute Simons an. „Du bist noch einmal dran, Karl, zu schildern, wie wir zu welchen Erkenntnissen gestern tatsächlich gekommen sind.“

Simons schaute auf die Notizen, die er sich zuvor gemacht hatte, und berichtete haargenau, wie sie die Fährte auf dem Flugfeld mit dem Hund abgelaufen waren und wie sich das Tier auf dem Parkplatz der Cessna bemerkbar machte.

„Das hört sich an, als hätte Karl recht“, warf Andresen ein.

„Ich bestehe auf einer zweiten Spur, die zu Wolter führt und die unabhängig von dem Ergebnis mit dem Hund ist“, sagte Larsson ernsthaft.

Andresen lachte. „Und wie soll die aussehen?“

„Von wem ist der Pole aus Warschau vom Flughafen abgeholt worden? Die Antwort kennen wir. Wenn wir den durch die Mangel drehen, haben wir die Spur zur Antwort.“

„Darf ich dich daran erinnern, was du selbst hier in den Raum gestellt hast“, begehrte Andresen auf. „Wir sind aus dieser Schiene raus.“

„Wir gehen jetzt zusammen in mein Büro, Rolf, und stellen einen Bericht für den Staatsanwalt zusammen. Dabei werden wir darauf eingehen, dass abschließend die Schuld des getöteten Ralf Wolter am Absturz der Cessna nur dann bewiesen werden kann, wenn uns erlaubt wird, den Neonazi Alverich Clüver zu vernehmen.“

20. Kapitel

Am Mittwoch, dem 2. Juni, erwachte Larsson um vier am Morgen. Eigentlich hatte er sich vorgenommen, an diesem Tag das Frühstück zu machen. Aber dann entschloss er sich zu einer etwas ungewöhnlichen Vorgehensweise. Er tat, als schliefe er fest, als der Wecker klingelte. Monika stupste ihn an, wie sie es oft machte, um ihn zum Aufstehen zu bewegen. Scheinbar mühsam stand er auf und ging ins Bad. Es war wie immer. Und doch war es anders.

Monika richtete ein besonderes Frühstück her. Außer der sonst üblichen Konfitüre, die Larsson am Morgen zu essen pflegte, stellte sie eine Seite geräucherten Lachs auf den Tisch. Sie hatte Brötchen einer bekannten Bäckerei, die ihre Feinschmeckerprodukte in den Tiefkühltruhen der großen Lebensmittelmärkte feilbot, in den Ofen geschoben.

Als Larsson schließlich in der Küche auftauchte, begrüßte er sie mit einem Kuss, wie er es an jedem Tag zu tun pflegte. „Oh, Räucherlachs“, stellte er fest. „Schade, aber am Morgen esse ich ausschließlich Süßes.“

Monika hatte gerade einen Piccolo aus dem Kühlschrank genommen. Schnell stellte sie ihn zurück. Es fiel ihr schwer, ihre Enttäuschung zu verbergen. Aber sie kämpfte tapfer dagegen an. Sie tranken eine Tasse Kaffee, und Larsson aß eines der wunderbar duftenden Brötchen.

„Du isst ja gar nichts. Geht es dir nicht gut?“ fragte er kurz.

Wenig später bestiegen sie den Vorführwagen, und Larsson, der am Steuer saß, sagte: „Heute muss ich den Wagen zurückgeben.“

Rechtsseitig kam der Hof des Reitbetriebes Müller in Sicht. Larsson verringerte die Geschwindigkeit und bog auf den Hof ein.

Er blieb vor einem Fahrzeug gleichen Typs stehen und lächelte Monika an. „Was hat der Karren doch bloß für ein eigenartiges Nummernschild?“

„Was meinst du damit?“

„Schau dir doch mal das Nummernschild an. Fällt dir da etwas auf?“

„Was soll mir da auffallen? Er hat die üblichen Anfangsbuchstaben OVP für Ostvorpommern, wie die meisten Fahrzeuge in unserer Region.“

„Und weiter? Ich meine, die weiteren Buchstaben.“

Monika schaute auf das Schild. „ML.“

„Ja. ML wie Monika Landris.“ Larsson hatte einen großen Briefumschlag in der Hand, den er Monika hinhielt. „Öffne ihn.“ Genüsslich sah er zu, wie sie den Umschlag aufriss und ein ganzes Paket Papiere herauszog. Als Erstes hatte sie ihren Ausweis in der Hand.

„Wie kommt mein Personalausweis in diese Tüte?“ fragte sie verwundert.

„Schau erst mal weiter. Das sind Fahrzeugpapiere und der Fahrzeugbrief. Schau es dir erst einmal an.“

Sie klappte den Fahrzeugbrief auf und schaute dann auf die Zulassung. „Der Wagen ist ja auf mich zugelassen“, sagt sie aufgeregt.

„Komm, steigen wir doch mal aus und schauen uns das Fahrzeug näher an.“

„Was ist aus meinem kleinen Ford geworden?“

„Was schon? Er ist den Weg allen Irdischen gegangen – zur Schrottpresse.“

Larsson öffnete den Kofferraum. Ein großer Strauß roter Rosen leuchtete ihnen entgegen. Daneben lag ein Karton mit einer Flasche Moët & Chandon. „Alles Gute zum Geburtstag, mein Schatz.“ Er nahm sie in den Arm und küsste sie. „Und nun fahren wir zurück zum Haus und machen uns über den Räucherlachs her. Und heute Abend gehen wir schön essen.“

„Und das Kommissariat?“

„Man weiß, dass wir heute eine Stunde später kommen.“

Gegen neun machten sie sich auf den Weg zur Arbeit. Doch zuerst fuhren sie durch bis Ahlbeck, um den Vorführwagen zurückzugeben. Als sie im Büro der Kriminalaußenstelle ankamen, wurden sie schon erwartet. Kaum hatten sie die Tür des Büros der Kommissare geöffnet, sangen die Kollegen: „Happy birthday to you ...“

Das Lied war kaum zu Ende gesungen, als Andresen sagte: „Du sollst dich dringend beim Leiter der Kriminalinspektion melden.“

„Worum geht es?“

Andresen hob die Schultern und machte ein fragendes Gesicht. „Es war nur die Sekretärin, die mehrfach angerufen hat. Angeblich wusste sie nicht, worum es sich handelt.“

Während die Kollegen Monika zum Geburtstag gratulierten, ging Larsson in sein Büro. Als er sich meldete, wurde er unmittelbar verbunden.

„Wir haben hier eine sehr wichtige Dienstbesprechung. Dazu würde ich Sie allzu gern hier haben.“

Blitzartig überlegte Larsson, dass diese Zusammenkünfte bei seinem Vorgesetzten zeitlich immer ausuferten. Es wäre fraglich, ob er die Vereinbarung mit Monika, am Abend essen zu gehen, einhalten können würde.

„Sie wissen schon, Herr Kriminaloberrat, dass ich am Montag für eine Woche dem KDD zugeteilt bin“, sagte Larsson, in der Hoffnung, nicht nach Anklam fahren zu müssen.

„Das ist überholt. Auf Sie warten andere Aufgaben.“

„Wann soll ich in Anklam sein?“

„Sofort. Ich hoffe, Sie können sich gleich auf den Weg machen.“

Gerade als er aufgelegt hatte, klingelte das Telefon. Es war Maier. „Wir haben im Haus Wolter doch noch etwas gefunden“, sagte Maier. „Es war versteckt hinter einer losen Diele in der Küche.“

„Ganz schön raffiniert. Wenn das der Eindringling gesucht hat, ist er leer ausgegangen.“

„Der junge Mann hatte ein Sparbuch mit eintausend Euro.“

„Das ist nicht eben viel.“

„Aber interessant ist der Einzahltermin.“

Als Maier nichts sagte, fasste Larsson ärgerlich nach. „Lass dir nicht jeden Furz aus der Nase ziehen, Paul.“

„Dienstag, den 18. Mai, zwei Tage vor Himmelfahrt.“

Larsson stieß einen leisen Pfiff aus. „Das sieht in der Tat nach einer Anzahlung aus.“

„Und es gibt ein paar Fotos von Wolter.“

„Von ihm alleine?“ Larsson spannte sich wie ein Panther vor dem Sprung auf ein Opfer.

„Nein. Die Aufnahmen sind auf dem Kinderfest in Ueckermünde entstanden. Sie zeigen ihn mit Kindern, aber auch mit einer Frau und zwei Männern.“

„Ich bin auf dem Weg nach Anklam und komme bei dir vorbei. Weißt du schon, wer die Leute auf dem Foto sind?“

„Ich bin sicher, dass unsere Leute vom Staatsschutz die Typen kennen. Die MAEX war sicher aktiv bei dieser Veranstaltung dabei. Aber ich kann das ja erst einmal in unserer Datenbank abgleichen.“

Nachdenklich legte Larsson den Hörer auf. Hatte es noch vor kurzem so ausgesehen, als wären sie am Ende ihrer Ermittlungen angekommen, wendete sich möglicherweise das Blatt. Es musste einen Grund haben, dass Ralf Wolter die Fotos gemacht und sie versteckt hatte. Vielleicht hatte er geahnt, dass er in Gefahr war. Der Junge war zwar jung gewesen, aber dumm auf keinen Fall. Nur nicht klug genug, um am Leben zu bleiben. Der Grat zwischen Leben und Tod ist manchmal nur sehr schmal.

Larsson ging hinüber ins Büro der Kommissare. „Ich fahre jetzt zu einer Dienstbesprechungen nach Anklam. Es haben sich möglicherweise neue Beweismittel ergeben, die Maier im Haus der Wolters gefunden hat. Wir machen auf jeden Fall weiter ... Wo ist Inge?"

„Sie hat angerufen", sagte Monika. „Man hat sie von unserem Fall abgezogen."

Im Hinausgehen unterdrückte Larsson nur mühsam einen Fluch.

21. Kapitel

Kurz vor elf platzte Larsson in die Runde. Der Kriminaloberrat Kruse saß an der Stirnseite des Tisches. Links von ihm saßen Oberkommissar Ingolf Meister, der Chef der MAEX und Kriminalhauptkommissar Rinus Christiani vom Staatsschutz. Larsson kannte beide nur vom Sehen. Sie hatten einmal zusammen an einem der Nebentische gesessen, als er in der Polizeidirektion in Anklam zum Essen war.

„Die Lage ist sehr ernst“, sagte der Kriminaloberrat, als er Larsson begrüßt und vorgestellt hatte. „Es gibt eine neue, sehr unangenehme Entwicklung der Lage in Polen. Man hat einen Anschlag auf Oberst Łaczny, den Leiter der Spezialeinheit gegen eine Nazifizierung im polnischen Volk des ABW in Warschau, verübt.“

Der Kriminaloberrat schaute Larsson an, als erwarte er von ihm eine aufhellende Äußerung zu dem Vorgang. Aber der schwieg beharrlich.

„Die Rechten formieren sich in allen europäischen Ländern“, sagte Rinus Christiani. „Ich verstehe die Politik nicht. Manchmal habe ich den Eindruck, dass wir verkappte Nazis unter den Politikern finden, die schützend ihre Hand über diese Szene halten, sich aber peinlich genau davor hüten, sich zu outen.“

„Ich erwarte, dass der Inhalt unseres Gesprächs in diesem Raum bleibt“, sagte der Kriminaloberrat und schaute dabei Larsson an. „Sie werden heute einige Dinge erfahren, die so unbedingt unter dem Deckel gehalten werden müssen.“ Er nickte dem Oberkommissar Ingolf Meister zu.

„Ich bin heute Morgen durch Zufall dazugekommen, wie von der KTU über Erkennungssoftware unserer speziellen Datenbanken Personen abgefragt wurden, die auf Fotos waren, die gestern bei der Hausdurchsuchung in Kamminke gefunden wurden. Können Sie uns dazu etwas sagen, Herr Larsson?“ fragte Meister.

„Kurz nachdem ich mit Ihnen telefoniert habe, Herr Kriminaloberrat, hat mich der Leiter der KTU angerufen und mir mitgeteilt, dass im Hause Wolter unter einer losen Diele in der Küche ein Sparbuch mit eintausend Euro gefunden worden war. Interessant dabei sei der Einzahlungstermin vom 18. Mai, also zwei Tage vor dem Absturz der Maschine. Und das bei einem jungen Mann, der arbeitslos, ohne Einkommen und durchaus nicht vermögend war.“ Larsson schaute nun Meister an. „Überdies habe er einige Fotos von einem Kinderfest gefunden, auf dem Ralf Wolter mit einigen Männern zu sehen ist. Der Leiter der KTU wolle sich darum kümmern, wer diese Leute seien. Das ist alles, was ich weiß.“

Rinus Christiani sagte: „Ich hätte schon erwartet, Kollege, dass Sie sich in dieser Angelegenheit mit mir in Verbindung setzen.“

„Ich habe gestern einen Bericht für die Staatsanwaltschaft zusammengestellt, den ich an Sie, Herr Kriminaloberrat, per Mail geschickt habe“, wandte sich Larsson an seinen Vorgesetzten. „Da stehen alle bis dahin vorhandenen Ermittlungsergebnisse drin.“

„Diese Mail habe ich noch gar nicht gesehen.“ Der Kriminaloberrat stand auf, ging an seinen Computer und schaute in seinen Posteingang. „Sie haben recht, Ihre Mail ist gestern Abend eingegangen.“

„Es ist mir durchaus bewusst, dass ich bei der Untersuchung des Falles der abgestürzten polnischen Cessna auf Dinge gestoßen bin, die sehr wohl auch im Referat des Staatsschutzes anzusiedeln sind. Aber ich bin für die Aufklärung eines Mordes an zwei polnischen und einem deutschen Staatsbürger zuständig. Nicht zuständig bin ich dafür, ob Ihnen Fakten weitergegeben werden, die ich dem Kriminaloberrat zukommen lassen habe.“

Es entstand eine kleine peinliche Pause, die der Kriminaloberrat beendete, indem er sagte: „Ich möchte, dass wir in diesem Fall Hand in Hand arbeiten, referatsübergreifend, ausschließlich bestrebt, diesen Fall gemeinsam zu lösen. Mit ‚gemeinsam‘ meine ich nicht nur die beiden Referate in meinem Haus, sondern auch die polnischen Kollegen in Szczecin und den polnischen Inlandsgeheimdienst in Warschau. Das ist eine Dienstanweisung, die von ganz oben kommt."

„Wir haben mit einem Suchhund die Spur des Toten vom Ende der Startbahn bis zu dem Stellplatz der Cessna verfolgen können", ergriff Larsson das Wort. „Zusammen mit dem gestern gefundenen Sparbuch und der Einzahlung kann davon ausgegangen werden, dass Wolter den Sprengsatz an die Maschine angebracht hat. Ich bin der Meinung, dass nach der Auffindung dieser Bilder auch weitere Täter infrage kommen. Vielleicht nicht unmittelbar, aber mittelbar als Auftraggeber."

„Diese Möglichkeit besteht", stellte Christiani fest.

„Was sagt euer Kontakt Clüver dazu?" fragte der Kriminaloberrat den Oberkommissar Ingolf Meister.

„Er sagt, er habe zwar Kazimierz Kozłowski mit seiner Freundin vom Flugplatz abgeholt und sie mit den Kameraden in Anklam begrüßt, zur Übernachtung aber wären die beiden nach Ueckeritz weitergereist. Der Kamerad Matthias Große habe sie mit seinem Geländewagen befördert."

Rinus Christiani ergänzte: „Matthias Große steht dem SNBP vor.

„SNBP?" fragte Larsson.

„Soziales und Nationales Bündnis Pommern, eine nazistische Vereinigung. Große ist zudem in der Bürgerinitiative Schöner und Sicherer Wohnen in Ueckermünde aktiv."

„Bürgerinitiative Schöner und Sicherer Wohnen in Ueckermünde geht Hand in Hand mit Bürgerinitiative Schöner und Sicherer Wohnen in Wolgast, ebenso in Anklam", sagte Ingolf Meister.

„Kommen wir mal zur Sache", riss der Kriminaloberrat das Gespräch für einen Augenblick an sich. „Offiziell ist Oberst Wacław Łaczny tot. Die polnischen Medien haben darüber berichtet, um den Mann in Sicherheit zu wiegen, der aller Wahrscheinlichkeit nach den Anschlag verübt hat. Tatsächlich aber sind wir davon unterrichtet worden, dass Łaczny in den nächsten Tagen hier eintreffen wird, um an der Jagd auf den flüchtigen Stanisław Tujek teilzunehmen.“

„Die Frage ist nur, wie wir jetzt vorgehen wollen“, ließ sich Christiani vernehmen.

„Wir quetschen diesen Matthias Große aus wie eine Zitrone“, sagte Larsson lapidar.

„Damit haben wir die Hintermänner aber noch nicht“, warf Meister ein. „Wir von der MAEX machen keinen Stich mehr, wenn bekannt wird, dass wir Große verhaftet haben.“

„Ingolf hat recht“, sagte Rinus Christiani. „Wir vom Staatsschutz wollen keine halben Sachen. Wenn wir ihn jetzt einlochen, machen wir in fünf Minuten die Arbeit von zwei Jahren kaputt. Reden wir erst noch einmal mit Clüver und entscheiden dann.“

„Ich frage mich nur, was ich dann hier soll“, sagte Larsson.

„Wir treffen nach dem Mittagessen um zwei mit Clüver zusammen. Ich könnte mir vorstellen, dass Sie das interessiert.“ Kriminalhauptkommissar Christiani hatte ins Schwarze getroffen.

Larsson war mit einem Schlag interessiert. Das Gespräch war an einem Punkt angekommen, um dessentwillen er dem Kriminaloberrat gestern Abend geschrieben hatte. „Ich würde ihm auch einige Fragen stellen wollen.“

Rinus Christiani nickte. „Warum nicht? Deshalb sind Sie ja hergekommen.“

„Ich habe ja gesagt, dass wir an einem Strang ziehen müssen“, mischte sich der Kriminaloberrat wieder ein.

„Was hat Clüver gesagt, als Sie ihn nach diesem Kazimierz Kozłowski und Edyta-Zofia Bartak gefragt haben?“

„Nur was ich zuvor schon sagte. Clüver hat sie vom Flugplatz abgeholt. Zur Übernachtung aber wären sie nach Ueckeritz weitergereist. Der Kamerad Matthias Große habe sie mit seinem Geländewagen befördert. Das ist alles“, führte Meister aus.

„Sie haben Clüver sicher gefragt, ob er wisse, was auf Usedom für ein Programm angelegen hat.“

„Er sagte, er wisse es nicht.“

„Was natürlich gelogen war.“

„Natürlich“, pflichtete ihm Christiani bei. „Sie wissen das, wir wissen das, und Clüver selbst weiß es auch. Aber machen Sie mal etwas dagegen ...“

„Haben Sie Kenntnis, wo sie in Ueckeritz übernachtet haben?“ ließ Larsson sich wieder vernehmen.

„Negativ.“

Larsson dachte, warum der Staatsschutz in dieser Angelegenheit nicht tätig geworden war, hütete sich aber, danach zu fragen. Irgendeinen Grund dafür musste es zweifellos geben. Er würde noch herausfinden, welchen.

„Ich gehe davon aus“, sagte der Kriminaloberrat, „dass Sie Ihre Zusammenarbeit mit der gemeinsamen Befragung Clüvers heute beginnen.“ Als er das zustimmende Nicken der Kommissare sah, fuhr er fort: „Wir haben ein weiteres Problem. Auf einer linken Plattform heißt es ‚Nazis machen keine Ferien – Drei Verletzte bei rechtsradikalem Übergriff auf Usedom. Ein rechtsradikaler Übergriff auf der Ferieninsel Usedom wird von der Lokalpresse totgeschwiegen und von der Polizei verharmlost ...‘ Christiani, was sagen Sie dazu?“

„Dass es tatsächlich derartige Probleme gibt, die auch von unserer Behörde heruntergespielt werden.“

Der Kriminaloberrat ging nicht auf Christianis Antwort ein und las weiter: „„Noch heute, zwei Wochen später, leidet ein Mann an den Folgen eines Nazi-Überfalls. Mit einem Schädel-Hirn-Trauma, Rippen- und Rückenprellungen und einer Gehirnerschütterung kam der Berliner aus dem Urlauber-Paradies zurück und musste erst einmal mehrere Tage im Krankenhaus behandelt werden. Eine Gruppe einheimischer Neonazis hatte ihn und seine Freunde angriffen, drei Menschen wurden verletzt. Die Angreifer bezeichneten sich selbst als Nationalsozialisten, beschimpften die Gruppe, dann gingen sie auf die Berliner Jugendlichen los. Die herbeigerufene Polizei zeigte sich nicht besonders hilfsbereit und nahm lediglich die Personalien einer Person auf. Vor den Augen der Ordnungshüter entriss einer der Angreifer den verdutzten Berlinern einen CD-Player und stürmte damit davon. Keiner der danebenstehenden Polizisten machte Anstalten hinterherzurennen, so dieser Robert, der, nach Absprache mit seinem Anwalt, nun eine Dienstaufsichtsbeschwerde erwägt ...' Halten Sie das für eine realistische Darstellung, Herr Christiani?"

„Durchaus."

„Auch dass nicht versucht wurde, den Dieb aufzuhalten?"

Rinus Christiani lachte auf. „Aber Herr Kriminaloberrat. Wenn einer der jungen, flinken Leute ein solches Gerät an sich reißt und wie ein Wilder davonrennt, braucht es erst einmal eine kurze Zeit, bis die Dreistigkeit realisiert ist. Bis dahin hat der Dieb bereits einen solchen Vorsprung, dass keiner der Kollegen ihn einholen würde. Also läuft man gar nicht erst los."

„Hier heißt es: Wir mussten die Polizisten dreimal bitten, uns nicht mit den Angreifern allein zu lassen. Die Polizei sieht keine Hinweise auf einen rechtsradikalen Hintergrund, verlautete indes aus der zuständigen Direktion in Anklam."

Lasse Larsson dachte an die mutmaßliche Anzeige der Familie Ramelow, wegen der Prügel, die ihr fünfzehnjähriger Filius unverdienterweise bezogen hatte. Mit dem jetzt Gehörten schien es ihm durchaus möglich, dass eine solche Anzeige zwar erfolgte, aber unter den Tisch gekehrt wurde.

Der Kriminaloberrat blickte fragend in die Runde.

„Es ist für mich durchaus vorstellbar", sagte Oberkommissar Meister, „dass es in unserer Behörde in den unteren Rängen der Schutzpolizei Sympathisanten mit rechtem Gedankengut gibt."

Christiani ergänzte: „Die Anzahl von Übergriffen mit rechtsradikalem Hintergrund liegt in Mecklenburg-Vorpommern auf unverändert hohem Niveau. Das konstatierte Kay Bolick vom Neubrandenburger Lobby-Büro. Der Verein betreut Menschen, die von rechter Gewalt betroffen sind. Mehr als sechzig rechte Übergriffe zählte Lobbi allein im vergangenen Jahr in Mecklenburg-Vorpommern, bei nahezu fünfzig von ihnen floss Blut. Die Dunkelziffer sei noch höher, schätzt man, denn viele Opfer scheuten den Gang an die Öffentlichkeit. Auch von diesem Übergriff hat der Verein nur erfahren, weil die Betroffenen sich dort gemeldet haben."

Der Kriminaloberrat beendete die Sitzung und entließ die Kommissare, damit sie sich um die Befragung des Alverich Clüver kümmern konnten.

„Wir gehen erst einmal in die Kantine und stärken uns", sagte Oberkommissar Ingolf Meister zu Larsson.

„Ich komme gleich nach." Larsson steuerte die nächste Toilette an und vergewisserte sich, dass er allein war. Dann rief er in seinem Büro in Heringsdorf an. Andresen meldete sich.

„Ich möchte, dass ihr gerade mal etwas überprüft, Rolf", sagte Larsson. „Kazimierz Kozłowski soll mit seiner Freundin Edyta-Zofia Bartak vor dem Absturz ihrer Cessna in Ueckeritz gewohnt haben. Stell bitte fest, in welchem Hotel."

Er unterbrach die Leitung, als ein anderer Besucher den stillen Ort aufsuchte. Larsson wusch sich die Hände und ging hinunter in die Kantine. Christiani und Meister hatten bereits ihr Essen und winkten ihm zu. Larsson stellte sich in die Schlange und ließ sich, als er endlich dran war, Bratkartoffeln mit Spiegeleiern und einen Rote-Beete-Salat geben.

„Der Oberrat scheint völlig neben der Kappe zu laufen", sagte Meister.

„Es ist die Linie unserer Behörde, alles herunterzuspielen", ergänzte Christiani. „Aber wir vom Staatsschutz schauen schon genauer hin. Zweihundertfünfzig zusätzliche Polizeibeamte sorgen als Bäderpolizei während der Feriensaison auf Usedom für Recht und Ordnung, ein Präventionsrat und ein Sommerbeirat sind eingerichtet und sollen über das Wohl der Feriengäste wachen."

„Und? Hat das etwas gebracht?" fragte Larsson.

Ingolf Meister hob die Schultern. „Nicht wirklich. Dass die Rechten auch während der Feriensaison keine Pause machen, beweisen sie immer wieder. Erst in der vergangenen Woche zogen rund einhundertfünfzig Neonazis bei einer Demo durch die Anklamer Innenstadt. Die Teilnehmer stammten aus den Landkreisen Ostpommern, Uecker-Randow, Mecklenburg-

Strelitz und der Stadt Stralsund. Aber unsere Oberindianer nehmen das offiziell gar nicht zur Kenntnis."

„Soviel ich aus der Zeitung erfahren habe", warf Larsson ein, „hat der Ministerpräsident davor gewarnt, dass rechtsextremistisches Gedankengut zunehmend gesellschaftsfähig werde."

„Ringstorff hat auch festgestellt, dass rechte Politiker bei Abstimmungen Unterstützung auch von anderen Parteien erhielten. In weiten Kreisen werde dem Auftreten rechter Gruppierungen mit Gleichgültigkeit begegnet", sagte Christiani. „Und genau das ist es, was unsere Arbeit schwierig macht. Die Gefahr besteht, wird aber von großen Teilen der Politik negiert."

Sie waren mit zwei Autos gefahren. Die beiden Anklamer Kommissare mit ihrem Dienstwagen, und auch Larsson hatte sein Fahrzeug mitgenommen, um unabhängig zu sein.

Pünktlich um zwei trafen sie Clüver in einem Haus in der Nähe von Ducherow, das am Ende einer ehemaligen LPG-Liegenschaft in Waldesnähe ziemlich versteckt lag. Nach der Begrüßung stellte Oberkommissar Ingolf Meister Larsson vor und erklärte, warum ihm jetzt drei Kommissare gegenübersaßen. Das war nötig, damit sich Clüver nicht in die Ecke gedrängt fühlte.

„Wir interessieren uns grundsätzlich für alles, was in der Szene passiert", sagte Meister, auf seinen Kollegen Rinus Christiani hindeutend. „Kriminalhauptkommissar Larsson wiederum interessiert sich speziell für die Einzelheiten des Ablaufs des Besuches des polnischen Geschäftsmannes Kazimierz Kozłowski und dessen Freundin."

„Ich habe doch schon alles gesagt."

Larsson hatte Clüver belauert wie eine Schlange, die ein Kaninchen schlagen will. „Und genau das glauben wir Ihnen nicht", sagte er. Es klang ein wenig gelangweilt. Wer aber Larsson kannte, wusste, dass es genau der Ausdruck war, der ihn gefährlich machte.

Alverich Clüver schien das zu spüren, denn er sah sich hilfesuchend nach Ingolf Meister um. Der Oberkommissar war ins Küchenteil des Raumes gegangen und dabei, eine Flasche Wasser und Gläser zu holen. Er tat, als sähe er die Blicke Clüvers nicht. Bliebe Kriminalhauptkommissar Rinus Christiani. Aber Clüver wusste genau, wie ablehnend der Mann vom Staatsschutz zu ihm stand.

„Was wollen Sie wissen?" fragte er kleinlaut.

„Wie wär's, wenn Sie einfach von dem Moment an berichteten, als Sie die beiden vom Flughafen in Heringsdorf abgeholt haben", sagte Larsson.

„Ich kam fast zeitgleich mit der polnischen Cessna an. Ich sah sie gerade noch ausrollen. Dann dauerte es eine ganze Zeit, bis der Zoll die Maschine abgefertigt hatte."

„Wie lange?" fragte Larsson.

„Über eine Stunde."

„Wer gab Ihnen den Auftrag, die Leute nach Anklam zu bringen?" fragte Larsson.

„Matthias Große."

„Warum hat er das nicht selbst gemacht?" Es war die erste Frage, die Kriminalhauptkommissar Christiani stellte.

„Er hatte wohl eine wichtige Zusammenkunft mit einem von der NPD. Ich weiß den Namen nicht, aber die Zusammenkunft fand wohl in Greifswald statt."

„Also Dolf Altmann", stellte Christiani fest. Er drehte sich Larsson zu und fuhr fort: „Altmann ist gebürtiger Stralsunder, dort noch immer wohnhaft und von Beruf Schiffsbauer. Ein Neonazi, wie er im Buche steht."

An der Mimik Clüvers merkte Larsson, dass Christiani mit seiner Feststellung anscheinend richtig lag.

„War Erich Herrmann auch bei der Zusammenkunft in Greifswald dabei, Alverich?" mischte sich Oberkommissar Meister ein, bestrebt, der Unterhaltung einen freundlicheren Anstrich zu geben.

„Ja."

„Sie haben die Polen also mit nach Anklam genommen", sagte Larsson. „Oder waren Sie noch woanders?"

„Wir waren auch noch bei den Kameraden in Ueckermünde."

„Warum?"

„Weil ich zeigen sollte, wie wir erfolgreiche Jugendarbeit machen. Die Polen wollten sich das ansehen."

„Und weil Zeit geschunden werden sollte."

„Ja, wahrscheinlich auch deshalb", bestätige Clüver die Feststellung Meisters.

„Weshalb sind die Polen überhaupt gekommen?" fragte Larsson.

Als Clüver nichts sagte, ermunterte ihn Meister. „Kannst ruhig sagen, dass ein internationales Treffen all derjenigen Kameradschaften der Ostsee-Anrainerstaaten auf Usedom stattfinden soll."

„Ist das so?" fragte Christiani.

„Ja."

„Aber es gab weitere Gründe", stellte Larsson fest.

„Ja. Ich denke schon."

„Welche?"

„Nicht die NPD, sondern die Skinhead-Organisation Blood and Honour war Geburtshelfer der Strukturen in Vorpommern", sagte Christiani zu Larsson. „Bis 1998 konnte sie im Gasthaus Zur Linde in Klein Bünzow, einem Nachbardorf von Salchow, ungestört Konzerte veranstalten; aus ganz Deutschland reiste das Publikum an, und die örtliche Szene wurde dort politisiert. Stimmt's, Clüver?" fragte Christiani.

„Ja, wenn Sie es doch schon wissen."

„Kommunalpolitiker beschwichtigten damals, die Jungs würden sich schon beruhigen, wenn sie erst Frau und Kind hätten", erklärte Meister. „Heute haben sie Familien, aber die sind für sie Teil des Kampfes um den biologischen Fortbestand unseres Volkes, wie es Matthias Große ausdrückt. Große ist dreiundzwanzig

Jahre alt und Führer einer sehr intensiv propagierenden Neonazi-Kameradschaft auf der Insel Usedom.“

„Fast alle Neonazi-Kader in Vorpommern sind heute zwischen Mitte zwanzig und Mitte dreißig, aus dieser Generation stammt auch jener Neonazi, der einst in Anklam aufwuchs und 2003 überregional bekannt wurde, weil er in München einen Anschlag auf den Neubau der Synagoge plante“, sagte Christiani.

„Erkennen Sie die Männer, die hier auf dem Foto sind?“ Larsson schob Clüver die Bilder über den Tisch.

„Matthias Große. Und Erich Herrmann im Hintergrund, der mit dieser Frau dort spricht.“ Clüver wollte das Foto zurückschieben, aber Larsson sagte: „Was ist mit dem anderen jungen Mann, der neben den Frau steht?“

Clüver schaute einige Sekunden auf das Foto. „Der etwas weiter im Hintergrund neben dem Kameraden Michael Vahrendholz steht?“

„Exakt.“

„Das ist ein Junge aus Kamminke.“

„Richtig. Wie ist sein Name?“

Ingolf Meister hatte Wasser eingegossen und schaute fragend zu Larsson, der nickte. Der MAEX-Mann stellte Larsson das Glas hin.

„Danke.“ Larsson fixierte Alverich Clüver. „Fällt Ihnen der Name nicht ein? Er stand doch in der Zeitung. Aber ich bin sicher, Sie haben ihn zuvor schon einmal gehört.“

„Er heißt Wolter.“

„Hieß ... hieß müsste es heißen, Herr Clüver. Der Junge ist tot. Erschossen, und ich möchte jetzt von Ihnen hören, was Sie davon wissen.“

„Nichts.“

„Aber den Mann neben dem jungen Wolter kennen Sie. Wie war doch gleich sein Name?“

„Michael Vahrendholz.“

„Michael Vahrendholz. Kann mir jemand sagen, was es mit dem Mann auf sich hat?“ Die Frage ging an die beiden Beamten ebenso wie an Clüver.

„Initiatoren einer rassistischen Kampagne gegen das Asylbewerberheim in Wolgast waren unter anderem eben dieser mehrfach vorbestrafte Wolgaster Neonazi Michael Vahrendholz und der als Schreibtalent des so genannten Aufklärungsblattes Fahnenträger geltende Merlin Konczak von der Insel Usedom. Auch der NPD-Kreisverband Ostvorpommern mischte bei der Hetzkampagne mit. Im Juni veröffentlichte die Partei auf ihrer Homepage einen Lageplan und Fotos von einem geplanten Heim in der Stadt Wolgast. Wenige Tage später drohten Sprühparolen auf dem Gebäude: *Lichtenhagen! Solingen! Mölln! Wolgast.* Die Jungs phantasieren auch von einer Verwandlung Ostvorpommerns in ein Multikulti-Paradies“, sagte Oberkommissar Meister und lachte. „Nichts ist abwegiger als das. Denn neben den Neonazis sind sich in dem Landkreis auch Bevölkerung, Lokalpolitik und Verwaltung meist einig in der Ablehnung von Asylbewerbern.“

„Kommen wir zurück auf Ralf Wolter“, sagte Larsson zu Clüver.

„Ich weiß darüber nichts. Aber vielleicht hilft Ihnen ja weiter, wenn ich Ihnen sage, dass vier Tage nach dem Absturz der Cessna die Kameraden Herrmann und Konczak in Swinemünde waren.“

„Ist das etwas Besonderes?“

„Nicht wenn sie die kurze Strecke mit dem Schiff von Bansin nach Swinemünde gefahren wären“, sagte Clüver. „Aber wenn man einen Riesenumweg mit dem Auto in Kauf nimmt, bekommt das wohl eine besondere Bedeutung.“

„Das hast du mir ja noch gar nicht gesagt“, warf Oberkommissar Meister ein. Larsson hörte heraus, dass Meister ärgerlich darüber war. Und Christiani grinste Meister an, als wolle er sagen: Siehst du, mein lieber Ingolf, ich habe dir gleich gesagt,

Vertrauen ist gut, Kontrolle besser. Lass nie einen Informanten an zu langer Leine laufen.

„Am 24. waren also die beiden Männer in Swinemünde. Zwei Tage später wurden der Hund und der junge Ralf Wolter erschossen. Sie sehen da einen Zusammenhang ...?“

Clüver hob die Schultern. „Sie nicht? Aber vielleicht hatten die beiden ja auch nur ein kleines Tête-à-tête und brauchten dazu ein großes Auto.“

Larsson überhörte den Spott, der in Clüvers Stimme lag. „Kommen Sie schon, Clüver, lassen Sie die Faxen. Sagen Sie einfach, was Sie wissen, oder zumindest, was Sie vermuten.“

„Ich werde mal ein wenig spekulieren“, sagte Clüver. „In der Kameradschaft hieß es, dass dieser junge Wolter nicht nur der nationalsozialistischen Idee gegenüber sehr aufgeschlossen war, sondern auch eine gewisse Neugier an den Tag legte, die misstrauisch machte.“

„Inwiefern?“ fragte Larsson.

„Er war bei unseren Zusammenkünften bestrebt gewesen, die Führungsriege zu fotografieren. Wenn man das einmal macht, ist das kein Problem. Wenn man aber neu bei dem Haufen ist, dann macht allzu viel Eifer in dieser Beziehung eher argwöhnisch.“

„Aber das hätte man auch als reine Begeisterung für die Sache auslegen können“, warf Larsson ein.

„Nun, soviel ich weiß, war er nicht so harmlos, wie er aussah.“

„Was soll das heißen?“

„Dass er es faustdick hinter den Ohren hatte.“

„Inwiefern?“

„Er erzählte zur rechten Zeit am rechten Ort von seinen Schwierigkeiten im Beruf.“

„Ich denke, er war arbeitslos“, sagte Larsson.

„Ja, das war er wohl.“

Als Clüver eine Weile schwieg, setzte Larsson nach: „Also? Was erzählte Wolters genau?“

„Dass er seinen Job als Tischler verloren hatte.“

„Und was noch?“

„Dass er allzu gern etwas mit Flugzeugen lernen würde. Pilot sei sein Berufswunsch. Aber dazu fehlten ihm sicher in mehrfachen Beziehungen die Voraussetzungen.“

„Und trotzdem waren diese Informationen von Interesse?“ fragte Larsson.

„Wer ohne Arbeit ist, ist ohne Geld und leicht dazu zu bewegen, seine Zeit für die große Sache einzusetzen“, antwortete Clüver.

„Und er hat seine Zeit für die große Sache eingesetzt?“

„Ja.“

„Da gibt es sicher sehr verschiedene Möglichkeiten“, sagte Larsson.

„Oh ja, die gibt es.“

„Und wofür hat sich Wolter eingesetzt?“

„Da kommt es immer auf die Fähigkeiten an, die ein Kamerad vorzuweisen hat.“

„Welche hatte er?“

„Auf den ersten Blick keine.“

„Und auf den zweiten?“

„Den speziellen Berufswunsch.“

„Das allein kann es nicht gewesen sein.“

„Aber genau das war es. Und zwar die kleinen Nebentöne. Wolter erzählte, dass er sich stundenlang in der Nähe des Flughafens Heringsdorf herumtreiben würde. Dass er den Maschinen manchmal sehr nahe kam, war wohl der auslösende Punkt.“

„Ich gehe davon aus, Herr Clüver, dass Sie signalisieren wollen, Wolter habe den Sprengstoff an der Maschine angebracht.“

Clüver zuckte mit den Schultern. „Es ist eine Spekulation, mehr nicht.“

„Aber eine sehr reale“, sagte Larsson.

Ein Vogel war auf dem Fensterbrett gelandet und pickte mit dem Schnabel gegen das Glas. Larsson schaute auf. Es war eine Blaumeise, die offensichtlich für einige Sekunden die Orientierung verloren hatte.

„Ich denke, dass sie recht haben, Herr Hauptkommissar. Das Problem ist nur, dass ich es nicht exakt weiß, sondern auf Spekulationen angewiesen bin, die aus dem Gehörten resultieren."

„Dann werden Sie mir sicher sagen können, was Sie gehört haben, und von wem Sie es gehört haben", sagte Larsson.

„Ich habe ein Gespräch ..."

„... belauscht", vollendete Larsson den Satz.

„Es war bei einem Treffen der Kameradschaften zu einem Rockkonzert auf einem Hof in Salchow, auf dem auch darüber gesprochen wurde, dass man Gleichgesinnte Europas unter einen Hut bringen müsse."

„Dieser Hof ist eine sogenannte National Befreite Zone", warf Oberkommissar Meister ein. „Unter diesem Begriff verstehen Neonazis nicht nur Gebiete, in die Ausländer und Andersdenkende sich nicht hineinwagen."

Christiani vom Staatsschutz ergänzte: „Es sind vor allem auch Rückzugsorte und Operationsbasen."

„Wir standen beim Pinkeln in der Toilette zusammen, als sich Konczak und Große unterhielten", fuhr Clüver fort. „Konczak sagte sinngemäß, das sei ein Wunsch, der die Solidarität der deutschen Kameraden erfordere, und Große ergänzte, dass man gewillt sei, diesen Wünschen zu entsprechen. Dabei müsse man aber besonders vorsichtig vorgehen, damit keinerlei Verdacht auf eine deutsche Kameradschaft fallen würde. Denn um nichts in der Welt will man dem Eindruck, die Nationalsozialisten seien nur gewalttätige Horden, neue Nahrung geben. Vielmehr ist man bestrebt, als ernstzunehmende politische Partei da zustehen."

„Aber von wem dieser Wunsch kam, haben Sie nicht gehört?"

„Nein."

Larsson zuckte mit den Schultern und machte ein fragendes Gesicht.

„Für mich war das klar. Aber da ich weiß, dass es für Sie nicht klar ist, hatte ich Ihnen gesagt, es sei rein spekulativ."

Für Larsson war es Zeit, an anderer Stelle weiterzuarbeiten. „Eine vorletzte Frage meinerseits: Sie sind sicher, dass Matthias

Große die Polen mit seinem Geländewagen abgeholt und auf die Insel gefahren hat?“

„Ich denke mitbekommen zu haben, dass die Fahrt nach Ueckeritz ging. Aber das ist alles, was ich weiß.“

Larsson wandte sich an seine Kollegen. „Meine Fragen wären damit annähernd beantwortet“, sagte er. „Herr Clüver ist nun Ihr Mann.“ Er stand auf und gab Meister die Hand.

An der Tür drehte er sich noch einmal um: „Eines haben Sie vergessen zu erwähnen. Wer hat Ralf Wolter erschossen? Sie?“

Clüver war so perplex über den unvermittelten Angriff, dass er stammelte: „Es hat wahrscheinlich etwas mit dem Besuch der Kameraden Herrmann und Konczak in Swinemünde zu tun. Aber auch das ist nur eine Vermutung von mir.“

Larsson lächelte breit. „Danke für Ihre Auskunft.“

Christiani begleitete Larsson bis hinaus zu seinem Auto.

„Was haben Sie für einen Eindruck von diesem Clüver?“ fragte Christiani.

„Dass er nur sagt, was er unbedingt muss. Und wie zuverlässig seine Einlassungen sind, muss erst überprüft werden.“

„Wir wissen sehr wohl, dass sich Clüver innerhalb der Kameradschaft wie ein Wolf verhalten muss, der mit den anderen heult. Ansonsten macht er sich verdächtig.“

„Das ist mir schon klar, Kollege. Aber angenehm ist mir das sicher nicht.“

Larsson schloss sein Auto auf.

„Wieso haben Sie ihn gefragt, ob er Wolter erschossen hat?“

„Weil genau diese Antwort auf diese Frage noch offen stand. Nun ist mir klar, dass die Burschen die Liquidierung Wolters nicht selbst übernommen haben. Wahrscheinlich haben sie eben bei dieser Reise nach Swinemünde einen Killer aus Polen bestellt. Aber ihnen das nachzuweisen wird sehr schwer sein.“

„Für den Kontakt zu Clüver hat der Kollege Meister gesorgt. Er hatte uns den Mann zugeführt, und er ist die Person, die ihn auch führt. Ingolf hat ein anderes Verständnis zu diesen Leuten. Er kennt sie alle. Und sie kennen ihn und seine Kollegen. Nicht dass man sich unbedingt vertraut, aber man respektiert sich in gewisser Weise."

Larsson startete den Motor. „Wir hören voneinander, Kollege Christiani, davon bin ich überzeugt. Auf eine gute Zusammenarbeit."

„Auf ein Wort noch ... Seien Sie vorsichtig. Die Rechten hören in der Regel immer dann den Polizeifunk ab, wenn sie etwas planen."

„Danke für den Hinweis."

Während er bei der Abfahrt im Spiegel nochmals zu dem Haus sah, dachte er an Monikas Geburtstag. Er schaute auf die Uhr am Armaturenbrett des Autos. Gleich vier, dachte er. Immer kommt etwas dazwischen, wenn man sich privat etwas vorgenommen hat. Über das Handy rief er in seinem Büro an. Simons meldete sich.

„Lasse hier. Ich bin spätestens um fünf im Büro zurück. Ist Rolf unterwegs?"

„Er hat sich bei seiner Abfahrt aus Ueckeritz vor zehn Minuten gemeldet. Ich denke, er wird in zwanzig Minuten hier sein."

„Und Monika?"

„Ist gerade im Haus unterwegs, wird jede Minute wieder zurück sein", sagte Simons.

Larsson war nun noch wenige Kilometer vor Anklam, als ihm der rechte Hinterreifen platzte. Da er relativ schnell unterwegs war, machte der Wagen einige riskante Schlingerbewegungen, und er kam einem entgegenkommenden Lastwagen gefährlich nahe. Mühsam unterdrückte er einen Fluch. Es dauerte auch eine knappe halbe Stunde, bis er den Ersatzreifen montiert hatte. Kurz hinter der Stadt Usedom machte sich sein Handy bemerkbar. Es war Monika.

„Na, mein Held? Eigentlich wollten wir uns doch jetzt schon in irgendeinem guten Restaurant vergnügen.“

„Wie gut, dass du es leicht nimmst. Ich wäre längst in der Außenstelle, wenn mir nicht ein Reifen geplatzt wäre.“

„Dir fällt immer etwas Neues ein.“

„Ich bin bald da.“

„Rolf kommt gerade zur Tür herein“, sagte Monika.

„Gib ihn mir mal, bitte.“

„Ich habe die Hotels abgeklappert“, sagte Andresen. „Ich war im Hudewald Resort, im Nussbaumhof und im Kaffee Knatter. Nichts.“

„Dann sind sie auf einen anderen Ort ausgewichen.“

„Deshalb bin ich ja nach Kölpinsee gefahren. Ich habe im feudalen Hotel Seeschlösschen angefangen. Du wirst es nicht glauben, aber dort arbeitet ein Mann an der Rezeption, der weiß, wo du wohnst.“

„Es ist schließlich kein Geheimnis. Hat er dir auch vertraten, woher er mich kennt?“

„Er hat dein Bild in der Zeitung gesehen, und da er in Loddin wohnt, hat er dich auch gesehen, als du vor deinem Haus aus dem Auto gestiegen bist.“

„Wenn er nichts zur Klärung unseres Falles beitragen kann, ist für uns unwichtig, ob er mich kennt oder nicht.“

„Er glaubt etwas zu wissen, will es aber nur dir sagen.“

„Ich wollte ohnehin mit Monika heute essen gehen, werden wir also unsere kleine Geburtstagsfeier im Seeschlösschen zelebrieren.“

„Ich habe zwei Telefonnummern für dich.“

„Bist du noch im Büro, wenn ich komme?“

Larsson hörte Andresen lachen.

„Also bis gleich.“ Larsson unterbrach die Leitung. Er bog von der Bundesstraße 110 auf die Landstraße 265 in Richtung Neppermin ein. In zehn Minuten würde er im Büro sein.

Ein Blick auf die Uhr zeigte ihm, dass es bereits halb sechs war. Auf dem Parkplatz stand noch immer Monikas neuer Mercedes. Eigentlich müsste ich ein schlechtes Gewissen haben, dachte er. Als Tochter eines Kriminalbeamten würde Monika die Verspätung schon verstehen. Als er ins Büro kam, war Monika nicht im Zimmer.

„Es war ein ziemlicher Betrieb im Seeschlösschen“, sagte Andresen. „Der Mann hatte einfach zu wenig Zeit, um sich auf ein langes Gespräch einzulassen. Er sagte nur so viel, Kazimierz Kozłowski und Edyta-Zofia Bartak hätten im Seeschlösschen gewohnt. Hin und wieder würden Polen dort wohnen. Nicht allzu oft, aber, wie gesagt, hin und wieder.“ Andresen gab Larsson den Zettel mit zwei Telefonnummern. Es waren eine Festnetznummer und die Nummer eines Handys.

„Na, da werde ich den Mann doch gleich einmal anrufen.“

„Golz“, warf Andresen ein. „Steffen Golz. Er sagte, er habe um 18:00 Uhr Feierabend. Dann hätte er Zeit, Fragen zu beantworten.“

Monika kam ins Büro. Im Schlepptau hatte sie Simons.

„Kann es sein, dass ihr schon zu zweit auf die Toilette geht?“ Man merkte Larsson an, dass er müde war und sich darüber ärgerte, nicht mit aufmunternden Worten seiner Lebensgefährtin empfangen worden zu sein.

„Wenn du so spät kommst, ist es gar kein Wunder, wenn sich andere um mich kümmern“, konterte Monika.

„Ich habe mir erlaubt, eine Liste mit Büromaterial abzugeben, das wir dringend benötigten“, sagte Simons.

„Um den Golz werde ich mich heute noch kümmern, Rolf“, sagte Larsson. „Die Auswertung unserer Tagesarbeit werden wir auf morgen verlegen.“ Er drehte sich Monika zu und sagte: „Wir werden jetzt alle Feierabend machen. Auch wir beide fahren jetzt nach Hause und lassen den Tag angenehm ausklingen.“

Als sie am Reitstall Müller vorbeifuhren, sagte Monika: „Nun komme ich nicht mal mehr dazu, meinen Jenot zu begrüßen."

„Er wird auch mal einen Tag ohne dich auskommen."

Wenig später hielten sie vor dem kleinen Haus in Loddin. Noch während Monika einige Lebensmittel, die sie eingekauft hatte, in der Küche verstaute, telefonierte Larsson mit Steffen Golz.

„Sie haben meinem Kollegen Andresen gesagt, dass Sie nur mit mir sprechen wollten", sagte Larsson, als er sich vorgestellt hatte.

„Es ist in dem Laden nicht angemessen, über Gäste zu sprechen. Ich denke, das ist in jedem Hotel verpönt."

„Da haben Sie recht."

„Ihr Kollege hat nach einem Kazimierz Kozłowski und einer Edyta-Zofia Bartak gefragt. Ich habe ihm gesagt, dass sie beide bei uns gewohnt haben. Sie bewohnten eines unserer besten Zimmer."

Aus der Küche kam das Klappern von Tellern, die auf den Tisch gestellt wurden, und Larsson registrierte mehrfach das Zuschlagen der Kühlschranktür.

„Ich frage mich nur eins", sagte Larsson. „Haben Sie denn von dem Absturz der polnischen Cessna nichts in der Zeitung gelesen?"

„Es war für ein zwei Tage Gesprächsstoff bei uns. Aber dann ist es in Vergessenheit geraten. Sie verstehen – das Tagesgeschäft. Es lässt einem kaum Zeit für andere Dinge. Jedenfalls jetzt, wo wir total ausgebucht sind."

Monika kam aus der Küche und macht ihm ein Zeichen, endlich Schluss mit dem Telefonat zu machen und zu ihr in die Küche zu kommen.

„Mein Kollege hat mir gesagt, dass er ein Protokoll vorbereiten und Ihnen zur Unterschrift vorlegen wird. Das betrifft ausschließlich Dinge, die Sie bezüglich der beiden Polen zu Protokoll gegeben haben."

„Ich habe aber noch nicht alles gesagt."

„Warum nicht?“

„Weil in so einem Haus immer zu viele Ohren zuhören“, sagte Steffen Golz. „Und ich möchte nicht meine Stellung verlieren, weil die Geschäftsleitung glaubt, ich sei illoyal.“

„Was schlagen Sie vor?“

„Ein Treffen außerhalb des Seeschlösschens.“

„Kein Problem, Andresen kann ...“

„Nicht Andresen. Sie.“

„Warum ausgerechnet ich?“

„Weil ich, nach allem, was ich von Ihnen gelesen habe, Vertrauen zu Ihnen habe.“

„Na schön. Wann würde es Ihnen passen?“

„Ich habe morgen meinen freien Tag. Da wäre es günstig.“

„Sie wohnen in Loddin?“

„Zwischen dem Reitbetrieb Müller und Ihrem Haus, etwa auf halber Strecke.“

„Wann passt es Ihnen?“ fragte Larsson.

„Sie können mich ab 8:00 Uhr erreichen. Rufen Sie mich an, dann werden wir uns verabreden, wo wir uns treffen können.“

Nachdenklich legte Larsson den Hörer auf. Als er in die Küche kam, sah er, dass Monika herrlich aufgedeckt hatte.

„Ich denke, wir wollen in einen Speisetempel fahren“, sagte Larsson.

„Ich habe gesehen, wie müde du bist. Vorsorglich habe ich etwas eingekauft. Und das Essen außerhalb werden wir am Wochenende nachholen.“

Larsson ging durch den Flur ins Bad, um sich die Hände zu waschen. Was für eine intelligente Frau, dachte er. Sie hatte genau gespürt, wie müde und zerschlagen er sich fühlte. Unterwegs, nachdem der Reifen geplatzt war, hatte er abermals mit den geschwollenen Nasenschleimhäuten zu tun. Wieder bekam er kaum Luft. Offensichtlich hatten die Birken aus dem kleinen Wäldchen, durch das er aus Ducherow kommend gefahren war, reichlich Pollen abgesetzt. Im Spiegel betrachtet sah er, dass seine Nase gerötet war.

„Du wirst morgen früh alleine zum Kommissariat fahren. Ich werde mich erst einmal mit diesem Steffen Golz treffen."

„Hätte das nicht Andresen machen können? Schließlich war er der Erste, der Kontakt mit dem Mann hatte."

Larsson wiegte den Kopf. „Golz will ausschließlich mit mir sprechen, und ich habe das Gefühl, dass er uns etwas mitzuteilen hat. Also werde ich das Treffen wahrnehmen. Vielleicht dauert es ja nur eine halbe Stunde, und ich komme dann mit meinem Fahrzeug nach."

„Du hättest dir ein Auto kaufen sollen und nicht mir."

„Ich bin froh, dass ich es gemacht habe, wie ich es gemacht habe. Und nun wollen wir nicht mehr davon reden, sondern endlich essen."

22. Kapitel

Am Morgen war Monika wie üblich zur Kriminal-Außenstelle nach Heringsdorf gestartet. Larsson war zurückgeblieben, um sich mit Steffen Golz vom Seeschlösschen zu treffen. Vorher nahm er sich noch einmal seine Aufzeichnungen vom Vortag vor. Bevor er hineinschaute, dachte er an den unendlich langen Sandstrand seiner Sonneninsel Usedom. Irgendwann, und das möglichst sehr bald, würde er mit Monika an einer einsamen Stelle dieses Strandes liegen und sich von der aufreibenden Arbeit als Ermittler erholen. Dann dachte er an die beiden ungleichen Männer des Staatsschutzes. Rinus Christiani, den Hauptkommissar, der glasklar analysierte und selbst im Beisein des Kriminaloberrats keinen Hehl aus seinen Einschätzungen machte. Im Gegensatz dazu Ingolf Meister, der Oberkommissar der MAEX, der seinen Kontakt duzte und damit eine ganz andere Strategie fuhr. Im Zusammenspiel war das sicher eine einigermaßen erfolgreiche Taktik. Larsson selbst tendierte mehr dazu, Abstand zu den Nazis zu halten und hart durchzugreifen. Er hielt sich nicht für einen Spießer, nur weil er es ablehnte, einem solchen Subjekt die Hand zu geben. Schon gar nicht, wo er wusste, dass Clüver ihnen nicht alles sagte. Was für ein Verhältnis Meister zu diesen Clüver hatte, blieb für ihn nebulös. Aber innerhalb des Staatsschutzes musste er genügend Rückhalt haben, sonst würde er das so nicht durchführen können.

Dann verglich Larsson die Aussage von Frau Siebert, Ralf Wolter wäre ein lieber Junge, mit der Aussage Clüvers, der Junge habe es faustdick hinter den Ohren. Ein junger Mann, der ohne Arbeit und Einkommen ist, ist wie ein treibendes Holz im Wasser, dachte Larsson.

Sein Handy klingelte.

„Da ist dieser Oberst aus Warschau am Apparat“, sagte Andresen. „Er will mit dir sprechen. Kann ich ihm deine private Handynummer geben?“

„Natürlich, Rolf. Ich stelle fest, dass die Kollegen in Warschau auch nicht gerade schlafen." Er legte das Handy auf den Tisch zurück. Zwei Minuten später klingelte es wieder.

„Wacław Łaczny am Apparat, guten Morgen, Herr Hauptkommissar Larsson."

„Was kann ich für Sie tun, Herr Oberst?"

„Ich habe den Verdacht, dass sich der Attentäter nach Deutschland abgesetzt hat."

„Haben Sie schon eine heiße Spur?"

Łaczny stieß ein heiseres Lachen aus. „Wenn man so dicht am Tod vorbeischrammt, setzt man alles daran, die Gefahr zu bannen. Ich ließ kurzerhand einen Mann verhaften, der dem Verdächtigten in seinen politischen Ansichten innerhalb der Kameradschaft von Krew i Honor sehr nahestand. Nach achtzehn Stunden Verhör ist er eingebrochen und nannte uns den Namen des Auftraggebers – Stanisław Tujek. Tujek war der Stellvertreter Kazimierz Kozłowskis."

„Sie denken, dass er in Deutschland ist?"

„So wurde mir berichtet."

„Wie kann ich Ihnen helfen?"

„Ich würde Ihnen ein Bild schicken, und Sie könnten ihre Augen offen halten. Vielleicht läuft der Ihnen über den Weg, denn er hat sich bestimmt nach Deutschland abgesetzt."

„Und nun glauben Sie, dass er ausgerechnet seinen Urlaub dort verbringt, wo die Cessna abgestürzt ist?"

„Können Sie auf Ihrem Handy Bilder empfangen?"

„Ja."

„Ich schicke Ihnen jetzt das Bild des Mannes auf Ihr Handy. Vorbehaltlich, dass es mir ein wenig besser geht, werde ich am Montag bei Ihnen sein, um mich mit Ihnen zu beraten."

„Und Anklam?"

„Wenn Sie einverstanden sind, lassen wir Anklam erst einmal außen vor."

Wenn das mal gutgeht, dachte Larsson. Das kann mir mehr als eine Maßregelung einbringen.

„Sind Sie noch am Apparat?“ fragte der Oberst.

„Wenn Sie es an die große Glocke hängen, kann mich das mehr als eine Rüge kosten“, sprach Larsson seine Gedanken aus.

„Von mir wird es keiner erfahren.“

Typisch Geheimdienst, dachte Larsson. Alles im Verborgenen machen, niemandem einen Einblick gewähren. „Schicken Sie mir das Bild, Oberst Łaczny. Aber wir haben niemals darüber gesprochen.“

„Halten Sie die Augen offen. Vielleicht läuft Ihnen Tujek über den Weg.“

Nachdem er aufgelegt hatte, kehrten Larssons Gedanken an die Befragung Clüvers vom Vortag zurück. Eine der wichtigsten Erkenntnisse lag in dem belauschten Gespräch zwischen Konczak und Große, das auf dem Hof in Salchow stattgefunden hat. Je mehr Larsson darüber nachdachte, umso mehr verdichtete sich seine Überzeugung, dass die Nazis sich einen Killer von außerhalb geholt hatten. So gesehen war es sicher nicht verkehrt, dass der polnische Oberst ihm eine Zusammenarbeit angeboten hatte. Immerhin würde er so die Möglichkeit haben zu erfahren, was der polnische Inlandsgeheimdienst, der sicher in seinen Vernehmungsmethoden nicht zaghaft war, über die Verbindungen der polnischen Nazis zu den deutschen Kameradschaften herausgefunden hatte. Sein Blick fiel auf die Uhr und erinnerte ihn daran, dass er mit dem Empfangschef des Seeschlösschens telefonieren musste. Er suchte die Telefonnummer heraus, die ihm Andresen gegeben hatte.

„Steffen Golz, guten Morgen“, meldete sich der Mann.

„Larsson. Guten Morgen, Herr Golz. Sie wollten mich treffen?“

„Vielleicht habe ich ein paar Informationen für Sie, Antworten auf die Frage von Ihrem Kollegen von gestern.“

„Passt es Ihnen jetzt?“

„Selbstverständlich.“

„Wo wollen wir uns treffen?“

„Im Augenblick wäre es mir nicht recht", sagte Golz, „wenn man uns zusammen sähe. Also können wir uns weder bei Ihnen noch bei mir treffen."

„Das verstehe ich vollkommen. Machen Sie einen Vorschlag."

Es blieb einen Augenblick ruhig, dann sagte Golz: „Ich werde mit dem Auto zur Straße Am Achterwasser fahren. Zwischen dem Ort und dem Gewerbegebiet gehe ich mit dem Hund. Wenn Sie dorthin kommen, ist es unverfänglich, wenn man uns sieht."

„In zehn Minuten?"

„Einverstanden."

Larsson sah den Wagen schon von weitem. Der Mann holte seinen Hund gerade aus dem Kofferraum. Es war ein Irish Setter. Mit seinem gepflegten, goldbraunen Fell war es eine Pracht, diesen Hund anzusehen. Freundlich war er obendrein. Als Larsson aus dem Auto ausstieg, kam er schwanzwedelnd auf ihn zu.

„Hallo Herr Golz. Da haben Sie einen feinen Kerl mitgebracht." Larsson beugte sich zu dem Hund und streichelte ihn.

„Eine Hundedame mit einem adligen Namen, Masna vom Eichhain. Guten Morgen, Herr Hauptkommissar."

Golz schien öfter hierher zu kommen, denn der Hund kannte einen schmalen Weg, der zum Wasser hin verlief und den er nun freudig entlang tollte. Als einige Wasservögel aufstoben, setzte Golz eine kleine Pfeife an, die Hochfrequenztöne abgab. Folgsam brach der Hund die Jagd nach dem Federvieh ab und kam sofort zu Golz zurück, der ihn angemessen lobte.

„Eine Frage, Herr Golz. Warum haben Sie gestern meinem Kollegen im Seeschlösschen keine ausführlichen Antworten gegeben?"

„Weil es auch in diesem Haus Ohren gibt, für die diese Antworten nicht bestimmt sind."

„Es würde mich doch interessieren, was so geheimnisvoll ist, dass Sie es mir nur allein sagen können und vor allem, was Sie davon abhält, sich mit mir sehen zu lassen."

„Die Insel ist zweigeteilt in ihren politischen Ansichten. Das betrifft vor allem auch die Hoteliers. Während die einen davon sprechen, dass zu einem internationalen Besucheraufkommen auch eine gewisse Toleranz gehört, sehen große Teile die aus allen Regionen Deutschlands anreisende, betuchte Klientel durch die Ansicht von beispielsweise farbigen Ausländern gefährdet. Die Insel hat durch die besondere Ausstrahlung, die sie durch die herrlichen Bauten schon zu Kaiserzeiten erworben hat, ein Renommee der Exklusivität."

Larsson ließ seinen Blick über das Achterwasser schweifen. Schon zu früher Stunde waren einige Boote auszumachen, ein Motorschiff, das in Richtung Wolgast fuhr, einige kleinere kreuzende Segelboote und eine relativ große Yacht, die den Peenestrom aufwärts unterwegs war. „Was macht die Leute so nervös, wenn ein oder zwei farbige Ausländer am Strand liegen?"

„Die Angst vor der Verwässerung deutscher Kultur", sagte Golz.

„Das ist lächerlich."

„Die Angst, dass fremde Arbeitskräfte ihnen den Job nehmen, die Angst vor der Islamisierung. Die Angst vor dem Ausverkauf des Volksvermögens durch korrupte und unfähige Politiker."

„Und Sie? Haben Sie auch solche Ängste?"

„Wissen Sie, Herr Hauptkommissar, um ganz ehrlich zu sein, es gibt viele Dinge in diesem Land, die auch mir Angst machen."

„Ich denke, in einer so vielschichtigen Gesellschaft wie der unseren gibt es immer Dinge, die dem Einzelnen nicht passen. Auch mir passt nicht immer alles."

Masna bellte. Obwohl Golz nach ihr pfiff, kam der Hund nicht. Er bellte weiter.

„Wir müssen erst mal sehen, was da los ist", sagte Golz. „Normalerweise folgt sie aufs Wort."

Als die beiden Männer bei dem Hund ankamen, sahen sie den aufgeblähten Leib eines verendeten Wildschweins. Als sie näher hingingen, bemerkten sie ein Einschussloch.

„Wilderer?" fragte Larsson.

„Das muss nicht unbedingt so sein." Golz nahm sein Handy und rief bei der Forstverwaltung in Pudagla an. Er teilte den Fund mit und bat darum, dass man sich darum kümmere.

„Wir müssen uns beeilen, es wird gleich jemand vom Forstamt herkommen und das Malheur besichtigen. Die Kameradschaft auf Usedom gibt das Blatt Der Inselbote heraus. Die Redaktion liegt in den Händen von Erich Herrmann, Michael Vahrendholz und Matthias Große. Diese Redakteure haben nichts mit der Presse zu tun und sind in normalen Berufen tätig. Aber sie verstehen es, Themen darzustellen, die normale Menschen bewegen. In der kommenden Ausgabe, von der ich bereits ein Probeexemplar besitze, gibt es zum Beispiel eine kleine Euro-Bilanz oder man weist auf die Diskrepanz zwischen der Eidesformel *Ich schwöre, dass ich meine Kraft dem Wohle des deutschen Volkes widmen, die Verfassung und die Gesetze der Republik wahren, meine Pflichten gewissenhaft erfüllen und Gerechtigkeit gegen jedermann üben werde* und der Darstellung der Politik durch die einzelnen Beamten hin. Seit Bestehen dieser Republik wurde dieser Eid durch Politiker gebrochen. So verlangt der Bundestagspräsident den Schriftzug über dem Westportal des Berliner Reichstagsgebäudes *Dem deutschen Volke* in *Der Bevölkerung* zu ändern."

„Damit wird er nicht durchkommen", sagte Larsson.

„Er wird damit nicht durchkommen, weil es Menschen gibt, die das nicht zulassen werden."

„Sie wollten sich mit mir treffen, Herr Golz, weil Sie mir noch andere Informationen zukommen lassen wollen."

„Wenn bisher die Führer der Kameradschaft mit ausländischen Besuchern zu uns kamen, haben diese in der Regel bei uns geschlafen."

„Und?"

„In den letzten zwei Tagen waren sie jeweils mit einem Mann da, der bei uns nicht eingecheckt hat", sagte Golz.

„Und das soll ungewöhnlich sein?"

„Nein. Das allein wäre nicht ungewöhnlich."

„Aber?“

„Die Art, wie sie miteinander geredet haben, war so intensiv, dass es eine Unterhaltung zwischen Streit und Beschwörung war. Ich habe so etwas von dieser Klientel bei uns im Seeschlösschen noch nie erlebt.“

Larsson dachte an das Foto, das ihm der Oberst des polnischen Inlandsgeheimdienstes auf sein Handy gelegt hatte. So viel Glück dachte er, werden wir sicher nicht haben. Aber hin und wieder hilft Kommissar Zufall bei der Aufklärung von Straftaten. Larsson zog sein Handy aus der Tasche, zog das Foto auf das Display und zeigte es Golz. „Ist das der Mann?“

Golz schaute eine Weile auf das Bild. „Es ist der Mann. Aber ich frage mich wirklich, wieso Sie schon ein Foto von ihm besitzen. Sind Sie Hellseher?“

„Wir ermitteln nach allen Seiten.“

Die Männer waren wieder an der Straße angekommen, und Golz pfiff den Hund wieder zu sich. Am Ende der Straße sahen sie einen Geländewagen auf sich zukommen. Sie verabschiedeten sich. Larsson fuhr in dem Augenblick ab, als der Wagen der Försterei Pudagla ihre Höhe erreichte.

Larsson stellte seinen Wagen auf dem großen Parkplatz der Kriminal-Außenstelle Heringsdorf ab. Einen Moment blieb er noch im Auto sitzen und verarbeitete das eben Gehörte. Manchmal, dachte er, braucht man eine gehörige Portion Glück, um schier Unmögliches in wenigen Minuten aufzuklären. An diesem Tag schien ihm das Glück hold. Er stieg aus. Von See her wehte nur eine ganz leichte Brise.

Er betrat durch den Hintereingang das Haus. Im Gang sah er einige Leute, die auf Abfertigung warteten. Larsson begab sich in sein Büro, fuhr seinen Computer hoch und überspielte das Bild Stanisław Tujeks in einen Ordner, den er eigens dafür anlegte, und druckte es mehrfach aus. Dann ging er hinüber ins Büro der Kommissare.

„Guten Morgen, Kollegen.“ Wegen der Pollenallergie war seine Nase wieder zugeschwollen. Er kam nicht umhin, kräftig zu schnäuzen. „Ich hatte gerade eine interessante Unterhaltung, die uns vor neue Aufgaben stellt. Übrigens, die Försterei in Pudagla stellt gerade ein erschossenes Wildschwein sicher. Ich möchte die Kugel aus dem Schwein.“

Andresen war von seinem Schreibtisch aufgestanden und kam zu dem Besprechungstisch. „Ich sehe, Lasse, es hat sich etwas ergeben. Dann hat sich ja meine Fahrt nach Kölpinsee gelohnt.“

Larsson antwortete nicht darauf, sondern wartete, bis Simons und Monika am Tisch saßen. „Es hat sich etwas ergeben, das uns zum Umdenken zwingt.“ Er gab Simons die ausgedruckten Fotos und bedeutete ihm per Hand, sie zu verteilen. „Auf einen Offizier des polnischen Inlandsgeheimdienstes ist ein Attentat verübt worden. Man glaubt in Warschau, dass der Mann namens Stanisław Tujek sich nach Deutschland abgesetzt hat. Genauer gesagt, man vermutet ihn hier bei uns auf der Insel.“

Als seine Mitarbeiter unruhig wurden und anfingen, durcheinander zu sprechen, ermahnte Larsson sie zur Ruhe.

„Und das wollte mir dieser Golz nicht sagen“, protestierte Andresen.

„Er fürchtete, dass jemand mithören könnte. Das hätte ihm wesentliche Probleme bereitet, bis hin zur Entlassung. Oder schlimmer“, sagte Larsson. „Auf dem Foto seht ihr den mutmaßlichen Attentäter Stanisław Tujek. Wir sind von den Polen aufgefordert worden, Amtshilfe bei der Ergreifung des Mannes zu leisten.“

„Selbst wenn wir wüssten, wo er sich aufhält, bräuchten wir eine Armada, um ihn festzunehmen“, warf Simons ein.

„Na gut, Karl, für die Verhaftung werden wir uns sicher zur Unterstützung ein SEK kommen lassen. Aber erst mal müssen wir lokalisieren, wo sich der Mann aufhält. Da er nicht in dem Hotel eingecheckt hat, in dem er gestern zusammen mit Matthias Große gesehen wurde, gehe ich davon aus, dass er privat untergebracht wurde. Das erschwert unsere Arbeit natürlich außerordentlich."

„Und wie wollen wir das allein mit so wenigen Leuten machen?" Der Einwurf Andresens war berechtigt.

„In diesem Fall werden wir Monika mit einsetzen, und Inge wird auch wieder zu uns stoßen. Wir sind dann fünf Leute mit fünf Fahrzeugen, und ich gebe uns nur zwei Tage. Wenn wir es dann nicht schaffen, geben wir den Einsatz an den Staatsschutz ab."

„Und warum machen die das nicht gleich?" fragte Andresen.

„Weil ich glaube, dass es ein Eingeständnis dafür wäre, unsere Abteilung könne eine solche Ermittlung nicht selbständig durchführen."

Als er die zweifelnden Gesichter seiner Mitarbeiter sah, sagte er: „Und dagegen sträubt sich mein Inneres. Sind wir wirklich schlechter als die Burschen vom Staatsschutz?"

„Nein, Lasse, das sind wir sicher nicht. Aber der Staatsschutz hat ganz andere personelle Möglichkeiten. Ich glaube nicht, dass die Abteilung auf der Matte stehen muss, um eine Handvoll Leute zusätzlich zu bekommen", konterte Andresen.

Larsson ärgerte sich über die negative Haltung seines Teams. Als er vor drei Jahren kam, hatte er genau diese Leute zu einer erfolgreichen Truppe geschweißt. In kurzer Zeit hatten sie zwei ähnliche Morde aufgeklärt und zwei Mörder dingfest gemacht. Er fühlte sich verdammt müde, obwohl er erst einige Stunden in Gang war.

„Das sicher nicht", sagte er nachdenklich. „Aber ich halte die Aufgabe für uns für durchaus möglich. Also versuchen wir es auch."

„Natürlich werden wir es versuchen", sagte Andresen einlenkend. „Ich habe eben nur gedacht, weil zu so einer Observierung immer mehrere Leute gebunden sind."

„Karl, du fährst jetzt in das Hotel, in dem Erich Herrmann arbeitet, und versuchst diskret herauszubekommen, wann er Dienst hat."

„Jetzt gleich?“

„Ja. Wenn du es in Erfahrung gebracht hast, meldest du dich. Ich entscheide dann über deinen weiteren Einsatz.“

Simons stand auf und machte sich daran, den Auftrag auszuführen.

Als er an der Tür war, rief Larsson ihm nach: „Und Karl, diskret heißt diskret.“

„Monika“, Larsson schob ihr einen Zettel mit der Adresse und ein ausgedrucktes Foto eines Mannes zu, „du fährst hier zu der Adresse und überwachst das Haus. Sollte Erich Herrmann das Haus verlassen, verständigst du mich sofort. Keine Alleingänge. Der Mann ist nicht ungefährlich. Aber wenn er mit dem Auto wegfährt, versuch dranzubleiben.“

„Es ist der gleiche Name wie ihn Karl bekommen hat.“

„Ja.“

Monika hob die Schultern. „Und?“

„Es sind zwei Adressen.“

„Und wenn er mich bemerkt?“

„Ich schicke dir einen zweiten Wagen, der dich ablöst ... Wir werden hier alles so koordinieren, dass es klappt“, sagte Larsson.

Andresen sah Larsson herausfordernd an. „Und was hast du für mich?“

„Matthias Große.“

„Matthias Große?“

„Du schaust nach, ob er an seiner Arbeitsstelle ist. Und wenn er dort ist, muss er beschattet werden. Einer der Männer wird uns möglicherweise zum Aufenthaltsort Stanisław Tujeks führen. Aber allergrößte Vorsicht!“

„Matthias Große“, sagte Andresen leise.

„Es ist die brisanteste Aufgabe, die ich dir übertragen habe. Du bist der dienstälteste und erfahrenste Ermittler unserer Gruppe. Dort wird ein absolutes Fingerspitzengefühl verlangt.“

„Und was machst du?“ Die Frage Andresens fand Larsson berechtigt.

„Ich werde hier auf Inge warten und die Einsätze koordinieren, schauen, wo ein zweites Fahrzeug zur Ablösung hin muss. Außerdem macht es sich immer schlecht, wenn unsere Dienststelle unbesetzt ist.“

Andresen musste Larsson Recht geben. Wenn mit so wenigen Fahrzeugen eine erfolgreiche Überwachung stattfinden sollte, dann musste diese sorgfältig vorbereitet sein. Ein Sandkastenspiel, von dem das Gelingen der Operation abhing. Widerspruchslos packte er seine Akten in den Schreibtisch, nahm seine Dienstwaffe und machte sich auf den Weg.

Wenig später traf Inge Mohaupt ein. Larsson bat sie, sich mit der Försterei in Pudagla in Verbindung zu setzen und das Wildschwein zu sichern, das er zuvor am Achterwasser gesehen hatte. Nachdem sie ihm mit wenigen Worten geschildert hatte, dass der Kriminaloberrat sie für eine weitere Zeit der Ermittlungsgruppe in Heringsdorf zugeteilt hatte, machte Larsson sie mit der Faktenlage vertraut. Sie würde den Einsatz am Schreibtisch zusammen mit ihm koordinieren. Selbst wenn er, was sehr wahrscheinlich war, sich der fahrenden Gruppe anschließen würde, müssten alle Einsatzbefehle mit ihm über Funk abgesprochen werden.

„Ich weiß, dass die Fahrt von Anklam nach Heringsdorf für dich immer sehr beschwerlich ist“, sagte Larsson. „Ich hätte dich aber allzu gern ganz in meinem Team.“

„Das weiß ich, Lasse, aber ich kann mir einfach nicht leisten, auf die Insel zu ziehen. Und außerdem ist es nie sicher, dass man dann nicht wieder versetzt werden würde.“

Larssons Handy machte sich bemerkbar. Es war Simons.

„Herrmann hat noch vier Tage frei“, sagte er.

„Dann fährst du jetzt zu Monika. Park in ihrer Nähe. Wenn wir Glück haben, ist der Mann noch zu Hause, und wir können ihn systematisch beschatten, wenn er das Haus verlässt.“ Larsson gab Simons die Adresse durch. Er wollte gerade Inge auf ihre Äußerung zu einem Umzug auf die Insel antworten, als das Handy wieder klingelte. Es war Monika.

„Ich stand die ganze Zeit so, dass ich den Eingang des Hauses im Auge hatte. Aber wahrscheinlich war der Mann schon unterwegs, denn er ist gerade aus einem Golf gestiegen und ins Haus gegangen.“

Larsson hatte ein Diagramm angelegt, in dem er jede Bewegung seiner Mitarbeiter und der zu beschattenden Männer angelegt hatte. Erich Herrmann und Matthias Große waren rot eingezeichnet, seine Mitarbeiter grün. „Karl kommt zur Verstärkung. Du machst nichts ohne ihn. Ist das klar?“

„Ja.“

„Ich möchte nicht, dass irgendeiner meiner Mitarbeiter in Gefahr gerät. Schon gar nicht ...“

„Du“, vollendete Inge Mohaupt den Satz, als Larsson die Verbindung unterbrochen hatte.

Larsson ging darüber hinweg. „Ich habe hier ein Diagramm angelegt. Bitte trag hier jede Bewegung des Teams ein. Damit haben wir den größten Überblick.“

„Willst du wegfahren?“

„Noch nicht. Aber wenn die Jagd losgeht, möchte ich unmittelbar vor Ort sein.“ Larsson schnäuzte sich geräuschvoll.

Inge Mohaupt schaute ihn mitleidsvoll an. „Bist du krank?“

„Nur eine Allergie“, gab Larsson zurück. „Sie lässt die Schleimhäute zuschwellen.“

„Unangenehm. Meine Tochter hat auch eine deftige Sommererkältung. Ich sage ihr immer, sie soll nicht so halbnackt herumlaufen. Aber Kinder ...“

Larsson hoffte, dass Inge die Betrachtung über die kleinen Maläsen des Lebens endlich beenden und sich der Ermittlungsarbeit zuwenden möge. Aber er hütete sich, sie zu maßregeln. Im Augenblick, dachte er, möchte ich alles vermeiden, was die Teamarbeit sabotieren könnte. Und jede Unstimmigkeit hintertrieb eine erfolgreiche gemeinsame Arbeit.

Monika meldete sich. „Zielperson besteigt sein Fahrzeug ...“

„Ist Karl schon angekommen?“ fragte Larsson

„Ich habe ihn noch nicht ausgemacht.“

Larsson konnte das Summen des Motors vernehmen. „Hast du schon eine Richtung?“

„Er biegt gerade auf die Bundesstraße 111 ein.“

„Richtung?“

„Wolgast.“

„Bleib dran, aber halt Abstand. Ich werde Karl sofort hinter dir herschicken. Wenn er in deinem Spiegel auftaucht, lässt du dich zurückfallen.“

„Verstanden, Lasse.“

„Und weitere Koordinierung läuft über Inges Telefon.“

„Verstanden.“

Inge Mohaupt hatte mitgehört und bereits Karl Simons Handy angewählt.

„Karl, Inge hier ... Die Zielperson fährt in Richtung Wolgast. Wo bist du?“

„Ich biege gerade in Bansin in die Seestraße ein ... Bin auf der Höhe von Lidl, wende und düse hinterher!“

„Wenn du sie eingeholt hast, wird sie sich zurückfallen lassen, und du übernimmst.“

„Verstanden.“

„Weitere Meldungen direkt über mein Telefon“, sagte Inge Mohaupt, bevor sie die Leitung kappte.

Larsson sagte:„Ich werde jetzt hinterherfahren, und du gibst mir sofort Bescheid, wenn sich Änderungen ergeben.“

Kurz vor Ueckeritz hatte Simons Monika eingeholt. Sie hatte ihn gesehen und betätigte zweimal leicht die Bremse, damit er wusste, dass sie ihn entdeckt hatte. Noch vor Stubbenfelde überholte Simons ihren Wagen. Gleichzeitig rief Monika bei Inge Mohaupt an und meldete den Führungswechsel bei den Verfolgung der Zielperson.

Larsson jagte mit Blaulicht aus Heringsdorf hinaus und auf die Bundesstraße 111. Es herrschte, wie meist um die Zeit, ein reger Verkehr. Nur widerwillig räumten einige ihre vorderen Plätze, indem sie hart an den rechten Rand der Straße fuhren. An der Abbiegung nach Pudagla Neppermin stand die Ampel auf Rot. Vorsichtig schob sich Larsson an den Wagen vorbei.

Zwischenzeitlich meldete sich Andresen bei Inge Mohaupt.

„Ich habe schon versucht, dich zu erreichen. Dein Apparat ist dauernd besetzt“, sagte er. „Große hat seinen Betrieb verlassen. Er fährt einen grauen GMC-Truck. Wir sind zwischen Ueckeritz und Koserow.“

„Lasse ist hinter dir. Ich sage ihm Bescheid. Pass ein wenig auf.“ Inge Mohaupt teilte Larsson mit, dass Andresen seinen Standort gemeldet hatte und sich hinter ihm befand.

Larsson fluchte leise vor sich hin, stellte das Horn ab und nahm das Blaulicht vom Dach. Jetzt würde es mit dem Überholen schwer werden. Dennoch machte er Fahrt.

Larsson hatte Glück. Offensichtlich war Große mit seinem Truck nicht so schnell beim Überholen in dem dichten Verkehr gewesen wie er. Er bog gerade in Bannemin auf die L264 ein, als er zuerst Andresen sah, dann, in einer leichten Kurve, den grauen Truck Großes. Auch Herrmann schien nur langsam vorangekommen zu sein, denn Simons meldete sich bei Inge Mohaupt.

„Wir sind jetzt auf der Höhe des Friesenhofes auf der L264 Richtung Peenemünde.“

Inge Mohaupt rief sofort Larsson an und teilte ihm den derzeitigen Stand mit.

„Du sagst jetzt der Reihe nach Bescheid, dass Monika sich wieder vor Karl setzen soll. Dann Rolf. Wenn einer der Wagen abbiegt, fährt der unmittelbare Wagen dahinter geradeaus weiter!“

Kurz nach der Einfahrt in den Ort Karlshagen bog Erich Herrmann rechts ein. Absprachegemäß fuhr Monika Landris weiter geradeaus, während Simons ebenfalls einbog.

„Er fährt in Richtung Kriegsgräberdenkmal“, meldete Simons.

Als Larsson das durch Inge Mohaupt mitgeteilt wurde, sagte er, dass er nun selbst die Gespräche übernehmen würde. Über die Kurzwahltaste des Handys erreichte er Simons.

„Fahr langsam, dass er dich nicht entdeckt, und sei vorsichtig. Steig auf keinen Fall aus dem Auto. Hörst du ... Keine Alleingänge.“

„Ja, Lasse.“

Larsson wählte Monika Landris an. „Du biegst die nächste Straße rechts ab und dann wieder rechts in Richtung Kriegsgräberdenkmal. Fahre langsam. Wenn du Karl siehst, bleibst du einfach stehen!“

Dann sprach Larsson kurz mit Andresen.

„Du lässt dich ein wenig zurückfallen. Ich werde dich jetzt überholen, und du folgst mir.“

„Verstanden.“

Larsson überholte Andresen in dem Augenblick, als Matthias Große rechts abbog. Sofort verringerte er seine Geschwindigkeit und bog ebenfalls langsam rechts ab. Hinter ihm, mit ein wenig Abstand, kam Andresen.

23. Kapitel

Als Erich Herrmann das langgestreckte, reetgedeckte, eingeschossige weiße Haus betrat, wurde es einen Augenblick ruhig.

„Hallo Erich“, sagte Arvid Lundgren. Das Gesicht des hochgewachsenen Schweden umspielte ein spitzbübisches Lächeln. „Wir haben gerade über die Lüge diskutiert, die die Bürgerlichen in die Welt setzen wollen. Es war ein gelungener Beitrag von dir.“

Der korpulente, glatzköpfige Finne Joona Nevalainen, der sich durch seinen Russenhass auszeichnete, ergänzte: „Du könntest die Geschichte noch einmal wiederholen. Tuva hat es nicht richtig mitgekriegt.“

Tuva Christensen war die einzige Teilnehmerin an dem Symposium, das Herrmann einberufen hatte, um eine Internationalisierung aller national denkenden Kräfte der Ostseeanrainerstaaten zu organisieren.

„Du solltest Tuvas Licht nicht unter den Scheffel stellen“, sagte Håkon Eidsvag. Jeder der Männer merkte es, Eidsvag, der Freund Tuvas, war mächtig eifersüchtig, denn Tuva Christensen war eine ansehnliche junge Frau, die zweifellos die Gunst aller männlichen Teilnehmer der Tagung besaß.

„Ich frage mich, was die kleinlichen Hakeleien sollen“, sagte Stanisław Tujek. „Wir müssen auf das Große und Ganze schauen.“

„Der Ausverkauf Europas scheint unaufhaltsam“, sagte Filip Hakonsen, der mit Tuva und Håkon Eidsvag in der gleichen Kameradschaft in Oslo war. „Habt ihr es wirklich schon vergessen? 1683 hallte der Schreckensruf durch Europa *Die Türken stehen vor Wien!* – da war die Kaiserstadt bereits seit sechzig Tagen im Würgegriff osmanischer Truppen. Nur noch viertausend Verteidiger standen auf den Mauern. Doch kapitulieren wollten sie nicht.“

„Und genau die sollten wir uns als Vorbild nehmen“, warf der Finne Jimi Forsman ein.

„Jimi hat recht“, sagte Joona Nevalainen. „Damals konnte die Islamisierung Europas im letzten Augenblick abgewendet werden. Heute kommt sie ganz legal durch die Vordertür nach Europa. Und wir, die wir unser Volkstum bewahren wollen, stehen in einem ungleichen Kampf.“

„Der uns zu allen möglichen Mitteln greifen lässt“, warf Arvid Lundgren ein. Er spielte auf die Ermordung Olof Palmes an.

„Wie habt ihr das eigentlich fertiggebracht, nicht erwischt zu werden?“ fragte Stanisław Tujek.

Der sonst so ernste Lundgren lächelte, als er sagte: „Die Liquidierung Palmes vor den Augen der ganzen Nation in der Stockholmer Innenstadt war so gesehen die perfekte Bestrafung eines Mannes, der unser Volkstum sabotierte.“

„Die Zeit, auf Gewalt zu setzen“, warf Erich Herrmann ein, „ist vorbei, Freunde. Wir müssen politisch eine Macht darstellen. Alles andere ist unrealistisch und bringt das Volk nur gegen uns auf. Die Ostsee soll ein Meer des Friedens sein ...“

„Du redest wie ein Weichei ...“, warf der Norweger Hakonsen ein.

„Der Zweck heiligt die Mittel, aber manchmal zwingt uns der Weg zum Erfolg eine restriktive Vorgehensweise auf“, rechtfertigte Herrmann seine Ansicht.

„Also, wie habt ihr es fertiggebracht, nicht erwischt zu werden?“ wiederholte Stanisław Tujek seine Frage. „Schließlich war Palme als Politiker und Sozialist durchaus ein anerkannter Internationalist, darüber hinaus ein wirklicher Charmeur, ein Charismatiker, der leider auf der falschen Seite stand und nach der Liquidierung im Nebel peinlicher Ermittlungsfehler und endloser Verschwörungstheorien verschwand.“ Tujek wünschte sich, so unsichtbar für den polnischen Geheimdienst zu sein wie die Rechte Schwedens nach dem Mord an Palme.

„Es kam in den Zeitungen die Vermutung auf, der schwedische Geheimdienst SÄPO sei von Rechtsextremen unterwandert, habe die Ermittlungen verschleppt oder sei sogar selbst in das Attentat verwickelt. Auf letztere Vermutung weisen unter anderem Mitschnitte des Funkverkehrs in der Nacht des 28. Februar 1986 hin. Dagens Nyheter berichtete darüber“, sagte Lundgren.

„Und? Stimmte das?“ fragte Tujek.

Lundgren hob die Schultern. „Die Suche nach dem Täter kam auch deshalb nur äußerst zögerlich in Gang, weil sich die Stockholmer Stadtpolizei und der SÄPO zunächst lange um die Zuständigkeit stritten. Das ist wahrscheinlich in allen Ländern das Gleiche. Die verdammte Zuständigkeit!“

„In diesem Fall Gott sei Dank! Das beantwortet aber meine Frage nicht“, fasste Tujek nach.

„Die Stockholmer Stadtpolizei ging Hinweisen einer Zeugin nicht nach, die wenige Minuten vor den Schüssen auf den schwedischen Ministerpräsidenten einen Verdächtigen im Eingang eines Geschäfts am Sveavägen erkannt haben wollte“, sagte Lundgren. „Sie war mit einer Freundin unterwegs, wollte sich nach der Uhrzeit erkundigen, erkannte in dem Mann ein Mitglied jenes Fitness-Studios, in dem sie selbst trainierte, und sprach ihn – weil sie wusste, dass er Finnisch sprach – auch auf Finnisch an. Daraufhin drehte sich der Mann nach Angaben der Zeugin um, verdeckte sein Gesicht, während aus einem Walkie-Talkie, das er mit sich führte, auf Finnisch die Anweisung zu vernehmen war, er solle sich unauffällig verhalten.“

„Ihr wollt uns etwas zuschieben, das nicht von uns begangen wurde“, sagte Jimi Forsman.

„Es war ein Ablenkungsmanöver. Einige unserer Mitglieder sprechen hervorragendes Finnisch. Und um es klarzustellen, wir haben Freunde sowohl in der Stadtpolizei Stockholms als auch beim SÄPO.“

Wir haben auch Sympathisanten in den Polizeireihen, dachte Stanisław Tujek. Aber was die anderen nicht haben, ist die Unterstützung des katholischen Klerus. Das Plus können wir für uns verbuchen. Kardinal Glemp auf seiner Seite zu haben ist wie ein unsichtbares Schutzschild. Nur diese Spezialtruppe gegen eine

Nazifizierung im polnischen Volk des polnischen Inlandsgeheimdienstes ist der Feind unserer Bewegung.

Lundgren kam auf seine Eingangsfrage zurück, die er Erich Herrmann gestellt hatte. „Also, was ist das mit den Russen, die ein ganzes Dorf vergewaltigt haben?“

„Beim Einmarsch der Russen hat die Lehrersfrau, eine treue Volksgenossin, die weibliche Bevölkerung des Dorfes Alt Teterin darüber aufgeklärt, was mit ihnen passieren würde, wenn die Russen einmarschierten. Sie sagte, es wäre unverantwortlich, den Barbaren auch noch den Sieg zu gönnen, sie zu schänden. Sie berief sich auf den Führer, der gesagt hatte, der Feind solle auf deutschem Land nur verbrannte Erde vorfinden. Nur wenige Stunden nach der Sprengung der Eisenbahnbahnbrücke in Karnin am 29. April 1945, die die Verbindung von Usedom und Wollin nach Berlin sicherstellte und deren Zerstörung den russischen Vormarsch stoppen sollte, waren die Russen in dem Dorf angekommen. Einige Frauen und Mädchen vergewaltigten sie. Die Männer führten sie ab und brachten sie in den Nachbarort Stretense. Keiner wusste so recht, was mit ihnen geschah. Während der Nacht drang ein Riesenlärm von dem Nachbardorf herüber, und die Lehrersfrau redete auf die Mitbewohnerinnen, die ohne Männer auf sich selbst gestellt waren, ein. Es war offensichtlich, dass ein wüstes Gelage dort stattfand, wo man – den Warnungen der Volksgenossin zur Folge – ihre Männer tötete. In der Schule gleich neben der Kirche erhängte sich die Frau des Dorflehrers, die Heldin Hedwig Triglaff, auf dem Dachboden. Kurz zuvor hatte ihre erwachsene Tochter Hildburg ihren Sohn Günther mit einer Fahrradkette erwürgt und sich selbst das Leben genommen. Viele Frauen flüchteten in den nahe gelegenen Biesewitzer Busch, ertränkten ihre Kinder in einem Graben und erhängten sich anschließend im Wald. Heldenhaft begann daraufhin der Gemeinschaftssuizid.“

„Das ist ja grausam“, stellte Tuva Christensen fest. Die junge Norwegerin war sichtlich bewegt. „Aber es war die richtige Entscheidung.“

Erst mehr als vierundsechzig Jahre später, im Jahr 2009, berichteten Zeitungen die Wahrheit über das Geschehen in jenen Tagen im April 1945.

Ein Dorf tötet seine Kinder. Alt Teterin, ein winziges Dorf in Vorpommern und eine dunkle Geschichte. Der Krieg ist für dieses Dorf eigentlich zu Ende. In der Region wurde heftig gekämpft. Anklam wurde von deutschen Piloten bombardiert und stand in Flammen. Der Lichterschein war noch im sechs Kilometer entfernten Alt Teterin zu sehen. In der Dunkelheit kamen die Soldaten in Gruppen zurück, stürmten die Häuser, vergewaltigten Frauen und halbwüchsige Mädchen. Die Männer führten sie ab und brachten sie in den Nachbarort Stretense. Völlig verstört blieben die Frauen und Kinder zurück. Am nächsten Tag hörten die Frauen einen unerklärlichen Lärm. Auf einmal kam das merkwürdige Gerücht auf, die Männer würden von den Russen durch einen riesigen Fleischwolf gedreht. Tatsächlich hörten die Frauen wohl das laute Geräusch eines Stromgenerators. Weltuntergangsstimmung und Panik brachen aus. Einige Mütter ertränkten ihre Kinder und erhängten sich anschließend selbst, um der Gewalt zu entgehen. Die Bilanz des Tages: zweiunddreißig Tote, davon einundzwanzig Kinder. Nach ein paar Tagen kehrten die Männer nach Alt Teterin zurück. Sie mussten im Nachbarort nur ein paar Tiere für die Rotarmisten schlachten und zerlegen. Nun kehrten sie in ihr Dorf zurück und fanden Frauen und Kinder tot vor. Im Herbst 2009 wird an der Kirche von Alt Teterin ein Gedenkstein aufgestellt werden. Über Jahrzehnte wurden die dramatischen Ereignisse tabuisiert und verschwiegen.

Die Tür ging auf, und Matthias Große kam herein. „Ich glaube, ich bin auf der Fahrt beschattet worden“, sagte er.

Erich Herrmann ging zum Fenster. „War es ein Passat?“

„Ja."

„Er steht vor der Tür. Wollen wir hinausgehen und ihn zur Rede stellen?"

„Warte noch."

An der nächsten Kurve hatte Lasse Larsson gehalten. Er telefonierte zuerst mit Wacław Łaczny und schilderte ihm die Situation der wahrscheinlichen Auffindung Stanisław Tujeks.

„Ich bin bereits auf dem Weg nach Deutschland und werde am Nachmittag bei Ihnen eintreffen", sagte Łaczny. „Ich habe heute Morgen ein Foto Tujeks zum Staatsschutz bei der Polizeidirektion in Anklam geschickt."

„Hoffentlich haben Sie Christiani nicht geschrieben, dass ich das Foto bereits gestern bekommen habe."

„Natürlich nicht. Ich werde Sie doch nicht in Schwierigkeiten bringen. Habe geschrieben, dass ich es zu gleicher Zeit an Sie abgeschickt habe."

„Wann war das?"

„Vor gut zwei Stunden."

Larsson schaute auf die Uhr im Auto. „Also gegen zehn ..."

„Ja."

„Ich muss jetzt Christiani anrufen, und der wird sich dann sicher in die Festnahme einmischen. Das heißt, dass man diesen Tujek mit nach Anklam in Gewahrsam nehmen wird."

„Ich werde spätestens zwischen 16:00 und 17:00 Uhr in Anklam sein", sagte Łaczny.

„Ich will aber von Tujek erst wissen, wer hier einen Mord begangen hat und wer dafür verantwortlich ist", wandte Larsson ein.

„Kein Problem. Sie können ihn ja zuerst verhören."

Als die Verbindung beendet war, fuhr Larsson langsam an den Wagen Simons heran. Dabei rief er Rinus Christiani an.

„Mir ist ein Foto vom polnischen Inlandsgeheimdienst zugegangen, das den Mann zeigt, der mutmaßlich den Anschlag auf den Oberst Wacław Łaczny verübt haben soll", begann Larsson. „Ich glaube, wir haben in Karlshagen ein Problem ..."

„Sagen Sie nicht, dass Ihnen der Gesuchte vor die Füße gefallen ist."

„Nein. Aber wir haben die hiesige Szene beobachtet und sind auf eine Merkwürdigkeit gestoßen, die sich mit der Befragung von Alverich Clüver irgendwie deckt."

„Nämlich?"

„Wir stehen hier vor einem Haus in Karlshagen, in dem sich gerade zwei Neonazis von der Insel befinden. Aber das ist nicht alles. Es stehen mehrere Fahrzeuge mit skandinavischen Autokennzeichen vor dem Haus."

„Können Sie sie erkennen?"

„Ja." Larsson gab die Nummern der Fahrzeuge samt Länderkennung durch.

Christiani gab Anweisungen, die Halter zu ermitteln. Larsson sagte: „Wir vermuten, dass dieser Tujek auch hier ist."

„Aber Sie wissen es nicht genau?"

„Nicht zu hundert Prozent, aber mein Bauchgefühl sagt mir, dass hier etwas Ungewöhnliches abläuft und wir unbedingt nach dem Rechten sehen sollten."

„Wie viel Leute haben Sie vor Ort?"

„Wir sind zu viert."

„Können Sie sich so weit zurückziehen, dass Sie das Haus weiterhin beobachten können, ohne sich in Gefahr zu bringen?"

„Ich denke, ja."

„Machen Sie das. Ich schicke sofort ein großes SEK hin und komme selbst. Denken Sie an Ihre Leute. Wir wollen nicht, dass jemand zu Schaden kommt."

Im Rückspiegel sah Larsson einen Audi kommen, in dem er zwei Männer ausmachen konnte. Das Fahrzeug trug das Kennzeichen von Stralsund. Instinktiv startete Larsson sofort eine Halteranfrage.

Langsam zog der Wagen an ihm vorbei.

„Der Wagen ist auf einen Dolf Altmann zugelassen“, meldete sich die Frau aus der Zentrale in Anklam.

Larsson bedankte sich, rief Monika an, sagte, sie solle ihren Wagen blockierend auf die Straße stellen. Dann sagte er Simons Bescheid, dass dieser hinter dem Audi herfahren sollte, bis dieser an der Straßensperre Monikas halten müsste.

„Ihr macht ein normale Fahrzeugkontrolle und versucht, die Leute festzuhalten, bis das SEK da ist. Wir können die Männer sicher nicht festsetzen. Was ich aber verhindern will ist, dass sie die Herrschaften in dem Ferienhaus telefonisch warnen.“

„Der Wagen fährt weiter“, stellte Erich Herrmann fest.

„Das besagt gar nichts“, konterte Matthias Große. „Ich wette, sie waren hinter mir her. Ich rieche so etwas.“

Die Vertreter der skandinavischen Kameradschaften unterhielten sich leise. Ihnen war gleich, ob eine Überprüfung der Personalien durch die Polizei bevorstand oder nicht. Sie waren nirgendwo zur Fahndung ausgeschrieben, und die deutsche Polizei würde sie nicht weiter belästigen können.

Herrmann schaute auf seine Armbanduhr. „Wo bleiben eigentlich Dolf und Merlin? Sie müssten längst hier sein!“

„Ruf doch mal an“, sagte Große.

„Warum machst du das nicht?“ Herrmann spähte durch das Fenster, konnte aber kein weiteres Fahrzeug ausmachen.

„Weil ich mein Handy im Auto gelassen habe.“

Obwohl sie befreundet waren, erntete Matthias Große einen vorwurfsvollen Blick. Große tat, als sehe er das nicht.

„Wenn es Probleme gibt“, sagte Lundgren, „sollten wir aufbrechen. Wir wollten doch ohnehin heute alle wieder nach Hause fahren.“

Stanisław Tujek wurde unruhig. „Gibt es hier eine Möglichkeit, ungesehen zu verschwinden?“ fragte er Matthias Große.

Große wusste es nicht.

Filip Hakonsen sagte: „Wir haben zwei Tage lang beraten, und zum Wochenende will ich wieder zu Hause sein."

„Er hat recht", sagte Tuva Christensen. Und der dicke Finne Joona Nevalainen stellte fest: „Es ist alles gesagt, setzen wir es erst einmal um."

Erich Herrmann hatte mitbekommen, dass Tujek nach einem zweiten Ausgang fragte. „Es gibt keinen Hinterausgang in dieser bescheidenen Hütte", sagte er. „Vorsicht ist die Mutter der Porzellankiste. Wenn Matthias' Befürchtung richtig ist und die Bullen ihm gefolgt sind ..."

„Vielleicht sind sie ja dir auch schon gefolgt. Nur du hast es nicht gemerkt."

„Unsinn", sagte Herrmann zu Große. Dann drehte er sich Stanisław Tujek wieder zu. „Du musst durchs Fenster, Stanisław. Es ist nicht die schlechteste Idee, erst einmal zu verschwinden. Warte am Strand. Ich hole dich dort ab."

Larsson vermied es, mit seinen Mitarbeitern über den Polizeifunk zu sprechen. Er wusste allzu gut, dass die Rechten in der Lage waren, den Funk abzuhören. Rinus Christiani hatte es ihm deutlich mit auf den Weg gegeben. Deshalb hatte er auch den Kontakt über die Handys angeordnet. Nicht dass man nicht in der Lage sein würde, diese zu orten und die Gespräche abzuhören. Der Vorteil aber lag auf der Hand. Ihre privaten Handynummern waren dem Gegner nicht bekannt. Er wählte die Nummer Rolf Andresens.

„Ja?"

„Bist du in Ordnung?"

„Ja, warum?"

„Weil du so leise bist."

Andresen lachte. „Warum glaubst du, dass ich das bin?"

„Hast du die Möglichkeit, den Wagen so abzustellen, dass man es aus dem Haus nicht beobachten kann?“

„Ich sehe das Haus noch nicht, also werden die mich auch nicht sehen.“

„Stell den Wagen dort ab, umgehe das Haus und versuch, den Hinterausgang zu überwachen. Das SEK ist im Anflug. Aber die Männer werden noch eine ganze Weile brauchen. Ich möchte nicht, dass sich jemand absetzt. Der zweite Eingang liegt hinten. Falls einer flüchten sollte, nimmst du ihn fest. Aber pass auf, die Burschen könnten bewaffnet sein.“

„Und du?“

„Ich komme von der anderen Seite zu deiner Unterstützung.“

Andresen lachte wieder auf, bevor Larsson die Leitung unterbrach.

Als Larsson den Wagen an dem weißen Haus vorbeirollen ließ, sah er in der Einfahrt die drei Autos aus Skandinavien und auf der Straße die beiden Wagen der deutschen Neonazis. Also sind mindestens fünf Leute im Haus, dachte er, eher mehr. Stanisław Tujek kam ihm in den Sinn. Also mindestens sechs.

Er hatte aus dem Augenwinkel das schwarze Fischerboot gesehen, das im Garten sehr dekorativ mit Fahnenstangen der Angelkennzeichnungen und einem geschickt drapierten Netz über die Bordwand stand. Auch dass jemand hinter dem Fenster ihn beobachtete. Als er außer Sichtweite war, stellte er den Wagen ab und wählte Simons Handynummer.

„Wir haben den Wagen gestellt“, sagte Simons.

„Versucht sie aufzuhalten, Fahrzeug- und Ausweiskontrolle. Finde irgendetwas an dem Wagen, das faul ist. Nur halte sie auf, und vor allem, lass sie nicht telefonieren.“ Als Simons nichts sagte, fuhr Larsson fort: „Ich weiß, das wird nicht einfach sein, aber die Verstärkung ist unterwegs.“

Er stieg aus. Er prüfte die Umgebung. Um an die Rückseite des Hauses zu gelangen, würde er ein angrenzendes, fremdes Grundstück durchqueren müssen. Er sah, dass es für Andresen sicher nicht anders aussah. Langsam ging er an der Seite des

Hauses vorbei, als er angesprochen wurde: „Was machen Sie auf unserem Grundstück? Ich werde meinen Mann holen. Er wird die Polizei rufen."

Die Frau schien an einen Dieb zu glauben, der hier reiche Beute vermutete, während die Badegäste am Strand waren.

„Die Polizei ist schon da", sagte Larsson, während er der Frau seinen Dienstausweis hinhielt. „Ich hatte vor, um Erlaubnis zu fragen, über das Grundstück gehen zu dürfen."

„Warum?" Die Frau schien sich beruhigt zu haben und war nun neugierig.

„Weil im Nebenhaus mutmaßlich ein Mann sitzt, den wir dringend zu einer Befragung brauchen."

„Und da gehen Sie nicht einfach in das Haus hinein?"

„Nein", sagte Larsson. „Wir möchten es auch von hinten sichern."

„Also glauben Sie, dass einer von den Jungs abhauen würde." Die Frau lächelte verstehend.

„Von den Jungs?"

„Es sind junge Männer und eine Frau."

„Wie lange sind die Leute schon hier?" fragte Larsson.

„Seit Dienstag."

„Also vier Tage", stellte Larsson enttäuscht fest. Er fragte sich, was zwischen dem Absturz der Cessna am 20. Mai und dem 1. Juni in der Szene gelaufen war. Ihm fiel ein, dass Ingolf Meister von der MAEX bei der Befragung Clüvers sagte: „Kannst ruhig sagen, dass ein internationales Treffen all derjenigen Kameradschaften der Ostsee-Anrainerstaaten auf Usedom stattfinden soll." Der Staatsschutz wusste mehr, als man ihm sagte, und das ärgerte ihn. Schlagartig wurde ihm bewusst, dass der Besuch von Kazimierz Kozłowski und Edyta-Zofia Bartak in Deutschland möglicherweise nur die Vorbereitung auf das eigentliche Treffen war, das jetzt stattfand. Er dankte der Frau für ihr Verständnis und ging bis zum Zaun, der das Grundstück vom eigentlichen Einsatzort trennte. Auf der anderen Seite, im Schatten eines fast zwei Meter hohen Ginsterbusches, entdeckte er Andresen. Zum

Haus hin stand er gut getarnt da. Andresen hatte Larsson auch entdeckt und winkte herüber, dann machte er ein Zeichen zum Haus hin. Dann duckte er sich in den Strauch.

Larsson hörte Stimmen. Und dann sah er den Mann aus dem Fenster springen und geduckt auf den Ginsterbusch zulaufen.

Andresen wartete, bis Stanisław Tujek den Ginsterstrauch erreicht hatte. Er stellte sich Tujek in den Weg, sagte ruhig auf Polnisch: „Policja. Rece do gory!"

Tujek erstarrte. „Czego tu szuka polska Policja na niemcych zemiach. Wy macie tutaj szadnych praw!"

„Nie polska tylko niemecka policja. A wiec – rece do gory!"

Inzwischen war Larsson herangekommen. „Also machen Sie schon, Tujek." Er wartete, bis Andresen Tujek Handschellen angelegt hatte. „Ich kümmere mich um das SEK, du bringst ihn erst einmal in deinen Wagen und wartest." Er macht Andresen ein Zeichen, mit Tujek den Weg zu gehen, den er gekommen war. Er wollte so verhindern, dass man die Festnahme aus einem Fenster des Hauses beobachten konnte. Dann begab er sich zurück zu seinem Ausgangspunkt. Auf dem Nachbargrundstück stand noch immer die Frau und beobachtete ihn. Ihr war die Festnahme nicht entgangen.

„Ich wusste gar nicht, dass man Handschellen angelegt bekommt, wenn man nur befragt werden soll", sagte sie und lächelte Larsson an.

„Na ja, einer davon ist ein nicht ungefährlicher Ausländer. Wir wollen nur kein Risiko eingehen. Wahrscheinlich geht er in zwei Stunden wieder seinen eigenen Weg", log Larsson. „Aber das habe ich nicht zu entscheiden." Er hastete weiter zu seinem Wagen. Während er zu der Straßensperre fuhr, an der Monika Landris und Simons die beiden Neonazis vom Festland aufhielten, meldete sich Andresen.

„Jetzt kommt das SEK."

„Sie sollen das Zielobjekt umstellen. Ich bin gleich bei euch!" Als er aufgelegt hatte, orderte er vorsorglich zusätzlich noch zwei

Fahrzeuge der Schutzpolizei für den Personentransport nach Anklam. Er stoppte sein Fahrzeug hinter Simons Wagen.

24. Kapitel

Freitag, den 4. Juni 2004

Beim Aufwachen wurde ihm klar, dass er nicht zu Hause bei Monika in Loddin war. Er lag in einer der Zellen, die für Festgenommene gedacht waren. Als er nach zwei in der Nacht mit dem Gefühl, nahe an der Aufklärung des Mordes an Kazimierz Kozłowski, dessen Freundin Edyta-Zofia Bartak und Ralf Wolter zu sein, eingenickt war, wusste er nicht, dass alles anders kommen würde, als er sich das je hätte vorstellen können.

Mühsam setzte sich Larsson auf. Er fühlte sich müde. Dennoch rekapitulierte er den Vortag. Es war ein verdammt langer Tag gewesen, der damit begonnen hatte, dass er mit Steffen Golz vom Seeschlösschen in Kölpinsee zusammengetroffen war und über die rechte Szene in der Usedomer Hotellerie gesprochen hatte. Nicht zuletzt auf Grund dessen hatte er die Observierungen von Erich Herrmann und Matthias Große eingeleitet. Und genau die hatte den erwarteten Erfolg gebracht. Stanisław Tujek war als Hauptfang zu bezeichnen. Wohl wissend, dass sich Oberst Łaczny in der Anreise befand, war er gerade dabei, Tujek zu vernehmen, als ihm von Andresen mitgeteilt wurde, dass eine Delegation aus Polen bereits im Haus sei. Oberst Łaczny war mit weiteren zwei Personen des Ministeriums mit einem Learjet der Regierung direkt auf dem Flughafen Heringsdorf gelandet. Die Festnahme von Stanisław Tujek hatte beim polnischen Inlandsgeheimdienst oberste Priorität. Während die Männer der polnischen Delegation beim Kriminaloberrat Kruse im Büro saßen und um die Überstellung Stanisław Tujeks nach Polen feilschten, war Oberst Łaczny mit Christiani in das Nebenzimmer des Verhörraums gekommen und beobachtete das Geschehen durch den großen Spiegel. Er kam in dem Augenblick, als Stanisław Tujek gerade gebracht wurde.

Larsson schaltete das Aufzeichnungsgerät ein.

„Vernehmung des polnischen Staatsbürgers Stanisław Tujek nach § 136a Strafprozessordnung. Sie sind Stanisław Tujek, polnischer Bürger, geboren am 17. August 1997 ...“

„Ein Sonntag ...“, wurde er von Tujek unterbrochen. „Es war ein Sonntag, morgens um drei!“

„Also sind Sie ein ausgesprochenes Sonntagskind“, ließ Andresen sich mit beißendem Spott vernehmen.

Tujek grinste. „Auf der ganzen Linie.“

„Geboren in Warschau. Ist das alles richtig?“

Tujek nickte.

„Wie? Ich kann nichts hören“, monierte Andresen, der links von Larsson saß.

„Ja, das ist richtig.“

„Was machen Sie hier in Deutschland?“ fragte Larsson.

„Urlaub.“

„Sie müssen lauter sprechen“, mischte sich Andresen abermals ein.

„Urlaub.“

„Wir freuen uns immer, wenn Gäste aus dem Ausland kommen, um hier Urlaub zu machen“, stellte Larsson lapidar fest.

„Sehen Sie ... Dann weiß ich nicht, was Sie von mir wollen“, konterte Tujek.

„Gäste, die keinen Umsturz in ihrem Land planen und sich zu einer internationalen Verschwörung hinreißen lassen, so wie Sie.“

„Wir leben in Polen in einer Demokratie. Überlegungen, einen friedlichen politischen Wandel herbeizuführen, sind dort erlaubt.“

Larsson lachte auf. „Das ist bei uns ebenso.“

„Warum halten Sie mich dann fest?“

„Warum sind Sie aus dem Fenster eines Hauses geklettert, um einer Kontrolle durch die Polizei zu entgehen?“ konterte Larsson mit einer Gegenfrage.

„Nicht um einer Kontrolle durch irgendjemanden zu entgehen. Woher sollte ich denn wissen, dass Polizei in das Haus kommen würde?“

„Sondern?“

„Ich wollte an den Strand, um an der frischen Luft meinen Kopf freizukriegen. Hatte wohl etwas viel Alkohol am Abend und deshalb Kopfschmerzen.“

„Und dann klettern Sie aus dem Fenster, anstatt die Tür zu nehmen?“

„Das Haus hat nur einen Vordereingang, und der kürzeste Weg zum Strand ist hinten heraus!“

„Mich interessiert, was Sie mit einschlägig bekannten Nazis bei diesem Treffen besprochen haben“, sagte Larsson.

„Was für Nazis? Ich kenne nur Freunde, keine Nazis. Ihre Methoden, friedliche Bürger festzunehmen, sind Nazimethoden.“

„Was haben Sie denn mit Ihren Freunden besprochen?“ fragte Andresen süffisant.

„Dass wir bei diesen Temperaturen unmöglich in der Ostsee baden können.“ Tujek machte ein Abstandszeichen mit zwei Fingern. „Das Wasser ist so kalt“, sagte er und grinste unverschämt.

Larsson fasste sich an die Nase. Obwohl hier kaum Pollen fliegen würden, hatte er wieder Mühe, Luft zu bekommen, und er musste teilweise durch den Mund atmen. Instinktiv fragte er sich, ob das einen psychosomatischen Hintergrund hatte, konnte sich aber nicht für eine Antwort entscheiden. „Ihre Freunde haben etwas ganz anderes ausgesagt.“

„Welche?“

„Die aus Finnland und Norwegen zum Beispiel.“ Larsson verschwieg, dass sie die Skandinavier allesamt nach wenigen Stunden hatten freisetzen müssen. Die Anfrage in ihren Ländern hatte ergeben, dass sie zwar aktenkundig waren, aber das allein reichte nicht aus, sie hier in Haft zu behalten.

„Da bin ich aber gespannt.“

„Sie sagten, Sie wären auf der Flucht.“

„Ja, vielleicht vor meiner Freundin, die mich unbedingt heiraten will. Ich fühle mich noch nicht so weit, wenn Sie verstehen. Aber was geht das die deutsche Polizei an? Nichts.“

„Da haben Sie natürlich recht. Das würde uns auch nicht interessieren“, sagte Andresen. „Aber Verbindungen, die Blood and Honour als Grundlage haben, gehen uns schon etwas an.“

„Mich interessiert daran nur die Musik! Lata niewoli i pomiatania, za zbrodnie i kary przeciwko Polakom, nienawiść dziś płynie z naszych ust, tego się nie da wymazać z pamięci! Język ojczysty i obyczaje, granica, flaga, polski honor, zawsze będziemy bić się do końca, tego nie damy sobie odebrać!“ Dann begann er zu singen: „Krew i honor ponad wszystko, Krew i honor ponad nas, Krew i honor ponad wszystko, Krew i honor ponad nas ... “

„Lassen Sie das gefälligst“, sagte Andresen hart. „Wir sind nicht in der Singakademie der Warschauer Oper.“

„Kennen Sie Alverich Clüver?“ fragte Larsson ruhig.

„Nein, wer ist das?“

„Aber Kazimierz Kozłowski kennen Sie?“

„Ja.“

„Und dessen Freundin?“

„Edyta-Zofia Bartak ...“ Tujek lächelte diabolisch. „Sie ist eine schöne Frau.“

„War“, sagte Larsson. „Sie war eine schöne Frau, bevor Sie den Auftrag gaben, das Flugzeug Kozłowskis zu sabotieren.“

Tujek lachte auf. „Wie kommen Sie auf eine solch schwachsinnige Idee?“

„Es gibt eine Verbindung von Ihnen zu den deutschen Neonazis auf Usedom.“

„Es sind Kontakte von Leuten, die eines nicht wollen, den Ausverkauf ihres Heimatlandes. Das ist alles.“

„Und dafür gehen sie über Leichen, selbst wenn die Demokratie andere Vorgaben macht“, stellte Andresen fest.

„Was für Leichen? Bei uns gibt es keine Leichen.“

„Es gibt die Aussage eines deutschen Kameraden, der sagt, dass der Auftrag, die Cessna zu manipulieren, von Ihnen kam“, sagte Larsson.

„Das ist eine Behauptung von Ihnen“, sagte Tujek. „Ich kann sie nicht einmal nachprüfen. Aber ich sage Ihnen, sie ist gefälscht!“

Larsson entsann sich an das Gespräch mit Clüver, in dem der über den jungen Ralf Wolter sagte: „Wolter erzählte, dass er sich stundenlang in der Nähe des Flughafens Heringsdorf herumtreiben würde. Dass er den Maschinen manchmal sehr, sehr nahe kam, war wohl der auslösende Punkt.“ Und er hatte geantwortet: „Ich gehe davon aus, Herr Clüver, dass Sie signalisieren wollen, Wolter habe den Sprengstoff an der Maschine angebracht.“

Clüver hatte mit den Schultern gezuckt. „Es ist eine Spekulation, mehr nicht.“

Larsson wusste, dass diese Spekulation den einzigen Schluss zuließ, dass die deutschen Nazis den Kameraden in Polen geholfen hatten. Als Ausgleich dafür hatten diese Ralf Wolter liquidiert.

Als Christiani vom Staatsschutz in das Verhörzimmer kam, fühlte Larsson instinktiv, dass etwas Außergewöhnliches passiert sein musste. Christiani schob ihm einen Zettel zu.

Sein Kamerad Wiesław Krynski hat beim Inlandsgeheimdienst geredet. Es gibt bereits einen internationalen Haftbefehl gegen den Russen Iwan Wladimirowitsch Kyewski, der bei der Spezialtruppe OMON gewesen ist und nun als Auftragsmörder arbeitet. Er soll den Mordanschlag auf den Oberst Łaczny ausgeführt haben.

Larsson nickte Christiani zu. Dann fiel sein Blick auf den zweiten Teil der Nachricht.

Rechtsanwälte haben ihr Kommen angekündigt, um die Entlassung von Erich Herrmann und Matthias Große zu bewirken, bevor eine U-Haft von einem Richter angeordnet wird.

Larsson schaute zu Christiani und hob die Schultern. Dann fuhr er mit seinem Verhör fort: „Das Wort ‚gefälscht‘ irritiert mich, wenn es in diesem Zusammenhang von Ihnen kommt“, sagte er. „Wiesław Krynski – sagt Ihnen der Name etwas?“

Tujek stutzte einen Augenblick. Larsson sah, dass der Mann zu schwitzen begann. Er vermied den Blickkontakt, den er bisher gesucht hatte. „Krynski ... Wiesław Krynski ... Ja, den kenne ich. Es ist einer der Jungs, die mit mir im Fußballverein sind."

„Er hat geredet. Man hat ihn festgenommen", sagte Larsson, der nicht wirklich wusste, wie die Operation seitens des polnischen Inlandsgeheimdienstes in Warschau abgelaufen war. „Er hat ausgesagt, dass ein OMON-Mann von Ihnen gedungen wurde, um die ‚nassen Sachen' zu erledigen."

„Das ist völliger Unsinn."

„Und genau das glaube ich nicht. Der Mann, der bereits mit internationalem Haftbefehl gesucht wird, heißt Iwan Wladimirowitsch Kyewski. Den kennen Sie auch nicht. Richtig?"

Tujeks Gesicht wechselte die Farbe. „Sollte ich?"

Larsson stellte fest, dass sich die Stimmlage Tujeks geändert hatte. Seine seitlichen Körperbewegungen auf dem Stuhl, die er zuvor sorgsam zu vermeiden gesucht hatte, nahmen zu. Er begann, nervös mit den Fingern zu trommeln.

„Lassen Sie das Trommeln", sagte Andresen eisig.

Larsson lächelte Tujek herausfordernd an. „Ich bin sicher, dass Sie in wenigen Minuten wissen, ob Sie ihn kennen oder nicht." Er nickte zu der großen verspiegelten Scheibe. „Hinter dieser Scheibe steht ein Mann, den Sie sehr gut kennen. Er hört jedes Ihrer Worte, und ich bin sicher, er hat Ihnen etwas zu sagen."

„Das glaube ich nicht."

Als die Tür aufging und Oberst Wacław Łaczny den Raum betrat, fiel Tujek in sich zusammen. Er begriff, dass er das Spiel verloren hatte, und senkte den Kopf. Der Mann, den er in den Tod schicken wollte, stand nun vor ihm.

„Ich sehe, du bist erfreut, mich zu sehen, Tujek", sagte Łaczny, aus Höflichkeit gegenüber seinen örtlichen Kollegen in deutscher Sprache.

Tujek war so verblüfft, dass er seine Bestürzung nur mühsam beherrschen konnte. „Wer sind Sie?"

„Ich hätte einem Mann, der mir einen OMON-Mörder auf den Hals hetzt, mehr Rückgrat zugetraut. Hat dich der Mut verlassen?“

„Was wollen Sie von mir?“

„Ich bin gekommen, um dich zu holen. In der Heimat werden wir dich vor ein ordentliches Gericht stellen, und ich bin mir sicher, dass du genügend Zeit zur Verfügung haben wirst, darüber nachzudenken, ob und vor allem wie man einen politischen Umsturz in unserem Lande herbeiführen kann. Einen Umsturz ohne Morde.“

„Das können Sie nicht“, sagte Tujek.

„Warum glaubst du das?“

„Weil die Deutschen mich nicht gehen lassen werden, bevor sie mich verurteilt und ich die Strafe hier abgesessen habe.“

„Darauf würde ich nicht wetten!“

Tujek schaute Larsson an. „Stimmt’s, Herr Hauptkommissar?“

„Das entscheiden nicht wir hier vor Ort“, mischte sich nun Christiani vom Staatsschutz ein.

„Sie hören es“, sagte Larsson.

„Auch wenn ich Ihnen sage, dass ich einen Deutschen umgebracht habe?“

„Wen haben Sie umgebracht?“ fragte Andresen.

„Einen Mann ... einen jungen Mann.“

„Name?“

„Walter oder Wolter oder so ähnlich.“

„Das haben wir längst geklärt“, sagte Larsson. „Als Wolter umgebracht wurde, haben Sie sich in Warschau aufgehalten. Also kommen Sie als Mörder nicht infrage.“

„Dann kann ich Ihnen helfen, Licht ins Dunkel zu bringen.“

„Tja“, Andresen schaute erst fragend Christiani, dann Larsson an. „Wollen wir etwas darauf geben?“

„Es ist unwichtig, ob du gestehst“, mischte sich Oberst Łaczny ein. „Du hast den OMON-Mörder gedungen, und wir werden dir das beweisen.“

„Nichts können Sie beweisen."

„Janina Fenikowska ist da anderer Meinung. Sie sagte, dass sie von dir wisse, dass dieser Mann erst hier auf Usedom Ralf Wolter erschossen und dann den Anschlag auf mich verübt hat. Du hättest in ihrem Bett schweigsamer sein sollen. Aber du weißt ja – hast du einen Mann erst bei den Eiern, werden Herz und Verstand bald folgen! So hast du dich wichtig gemacht, und sie hat gehört, was sie eigentlich niemals hätte wissen dürfen", sagte der Oberst.

„Das kann sie nicht gesagt haben."

„Warum nicht? Weil sie mit dir im Bett war?" warf der Oberst achselzuckend ein.

„Kyewski hat Sie nicht richtig erwischt!" schrie Tujek. „Und das ist verdammt schade!"

„Siehst du, Tujek, jetzt kommt dein wahres Gesicht zum Vorschein. Eine Ratte bleibt eine Ratte."

Das Verhör wurde abgebrochen und Tujek für die Überführung zum Flughafen bereitgemacht.

„Würden Sie mich zum Flughafen begleiten, Kriminalhauptkommissar?" fragte Łaczny Larsson, als sie den Vernehmungsraum verließen.

„Wir haben zwei weitere Verhöre zu führen, Herr Oberst. Ein anderes Mal gerne."

Kurze Zeit später war Larsson mit Christiani in dessen Büro angekommen, als das Telefon klingelte. Als Christiani aufgelegt hatte, sagte er: „Sie möchten bitte gleich zum Chef kommen."

Larsson stand auf. „Wir sollten lieber sehen, dass wir Große und Herrmann vernehmen", sagte er.

„Kollege Meister und ich können ja schon einmal beginnen."

Auf dem Weg zu Kruses Büro stellte Larsson fest, dass ihm die ganze Sache zum Halse heraushing. Wie froh war er, wenn er an Heringsdorf dachte, wo er relativ selbstständig entscheiden konnte und nicht jeden Schritt mit dem Vorgesetzten absprechen musste. Er durchquerte den Raum der Sekretärin. Die Tür stand offen. Er sah, wie die Frau gerade Kaffee auf den Tisch stellte, an dem der Kriminaloberrat mit dem polnischen Obristen saß.

„Kommen Sie“, sagte Kruse. „Auch einen Kaffee?“ Er nickte der Sekretärin zu, die eine weitere Tasse hinstellte.

„Oberst Łaczny möchte sich bei Ihnen bedanken und hat mich gebeten, auf Sie einzuwirken, dass Sie ihn zum Flughafen begleiten.“

„Wir müssen die beiden vorläufig festgenommenen Große und Herrmann vernehmen. Die Rechtsanwälte sind ja wohl schon im Anmarsch.“

„Morgen Vormittag. Eine Anwältin reist aus der Nähe von München an. Sie kommt zusammen mit dem Anwalt aus Rostock. Sie haben also noch Zeit. Ich möchte, dass Sie den Herrn Oberst mit seiner Fracht sicher zum Flughafen bringen.“

„Tujek hat den Mord an dem jungen Wolter gestanden“, gab Larsson zu bedenken.

„Nicht den Mord. Da war er noch in Warschau“, widersprach Oberst Łaczny.

„Aber er gab den Auftrag zu dem Mord“, warf Larsson ein.

„Die Sache ist an höherer Stelle entschieden worden“, mischte sich der Kriminaloberrat ein. „Wir bekommen die Ergebnisse der Verhöre in Warschau zugestellt und können dann die Aufklärung der deutschen Beteiligten aufgrund dieser Aussagen betreiben.“

„Bei uns wird Tujek ganz anders bestraft als das die deutschen Gesetze zulassen“, erklärte Łaczny.

Larsson wusste, dass der Mann recht hatte. Besonders weil der polnische Geheimdienst stark involviert war. Wie bei den meisten Geheimdiensten dieser Welt war auch der polnische nicht zaghaft, wenn es darum ging, Terroristen zu bestrafen. Dagegen, und das wusste Larsson nur zu gut, waren die Leute aus Pullach eine reine Gurkentruppe. Nicht, weil sie schlechter motiviert gewesen wären als ihre polnischen Kollegen, eher, weil ihnen durch den Gesetzgeber die Hände weitgehend gebunden waren und sie zu zaghaft waren, diese Gesetze zu umgehen. Und auch der Abteilung 2 des Bundesamtes für Verfassungsschutz, zuständig für deutschen Rechtsextremismus und -terrorismus, sowie für den deutschen Linksextremismus mit seinen terroristischen Auswüchsen, traute er die Durchsetzungskraft der Polen nicht zu.

„Ja, das glaube ich Ihnen unbesehen", sagte Larsson und führte die Tasse zum Mund. „Aber uns ist damit nicht wirklich optimal gedient." Dann trank er den Kaffee, den die Sekretärin extra stark gemacht hatte.

„Es hat einen Deal über die Ministerien beider Länder gegeben", sagte der Kriminalrat. „Daran sind wir gebunden."

Oberst Łaczny stand auf. „Habe ich noch etwas zu unterschreiben?" fragte er den Kriminalrat.

„Lediglich bei der Übernahme des Gefangenen, bevor Sie den Hof verlassen." Er war nun auch aufgestanden und gab Łaczny die Hand. „Auf eine gute Zusammenarbeit weiterhin."

„Im Auftrag unserer Regierung", sagte Łaczny und meinte damit den Inlandsgeheimdienst, „darf ich mich herzlich bei Ihnen bedanken."

„Kriminalhauptkommissar Larsson wird Sie zum Flughafen begleiten. Ich habe mit dem Geschäftsführer des Flughafens gesprochen. Man wird Ihre Maschine abfertigen lassen, obwohl es sonst um diese Zeit dort nur einen Notdienst gibt."

Mit dem Aufzug fuhren sie ins Parterre. Larsson öffnete die Tür, die zum Hof führte. Die Dunkelheit war bereits hereingebrochen. Sie gingen am Gebäude entlang und hinten wieder in den Gebäudeteil, in dem die Aufbewahrungsräume für kurzzeitig Festgenommene untergebracht waren. Am Ende des Ganges übernahmen sie Stanisław Tujek. Oberst Łaczny hatte auf einen Spezialwagen zum Verbringen von Gefangenen verzichtet.

„Aber wir werden ihm Handschellen verpassen", sagte er. „Sie können sie vom Flughafen wieder mit zurücknehmen. Wir haben eigene Sicherungsvorkehrungen getroffen."

Der Beamte der Schutzpolizei geleitete sie noch bis zum Funkstreifenwagen, den der Kriminaloberrat für die Überführung des Gefangenen von der Einsatzzentrale zum Flughafen bereitstellen lassen hatte.

Langsam fuhren sie aus der Einfahrt der Polizeidirektion auf die Friedländer Straße, wo sich ein zweiter Funkwagen zu ihnen gesellte. In flotter Fahrt ging es dann nach Zirchow.

„Es ist meine eigenste Art, den Deutschen meine Hand zur Versöhnung zu reichen, Herr Hauptkommissar Larsson ... Nennen Sie mich Wacław ... Darf ich Sie Lasse nennen?“

Larsson lächelte. „Aber sicher.“ Sie gaben sich die Hand und Łaczny sagte: „Ich möchte, dass Sie unser Land besuchen ... Ich lade Sie ein!“ Er sah die fragende Miene Larssons. „Ich meine nicht offiziell. Ich dachte daran, dass Sie einen Privatbesuch machen.“

„Ich lebe nicht allein.“

„Entschuldigen Sie ... natürlich kommen Sie dann mit Ihrer Frau.“

„Wir bleiben in Verbindung, Herr Oberst.“

„Wacław“, verbesserte Łaczny.

„Wacław.“

Die Kolonne bog rechts ab zum Flughafen. In einer knappen halben Stunde hatten sie den Flughafen Heringsdorf erreicht. Sie fuhren am Haupteingang vorbei und hielten vor dem Tor des Seiteneinganges.

Wenig später ging die Delegation aus Polen über die beleuchtete, fahrbare Gangway an Bord des Learjets. Oberst Łaczny drehte sich noch einmal um und winkte Larsson zu, der zurückwinkte. Der Jet rollte zu der weißen Befeuerung der Startbahn, hielt noch einmal an. Die Triebwerke heulten auf, die Maschine gewann an Fahrt, hob ab und beschrieb eine leichte Schleife. Die Wing Strobe Lights an den Tragflächen blitzten wie Fixsterne. Jetzt muss sie fast an dem Punkt sein, an dem die Cessna explodiert ist, dachte Larsson. Dann entschwand der Jet, überflog den Kontrollpunkt nahe Wollin, den alle von und nach Heringsdorf fliegenden Maschinen zu passieren hatten.

Larsson fuhr auf schnellstem Weg nach Anklam zurück. Aus dem Auto telefonierte er mit Monika. „Die Polen haben diesen Tujek abgeholt und sind gerade auf dem Rückflug nach Warschau", begann er das Gespräch. „Bist du schon zu Hause?"

„Auf dem Weg ... Fahre noch bei Jenot vorbei", antwortete Monika.

„Das Pferd hat es dir angetan, Liebes, ich weiß."

„Der Fuchs steht zum Verkauf."

„Ach."

Sie wird doch nicht daran denken, das Pferd zu kaufen, dachte Larsson. Aber er entsann sich rechtzeitig, ihr nicht davon abzuraten, denn das würde genau das Gegenteil von dem bewirken, was er für gut hielt. Und er hielt nicht für gut, dass er sie noch weniger sehe, weil sie sich stundenlang mit dem Pferd zu beschäftigen wusste.

„Ich überlege, ihn zu übernehmen", sagte Monika ruhig.

„Seit wann weißt du es?"

„Im Gespräch ist das schon seit etwa acht Tagen. Aber die Besitzerin hat mich angesprochen, weil ich so gut mit dem Pferd umgehen kann."

„Ich wollte dir nur sagen, dass ich sehr spät nach Hause komme, wenn überhaupt. Wir haben noch zwei Vernehmungen zu machen. Wenn es allzu lange dauert, bleibe ich in Anklam."

„Gut, da muss ich mich nicht allzu sehr beeilen."

Larsson verkniff sich, Monika zu fragen, ob sie den Kauf des Pferdes schon perfekt gemacht hatte, aber als die Verbindung unterbrochen war, wurde ihm klar, dass er sie möglicherweise nicht bei sich halten würde, wenn er ihr diese Freude nahm. Deshalb wählte er die Nummer des Reitstalles Müller in Loddin. Er hatte den Besitzer Ulrich Müller schon einige Male getroffen, als er in Begleitung Monikas auf dem Gelände des Hofes war.

„Larsson am Apparat. Ich begleite manchmal Monika Landris, um ihr beim Reiten zuzuschauen."

„Ich weiß, Hauptkommissar Larsson."

„Sie reitet bei Ihnen als Reitbeteiligung einen Fuchs ..."

„Jenot."

„Ja, Jenot. Ich wüsste gern, wem dieses Pferd gehört."

„Meiner Frau. Warum fragen Sie?"

„Weil Frau Landris glaubt, dieses Pferd ganz übernehmen zu können."

„Glaube nicht, dass meine Frau sich von dem Pferd trennt", stellte Müller kurz fest.

Larsson atmete auf. „Es war nur so eine Idee", sagte er. „Weil ich denke, dass ihr für eine Rundumbetreuung die Zeit fehlt. Sie wissen, bei der Polizei ist man nie sicher, pünktlich nach Hause zu kommen."

„Nein. Sie kommt zwar unregelmäßig, aber im Verhältnis zu anderen Reitern doch beständig und relativ oft."

„Würden Sie mir einen Gefallen tun und Ihre Frau fragen, ob sie ernsthaft vor hat, den Fuchs zu verkaufen? Und ... eh ... ob sie mit Frau Landris in dieser Beziehung irgendein Gespräch geführt hat?"

„Das kann ich machen."

„Wann können Sie mir das sagen?"

„Ich kann sie gleich fragen. Wenn Sie in einer Viertelstunde noch einmal anrufen, werde ich es Ihnen sagen können."

„Gut, bis gleich."

Kurze Zeit später bog Larsson in die Friedländer Straße und in den Hof der Polizeidirektion Anklam ein. Auf dem Gang zu den Vernehmungsräumen traf er auf Paul Maier. Verwundert fragte er den Chef der KTU, was ihn in diesen Teil des Hauses verschlagen hatte.

„Ich habe auf einem der Fotos, die wir in der Wohnung Wolters in Kamminke gefunden haben, die Fingerabdrücke von Matthias Große gefunden. Das habe ich Christiani mitgeteilt."

Larsson dankte Maier und steuerte die Toilette an. Nachdem er sich vergewissert hatte, allein zu sein, wählte er wieder die Nummer des Stalls in Loddin. Ulrich Müller meldete sich gleich beim zweiten Klingeln.

„Meine Frau, Hauptkommissar, steht neben mir. Sie können direkt mit ihr sprechen."

„Sie haben sich nach Jenot erkundigt?" fragte die Frau.

„Ja."

„Darf man fragen, warum?"

„Ich weiß, dass sich meine Lebensgefährtin für das Pferd interessiert."

„Frau Landris hat mich gefragt, ob ich ihn verkaufen würde."

„Und? Würden Sie?"

„Da bin ich mir noch nicht sicher. Wenn Ihre Lebensgefährtin ihn kaufen wollte, würde ich es mir noch überlegen, weil der Fuchs bei seiner Veranlagung zu schade für den Schulbetrieb ist. Aber gerade deshalb kann ich ihn auch nicht verschenken. Auf der anderen Seite ... er ist noch nicht fertig ausgebildet", sagte Frau Müller.

„Haben Sie mit Frau Landris irgendeine Vereinbarung getroffen?"

„In welcher Form?"

„In Form eines mündlichen Vorvertrages beispielsweise", sagte Larsson.

„Nein."

„Haben Sie ihr schon einen Preis genannt?"

Als die Frau nicht sofort antwortete, fasste Larsson, der ihr nicht allzu viel Zeit für die Überlegung, wie weit sie mit dem Preis gehen sollte, nach: „Haben Sie?"

„Na ja ... Ich denke, viertausend Euro wären angemessen."

„Was hat er für eine Abstammung?"

„Er ist ein Sohn des Vollblutes Next Desert Storm."

Nächster Wüstensturm, was für ein Name, dachte Larsson. Dafür sah das Pferd recht friedlich aus. „Viertausend Euro", sagte er langgedehnt.

„Ich habe ihn vor zwei Jahren als Vierjährigen für zweitausend Euro gekauft, habe ihn zwei Jahre ernährt und ausgebildet."

„Ist das der Preis, den Sie Frau Landris genannt haben?"

Die Frau druckste etwas herum. „Dreitausendfünfhundert."

„Wenn Sie mir das Pferd verkaufen“, sagte Larsson, „biete ich Ihnen dreitausend Euro in bar, zahlbar morgen im Laufe des Tages.“

„Morgen?“ fragte die Frau belustigt.

Larsson konstatierte, dass die Stimme der Frau nicht sonderlich interessiert klang.

„Ja, morgen“, sagte er.

„Dreitausendfünfhundert ... Nein. Es geht doch nicht.“

„Sie wollen den Preis hochtreiben, gut, dreitausendachthundert“, sagte Larsson. „Aber eine Bedingung hängt daran.“

„Eine Bedingung?“

„Sie müssen Frau Landris sagen, dass Sie das Pferd verkauft haben.“

Die Frau lachte. „Das würde sich wohl kaum verbergen lassen, wenn Sie mit dem Fuchs ankommen.“

„Soll es auch nicht. Aber Sie werden ihr sagen, ein Interessent aus Berlin habe das Pferd gekauft. Habe ich Ihr Wort?“

„Nein.“

Larsson überhörte dieses Nein. „In der Regel lassen Käufer Ankaufsuntersuchungen von einem Tierarzt machen“, sagte er. „Habe ich auch Ihr Wort, dass das Pferd gesund ist und keine verborgenen Macken hat wie Sehnenanrisse, Koppen, Weben oder ähnliche Malheure?“

„Nein, das haben Sie nicht.“

„Warum nicht?“

„Weil ich das Pferd anderweitig versprochen habe.“

Als er die Toilette verließ, schalt er sich einen Esel. Er fragte sich, was die Frau zu ihrer Arroganz ermunterte. Und er vermutete, dass Monika hinter seinem Rücken eine Abmachung getroffen hatte, die sie nicht hätte treffen dürfen. Sie hatten sich gegenseitig geschworen, dass alle Änderungen, ihr Leben betreffend, gemeinsam getroffen werden. Und wenn man dem Haushalt ein Pferd zufügen will, betrifft es beide Partner.

Er trat in den Raum, der sich an das Vernehmungszimmer anschloss und durch einen für diese Seite durchsichtigen Spiegel auszeichnete.

Kriminalhauptkommissar Rinus Christiani hielt das Bild hoch, das in einer Zellophantüte steckte. „Wissen Sie, was das ist?"

„Was für eine Frage ... ein Foto."

„Kennen Sie das Foto?"

Matthias Große beugte sich nach vorn. „Ja."

„Es ist ein Foto, das wir aus der Wohnung eines jungen Mannes haben, der erschossen wurde."

„Ach", sagte Große nur.

„Kennen Sie auch den Mann auf dem Foto?"

„Natürlich. Es ist der spinnerte Wolter."

„Wieso spinnerte?"

„Weil er sich immer so komisch verhalten hat. Er wohnte wohl noch bei seiner Oma und hatte nie Geld."

„Und da haben Sie ihm mit Geld ausgeholfen?"

„Für Botengänge hat er schon einmal den einen oder anderen Euro bekommen, so wie alle, die unser Aufklärungsblatt Der Fahnenträger ausgetragen haben. Nicht mehr und nicht weniger."

„Wieso kommen Ihre Fingerabdrücke auf das Bild?" fragte Christiani.

„Weil ich es wahrscheinlich in der Hand hatte. Wolters brachte es nach der fotografierten Veranstaltung einmal mit und zeigte es mit anderen Bildern stolz herum. Da hatten es einige in der Hand, auch ich."

Rinus Christiani schüttelte den Kopf. „Es waren nur Fingerabdrücke von zwei Menschen auf dem Bild. Die von Wolter und Ihre."

„Er hatte mehrere Bilder mit. Vielleicht war dieses Foto für andere nicht so von Interesse", sagte Große.

Lasse Larsson wusste, dass die anderen Fotos tatsächlich die Abdrücke von etlichen unterschiedlichen Menschen aufwiesen. Er fragte sich, wieso gerade dieses eine Foto nur die von Wolter und Große trug. Für ihn gab es verschiedene Möglichkeiten. Eine war, dass Wolter Bilder herumgezeigt und Große das Bild eine Weile behalten hatte und ihm zurückgab, als Wolter die anderen Fotos bereits wieder eingesammelt hatte. Eine zweite Antwort war, dass Große bei Wolter im Haus war und er das Foto dort besichtigt hatte. Er kann es nicht gewesen sein, der das Haus durchsucht hat, schoss es Larsson durch den Kopf, denn da hätte er die Bilder gesamthaft mitgenommen.

„Kann sein“, sagte Christiani. „Aber die anderen Fotos haben Abdrücke von Händen vieler Menschen. Dieses Foto nur Ihre.“

Große hob die Schulter und machte ein vielsagendes Gesicht.

„Wann haben Sie das Bild in der Hand gehabt?“ fragte Christiani. Es wäre auch Larssons Frage gewesen.

„Wenn ich gewusst hätte, dass das eine so wichtige Rolle spielt, Sie dürfen mir glauben, hätte ich es mir in meine Agenda eingetragen.“

„Ihr Zynismus in allen Ehren, aber er wird Ihnen schon noch vergehen.“

„Ich sage jetzt nichts mehr, bis mein Anwalt da ist.“

„Haben Sie denn einen gerufen?“

„Muss ich gar nicht. Ich bin sicher, man weiß bereits über diese Misere hier Bescheid. Wir werden also nicht allzu lange warten, bis wir als freie Männer aus diesem Gebäude spazieren werden.“

Bis spät in die Nacht hatten sie Verhöre geführt, um die Zeit bis zum Eintreffen der angekündigten Anwälte zu nutzen. Dann war Christiani, der in Lüskow, nur rund sechs Kilometer von der Polizeidirektion entfernt ,wohnte, nach Hause gefahren, und Larsson hatte sich auf die Pritsche in dem Verwahrraum gelegt, um ein wenig Ruhe zu bekommen.

Jetzt hatte Larsson kurze Zeit geschlafen, war plötzlich wegen eines Geräuschs auf dem Gang hochgeschreckt. Sein Puls raste. Es war gekommen, wie er es sich gedacht hatte. Der eigentliche Mörder an Wolter, der Russe Iwan Wladimirowitsch Kyewski, war auf der Flucht. Wahrscheinlich hielt er sich in Russland auf.

Russland war groß, und wer wusste schon, wo sich der Mann versteckte. Und selbst wenn man ihn kannte, hatte er möglicherweise genügend Verbindungen zu KGB oder FSB, würde er niemals ausgeliefert werden. Bliebe der Anschlag auf die Cessna. Wolter war tot und konnte nicht mehr aussagen. Allein auf die Spekulationen des Kontaktmannes Alverich Clüver hin würde er keinen Haftbefehl und schon gar keine Verurteilung durchsetzen können. Das Material reichte nicht, um vor Gericht zu bestehen. Er schaute auf die Uhr seines Handys. Es zeigte kurz nach fünf, und er beschloss, noch ein wenig liegen zu bleiben, bis er wieder ruhiger war. Am Vormittag, hatte der Kriminaloberrat gesagt, würden die Anwälte eintreffen. Von der gefürchteten Anwältin der rechten Szene aus der Nähe von München hatte er schon gehört. Sybille Schulz sei Vegetarierin, eine zierliche Anwältin mit einer hellen Mädchenstimme aber einem Rückgrat aus Stahl und der Schönheit einer Mangrove. Als Verteidigerin eines wegen Holocaust-Leugnung Angeklagten sorgte die Schulz für erhebliches Aufsehen, da sie immer wieder Anträge, Beschwerden und Erklärungen mit volksverhetzendem Inhalt stellte und abgab. Den beiden Schöffen hatte sie bei einer Verurteilung ihres Mandanten die Todesstrafe wegen Volksverleumdung und Feindbegünstigung angekündigt. Daraufhin war sie vom Prozess ausgeschlossen worden. Die Frau war zweifelsohne eine harte Nuss. Und vor dem Rostocker Nazianwalt Meinhard Roll, der zu derartigen Auftritten immer mit seinem britischen Kollegen Dennis Finchman auftrat, hatte ihn Christiani schon gewarnt. Vor einem Jahr hatte er einen glühenden Nationalsozialisten verteidigt, der als Killer von Nordrhein-Westfalen Schlagzeilen gemacht hatte. Mit einer Schrotflinte hatte dieser im Oktober 2003 einen Anwalt, dessen Frau und Tochter erschossen. Schon Anfang der neunziger Jahre sollte dieser Mann von angeblichen Söldnereinsätzen und Killerkommandos erzählt und die Gründung einer Wehrsportgruppe geplant haben. Zwar wurde der Mandant Rolls zu fünfzehn Jahren Haft verurteilt, aber Roll wollte von Söldnereinsätzen und Killerkommandos nie etwas gehört haben.

Es würde kein Tag des Sieges werden, dachte Larsson. Dann stand er auf. Nicht das Recht ist immer Sieger, nicht die Gerechtigkeit. Nur wer ideenreich genug ist, Gesetzeslücken zu finden und diese beweisführend auszunutzen, würde die Schlacht gewinnen.

Kurz vor zehn kamen die Anwälte an. Im Beisein eines der Staatsanwälte aus Stralsund verhandelten sie hinter verschlossenen Türen im Büro des Kriminaloberrats. Zwei Stunden später zogen sie, im Gefolge Matthias Große und Erich Herrmann, wieder ab.

Die Erklärung des Kriminaloberrats vor den Kriminalhauptkommissaren Meister, Christiani und Larsson war lapidar. Letztlich zeigte sich die Einflusslosigkeit, deren die Kommissare ausgesetzt waren, wenn höhere überstaatliche Interessen einträten.

Gegen Mittag fuhr Larsson frustriert nach Hause. Es war der 4. Juni 2004, ein Freitag. Als er am Reiterhof Müller vorbeifuhr, sah er, dass Monikas Wagen nicht da stand. Vielleicht ist sie ja doch so schlau, dachte er, auf den Kauf des Pferdes zu verzichten. Er parkte seinen Wagen in der Auffahrt.

Monika hantierte in der Küche.

„Hallo Schatz", sagte er. „Der Kampf gegen Rechts ist aussichtslos, wenn die Politik nichts ändert."

Er versuchte, sie an sich zu ziehen, aber sie schob ihn weg. „Du hast hinter meinem Rücken mit dem Hof telefoniert", sagte sie. „Das ist ein Vertrauensbruch."

„Ein Vertrauensbruch ... Wir hatten ausgemacht, über alle Veränderungen in unserem Leben gemeinsam zu entscheiden. Du, Monika, hast dich darüber hinweggesetzt und wolltest den Fuchs kaufen, ohne es mich vorher zu fragen."

„Ich habe ihn mit meinem eigenen Geld gekauft."

Schlagartig registrierte Larsson, dass sie Fakten geschaffen hatte. „Du hast was?"

„Ich habe Jenot gekauft."

Larsson zog sich bedächtig einen Stuhl zurecht und setzte sich. „Es ist gegen unsere Abmachung."

„Es ist nichts weiter als ein Freizeitvergnügen, das du mir nicht gönnst. Ich glaube, erwachsen genug zu sein, darüber zu entscheiden, ob ich mir von meinem Geld diesen wahrlich kleinen Luxus leiste oder nicht."

Larsson dachte über die bisher kleinen Baustellen nach, die ihre Liebe immer wieder auf die Probe gestellt hatten. Es waren Kleinigkeiten gewesen wie seine Übernachtung in der Pension Dorn. „Ob von deinem Geld oder von meinem steht doch gar nicht zur Debatte", sagte er. „Vielmehr ist hier die Frage, ob man sich auf dich und dein Wort verlassen kann. Und ich konstatiere, man kann es nicht."

„Ich werde dir jetzt einmal etwas sagen, Lasse Larsson. Es mag sein, dass deine früheren Frauen von deinem Macho-Gehabe beeindruckt gewesen sind ... Obwohl, wenn ich so richtig nachdenke, hat dich ja auch deine letzte eben deswegen verlassen ..."

Larsson schäumte vor Wut. Wie konnte Monika nur Chiara mit sich vergleichen. Chiara war gegangen, weil er sich nicht angemessen um sie kümmern konnte. Daran war seine Arbeit bei der Mordkommission schuld, nicht er.

„Meine Entscheidung, Lasse Larsson, ist unumstößlich. Ich habe deinem Heiratsantrag zugestimmt, obwohl ich nach einer Hochzeit mit dir keine Möglichkeit sehe, zur Kriminalpolizei zu wechseln. Ich gebe also einen Traum auf, den ich sehr lange geträumt habe."

An diesem Abend gingen sie zum ersten Mal ins Bett, ohne sich ausgesöhnt zu haben. Lange lagen sie wach.

Monika dachte, dass es die Nagelprobe sei, sich in einer Ehe mit ihm zu behaupten oder sich ein Leben lang unterordnen zu müssen.

Larsson wiederum wurde bewusst, dass, würde er nicht einlenken, ihre Beziehung gescheitert war. Am Morgen beim Frühstück versuchte er eine Einigung herbeizuführen. „Es war die erste Nacht, die wir im Streit verbracht haben", sagte er. „Ich denke, wir sollten ihn beenden, bevor nichts mehr reparabel ist."

„Ja, das denke ich auch."

„Ich habe die halbe Nacht darüber nachgedacht, dass ich es nicht ertragen würde, dich zu verlieren."

„Das habe ich auch", sagte Monika. „Aber es ist mir klargeworden, dass ich mich nicht mein Leben lang kleinmachen werde. Und was den Vertrauensbruch angeht, du hast genauso einen solchen begangen, als du hinter meinem Rücken das Pferd erwerben wolltest!"

Larsson musste ihr Recht geben. „Was schlägst du vor?"

„Nicht ich, du musst einen akzeptablen Vorschlag machen, Lasse."

Es fiel Larsson sichtlich schwer, mit wenigen Worten seine Niederlage einzuräumen. Er zog sie an sich. „Du behältst den Fuchs, und wir bleiben zusammen."

25. Kapitel

Mittwoch, 9. Juni 2004

In den letzten beiden Tagen der Woche war die Gruppe um Lasse Larsson mit dem Schreiben von Berichten ausgelastet, die eine solche Aktion immer nach sich zog.

Larsson hatte sich damit abgefunden, dass Monika das Pferd von ihrem Geld kaufte. Auch einen Esel schalt er sich nicht mehr. Vielmehr hatte bei ihm die Einsicht gesiegt, dass eine ausgelastete Frau eine zufriedene Frau ist. Das Leben ist wie eine Taube, dachte er. Hält man sie zu fest, tötet man sie, hält man sie nicht richtig fest, fliegt sie weg. Und Monikas Freude über seine Entscheidung, das Pferd für sie zu erwerben, war so groß, dass sie sich schalt, an seiner Liebe gezweifelt zu haben.

Gerade dachte er daran, dass er in fünf Tagen zu seiner Nasenoperation nach Greifswald fahren müsse, als der Anruf Paul Maiers kam.

„Die Analyse des Sprengstoffes, der das Flugzeug zum Absturz gebracht hat, ist vom LKA eingegangen“, sagte er. „Es handelte sich um Semtex, einen Plastiksprengstoff, der sowohl bei kommerziellen Sprengungen als auch zu militärischen Zwecken eingesetzt wird.“

„Kann man zurückverfolgen, wo das Zeug herkommt?“ fragte Larsson.

„Na ja, industriell hergestelltes Semtex muss in den meisten Staaten gemäß dem Montrealer Übereinkommen mit Markierungsstoffen versetzt werden, die das Auffinden des Sprengstoffes durch Hunde und Sprengstoffdetektoren ermöglichen.“

„In diesem Fall kann man sicher nicht mehr nachvollziehen, woher das Teufelszeug stammt“, warf Larsson ärgerlich ein.

„Die leichte Handhabbarkeit hat Semtex zu einem, wie ich schon sagte, von militärischen Spezialeinheiten, aber auch von Terroristen genutzten Sprengstoff gemacht.“

„Also aussichtslos.“

„Nicht ganz. Es gibt die unterschiedlichsten Zusammensetzungen“, sagte Maier. „Das bei dieser Aktion verwendete war Ammongelit, ein gelatinöser, wasserbeständiger Sprengstoff mit niedriger Brisanz. Er bestand aus Ammoniumnitrat und maximal vier Prozent Nitroglycerin sowie Nitrozellulose und anderen Beimengungen zum Einstellen der gelatinösen Konsistenz. Eingesetzt wird er beispielsweise zur Gesteinssprengung in Steinbrüchen.“

„Und was heißt das?“

„Das heißt, dass du deinen Mörder möglicherweise entdeckst, wenn du herausfindest, ob er Zugang zu einem Steinbruch hatte, in dem dieser Sprengstoff verwendet wird.“

Larsson bedankte sich bei Maier. Er fuhr kurz über die Grenze nach Świnoujście und schickte an Oberst Łaczny eine SMS mit der Information, die er gerade vom Maier erhalten hatte. Obwohl er daran zweifelte, dass der Sprengstoff aus einem deutschen Steinbruch kam, versammelte er seine Gruppe im Büro der Kommissare.

„Ich möchte, dass ihr feststellt, ob einer der uns bekannten Nazis in einem Steinbruch arbeitet oder Verbindung zu einem Mann hat, der in einem Steinbruch arbeitet.“

„Ich denke, die Ermittlungen sind offiziell eingestellt worden“, widersprach Andresen.

Larsson erkannte, dass Andresen recht hatte. Es gab keine Legitimation mehr, die einen solchen Arbeitseinsatz rechtfertigen würde.

Wenn die Nazis dieses Land in ihren Griff kriegen, dachte er, wird es Nacht werden in Deutschland. Für ihn hatte die Nacht für die Insel bereits begonnen. Und diese Erkenntnis bestärkte ihn, wachsam zu sein. Er ging hinaus zur Seebrücke. Er schaute über die Ostsee, sah eine der weißen Großfähren der polnischen Unity-Line, die den Hafen von Świnoujście gerade verlassen hatte.

Niemand ist eine Insel ganz für sich, dachte er, jeder Mensch ist ein Stück des Kontinents, ein Teil des Festlands. Wenn ein

Erdklumpen ins Meer gespült wird, wird Europa weniger, genauso als wenn's eine Landzunge würde oder ein Landgut deines Freundes oder dein eigenes. Und jedes Menschen Tod ist mein Verlust, denn ich bin Teil dieser Menschheit; und darum verlange nie zu wissen, wem die Stunde schlägt; sie schlägt dir selbst.

Danksagung

Die Begebenheiten um den aufkeimenden Nationalismus in der westlichen Welt der letzten Jahre bilden die Grundlage für das Entstehen dieses Romans. Ein solches Buch zu schreiben, dessen Handlung in einer für den Autor fremden politischen und sozialen Umgebung stattfindet, ist ohne die Hilfe involvierter Beobachter unmöglich.

Als ich im Jahr 2009 von mehreren Personen gefragt wurde, ob ich nicht einmal einen Usedom-Roman zu diesem Thema schreiben würde – schließlich gäbe es ja auf der Insel eine nazistische Vorzeigekameradschaft –, ging ich relativ zögerlich an das Problem heran. Erst die Nachfrage bei einem renommierten Hotelier in den Kaiser-Bädern und dessen Absage für eine Aufklärung weckte mein journalistisches Interesse. Einige Monate später, im November 2010, traf ich diesen Hotelier zufällig auf dem Grundstück einer Bekannten, mit deren Mann jener zur Jagd zu gehen pflegt. Und natürlich sprach ich ihn wieder darauf an. Seine Reaktion war heftig genug, um mir die Gewissheit zu geben, in ein Wespennest zu stechen. Und genau darum nahm ich Kontakt zu verschiedenen Institutionen und Personen auf.

Für ihre Mitarbeit an diesem Buch danke ich dem Leiter der Kriminalpolizeiinspektion Anklam, Polizeidirektor Gunnar Mächler, für die Bereitschaft, mir die Kontakte zu der von ihm geleiteten Abteilung Staatschutz/MAEX zu eröffnen, ferner den Beamten und der Beamtin dieser Abteilung, die ich hier aus Sicherheitsgründen nicht namentlich erwähnen will. Sie haben mir auch die Verbindung zu dem Beauftragten des Landes Mecklenburg-Vorpommern zur Beobachtung des Rechtsextremismus, Herrn Günther Hoffmann vom Demokratie-Bündnis „Bunt statt Braun“ in Anklam, ermöglicht, dessen Zeit ich uneingeschränkt in Anspruch nehmen durfte. Er hat mir die Entwicklung der Kameradschaften von Usedom und Anklam sowie die Verbindungen zu und mit anderen nazistischen Erscheinungsformen verständlich gemacht.

Auf die historischen Abläufe des Kriegsendes 1945 und die Nachkriegszeit auf der Insel Usedom/Wollin hat mich der Vorsitzende der Historischen Gesellschaft zu Seebad Heringsdorf, Fritz Spalink, beraten.

Ferner haben Jutta Arnold, Siegfried Denzel, Rüdiger Franzke, Dr. Günther Jikeli, Hans-Jürgen Merkle, Joanna Ptascheck, Bettina und Moritz von Rochow, Cathleen Sill sowie meine langjährige Assistentin Grit Weber an diesem Buch mitgearbeitet. Ihnen allen sei für ihr Engagement gedankt.

Und ich danke dem englischen Schriftsteller John Donne (1572-1631) für seinen Ausspruch *Niemand ist eine Insel*, den mein Kollege Johannes Mario Simmel bereits für sich entdeckt hatte.

Dies ist ein Roman. Demzufolge ist die Gesamthandlung bei allen freien Gestaltungsmöglichkeiten, die einem Autor ganz legitim zur Verfügung stehen, nicht in jeder Einzelheit so geschehen, wie in diesem Buch beschrieben. Dennoch sind die historischen Fakten erhalten geblieben und ausgeschöpft worden. Mit Ausnahme der epochal zutreffenden Namen von Führungspersonen des Landes Mecklenburg-Vorpommern sowie der Namen verurteilter neonazistischer Mörder an einem Obdachlosen in Ahlbeck sind alle anderen Namen Erfindungen des Autors.